La Criadora de malvas

LAURA MACÍAS PÉREZ

Editado por Harlequin Ibérica.
Una división de HarperCollins Ibérica, S. A.
Avenida de Burgos, 8B - Planta 18
28036 Madrid

© 2024 Laura Macías Pérez
© 2024, 2025, Harlequin Ibérica, una división de HarperCollins Ibérica, S. A.
La Criadora de malvas, n.º 310 - 19.2.25

ISBN: 978-84-1074-418-9
Depósito legal: M-23879-2024
Impreso en España por: BLACK PRINT
Fecha impresión Argentina: 18.8.25
Distribuidor exclusivo para España: LOGISTA
Distribuidor para México: Distibuidora Intermex, S.A. de C.V.
Distribuidores para Argentina: Interior, DGP, S.A. Alvarado 2118.
Cap. Fed./Buenos Aires y Gran Buenos Aires, VACCARO HNOS.

MIXTO
Papel procedente de
fuentes responsables
FSC® C159065

*Para Sonia, por crecer a mi lado y enseñarme a vivir
mil historias, incluso en la distancia.*

And we become night time dreamers
Street walkers, small talkers
When we should be daydreamers
And moonwalkers and dream talkers
In real life.

Aurora, *Daydreamer*

Primera parte

Printemps

Capítulo 1
ODETTE

A veces vivimos tan enfadados con la vida que tendemos trampas a nuestro futuro. Nos cortamos las alas por miedo a volar, con el único motivo de protegernos, incluso de nosotros mismos.

Yo salté cuando aún me daba miedo: no sabía si lograría volar entre las nubes o me estrellaría contra la superficie salada del mar. Lo hice sin pensar. Tenía cicatrices por todo el cuerpo y no quería dos más. Salí corriendo hacia un acantilado y salté.

Mis alas se desplegaron en el último momento, como las de un pájaro herido que se resiste a morir.

Desde aquel día me escondí entre las nubes, sin bajar a tierra, por miedo a no saber volar de nuevo; por no sentirme capaz de desplegar las alas una vez más.

No hay nada peor que no confiar en una misma.

¿No es acaso esta la trampa que yo misma me tendí?

«Sin embargo, una no puede vivir en el cielo y tener un gato», pensé, sobresaltada, mientras dejaba mi pluma sobre la libreta abierta. Había escuchado un maullido grave en el piso de abajo, después de un estruendo de cristales rotos.

Cheshire era el único vínculo que unía mi vida actual con la que dejé en tierra firme, un pequeño eslabón inofensivo.

Bajé los escalones de madera corriendo. El día era gris y apenas se veía nada en la cocina. Abrí la puerta de casa, que daba a un pequeño porche acristalado con el suelo de piedra. Nada. La lluvia me golpeó cuando salí a la calle; maldije.

Vi cristales rotos esparcidos frente al ventanuco por el que Ches se había malacostumbrado a entrar y salir de casa. Y sangre, aunque la lluvia se esforzaba por borrar el rastro. Mi corazón se aceleró y sentí que mi garganta se lanzaba a gritar. Me agaché para comprobar que eran botellas de alcohol rotas que algunos imbéciles habían decidido lanzar desde la calle contra los muros de mi casa.

Me lancé de nuevo hacia el interior, siguiendo el débil rastro rojizo que había visto, y encontré a mi gato debajo de la vieja mesa de café: tenía el pelaje gris empapado y una pata herida por los cristales que se había clavado al saltar a la calle. ¿O habría sido a propósito? ¿Alguien lo había visto y le había lanzado aquellas botellas? Noté lágrimas de rabia desbordarme. En cuanto me vio, Ches maulló con aquel tono grave que indicaba que sufría.

Una sombra pasó como un fantasma delante de mí.

Cuando afirmé que Ches es el único vínculo que me une a la tierra, no mentía: no hay nadie más en mi vida. No me importa la soledad. Incluso, a veces, la relamo como un pequeño tesoro; pero ante aquella imagen me di cuenta de que no podría soportarla sin él.

Le envolví en la primera sudadera que encontré y salí corriendo con él en brazos; me metí en el coche. Aquel día llovía a mares, como si el cielo hubiera hecho causa común con mi dolor.

Me lancé sin pensar a casa de los Tremille.

Maëllys es un pueblo pequeño, los rumores vuelan y la gente parece saber las cosas antes de que una misma las diga. No era un secreto que el hijo mayor de los Tremille llegaba aquel mismo día. Y era veterinario. ¿Estaba poniendo mucha fe en aquella habladuría? Intenté controlar mi respiración. El veterinario más cercano estaba en Saint-Malo, a media hora en coche. Comprobar si el rumor era cierto me podría ahorrar un tiempo valioso.

Cuando llegué a la casa, no había nadie, solo un cuatro por cuatro lleno de maletas y trastos aparcado en la puerta.

—Justo se acaba de ir al río —comentó una vecina desde la ventana, al verme maldecir con Ches en brazos. Asentí, en agradecimiento.

Me volví a lanzar al coche y esta vez lo aparqué de cualquier manera en una carretera medio derruida que había a la salida del pueblo, justo donde el bosque se espesaba y el río se hacía más ancho. Me metí entre los árboles y corrí como si me estuvieran persiguiendo para arrebatarme la vida, esquivando troncos y charcos llenos de barro.

Cuando llegué al río, creí ver a un hombre sentado en la orilla. Creí ver, sí, porque la lluvia que caía era tan densa que parecía un telón que una debía apartar con las manos para avanzar. Un perro grande, de pelaje blanquinegro, comenzó a ladrar nada más verme, avisando de mi llegada, lo cual agradecí. Cuando el hombre se giró, sorprendido, me miró de arriba abajo y debió de pensar que me había escapado de un loquero o algo por el estilo. En mi defensa diré que él tampoco tenía muy buen aspecto.

—Mi gato... se ha clavado unos cristales. Sangra mucho —dije yo, incapaz de conectar más de una frase. El chico se acercó a mí y entonces dejé de escuchar. Se me heló la sangre. Ya no había lluvia a mi alrededor. Ches dejó de maullar. Silencio. También se debió de agotar el aire, porque dejé de respirar. Di un paso atrás, sin querer.

Conocía a aquel hombre.

Cabello largo y negro. Ojos grises. Rostro cuadrado. Triskel de plata al cuello.

La expresión del chico cambió de confusión a preocupación cuando vio a Ches entre mis brazos, así que debía ser él. El veterinario. Sin decir ni una palabra más, eché a caminar de vuelta al coche; él entendió que quería que me siguiera. Me esforcé por recuperar la respiración; por pensar en Cheshire y en que necesitaba un veterinario.

—¡Möira, ven! —escuché su voz grave detrás de mí. Me estremecí. Su perra en seguida se lanzó tras él.

Se subió al asiento del conductor sin preguntar; a mí no me quedó otra que meterme por el lado del copiloto. Una vez dentro, con una sola mirada supe que me decía que podía confiar en él, que en mi estado de alteración era mejor que no condujera, y que conduciría tan rápido como lo habría hecho si fuera su perra la que corría peligro. Yo temblaba y lloraba, por primera vez me daba cuenta.

—Oye, ¿cómo te llamas? —preguntó, sacándome del templo de mis recuerdos, donde yo abría carpetas, cajones, tiraba por los aires papeles y libretas buscando el recuerdo en el que aquel chico aparecía—. Tranquila, va a estar bien —añadió, al verme tan alterada.

—Odette —respondí en un susurro, sin mirarle.

Él pisó el acelerador y llegamos a su casa en un par de minutos. Entramos y me indicó que dejara a Cheshire sobre la mesa de la cocina.

—Que mala pata, pequeño.

Yo me aparté, buscando las sombras, mientras los ojos azules de mi gato me pedían que me quedara.

El veterinario se puso a trabajar, dedicando palabras de consuelo a Ches, algo que me calentó un poquito el corazón en mitad de aquella tormenta.

Mientras trabajaba, me fijé en el hijo mayor de los Tremille. Era mucho más grande y alto que en mis recuerdos, pero por lo demás, parecía seguir igual. Me recordé que debía coger aire.

Pensé en levantarme para salir de la cocina, pero me miró y me pidió que me quedara. Me dijo que Ches estaba tranquilo gracias a mi presencia, mientras le hacía efecto la anestesia. Después le sacó un pequeño trozo de cristal y le cosió las heridas: tenía dos cortes grandes, ambos en una de las patas traseras.

Cuando terminó de vendarle y revisar el resto de su cuerpo, ya era de noche. Mientras esperábamos a que Cheshire se despertara, ninguno habló. Me senté junto a la mesa mientras él recogía y limpiaba sus instrumentos. Su perra, Möira, se había hecho un ovillo bajo la mesa. Me di cuenta de que se parecía a su dueño y me transmitió calma. Porque, aunque todos mis sentidos gritaban, aquel chico parecía tener un don para transmitir tranquilidad. ¿Otra diferencia? Me obligué a parar de recordar.

Cuando Ches se despertó, al fin, me volqué sobre él para darle caricias y besos. Comenzó a ronronear, aún algo desorientado.

—Debería beber agua. A los gatos les cuesta, pero la necesitará, ha perdido mucha sangre. Y tiene que reposar, le dolerá caminar un par de días. ¿Tiene todas las vacunas puestas?

Asentí.

—Entonces no debería haber mayor problema.

—Muchas gracias. ¿Cuánto te debo?

Noté cómo se sonrojaba al hablar de dinero. Le pagué la cantidad que me pidió con una sonrisa nerviosa. Cogí a Cheshire en brazos y me dispuse a salir.

—Perdona, ¿quieres que te acerque a casa con el coche? —reaccionó, al verme salir a la noche lluviosa. Me paré, abracé a Ches con algo más de fuerza y negué, pero él ya había salido—. Es mejor que le tengas en brazos y no le sueltes para conducir. No me importa. ¿Dónde vives?

Quise gritar, de nuevo.

—En la casa del cementerio —respondí, sintiendo mis mejillas arder.

El chico permaneció un tiempo callado, como si estuviera asimilando la información. Después arrancó. Yo sentí que todo alrededor se caía en pedazos, como el cielo cayendo en forma de lluvia. Al día siguiente miraría hacia arriba y no quedaría nada, solo vacío. Al día siguiente, yo debería deshacerme también de aquel lugar.

—Ya estamos —me distrajo su voz. Alcé la mirada hacia mi casa, aquella de la que me debería despedir. Apenas la había ocupado un año—. Por cierto, yo no me he presentado. Soy Gael.

«Lo sé». Ya había encontrado el recuerdo en mi mente. Estaba guardado a buen recaudo, en una carpeta llena de hojas de eucalipto, de caracolas blancas, arena de playa, una cerveza clara, un par de flautas irlandesas y una guitarra.

Le miré a los ojos por primera vez y sentí un remolino en el corazón.

Sí, era él. Era el chico del festival.

Capítulo 2
GAEL

Suspiré cuando la maleta se abrió nada más entrar en mi cuarto, derramando todas sus entrañas de ropa.

—Podías haber aguantado unos segundos más —le eché en cara, mientras apartaba la ropa de una patada.

Mi habitación en casa de mis padres seguía igual, si no tenía en cuenta la bici estática y el televisor viejo que ahora ocupaba todo mi escritorio. También había cacharros viejos por el suelo, como una lámpara rota que había terminado en aquel trastero improvisado en vez de en el punto limpio. Lo único que no me molestaba de las novedades que habían instalado en mi cuarto era la colchoneta de mi perra.

Me tiré en la cama sin recoger nada. Mi cuarto era un caos. Como mi vida. Ya era la segunda vez que volvía a casa de mis padres después de haberme independizado. Me incorporé en la cama para evitar que mi mente entrara en un bucle de autocompasión. Lancé una mirada a mi botiquín, posado encima de la tele. No había pasado ni dos horas en Maëllys y ya había intervenido a un gato. El pueblo crecía cada vez más, pero no había visto ninguna clínica veterinaria. Seguro que tendría trabajo, me dije, observando el dinero que había sacado aquel día. No podía ver todo tan negro. Me daría tiempo a ahorrar y la siguiente vez sería la definitiva. Aunque, ¿qué haría? ¿Montar otra clínica? ¿La tercera? Solté una carcajada amarga.

—Gael, basta —me dije—. Recoge la maldita ropa, no le des más vueltas.

No, no había vuelto a Maëllys para fundar otra clínica. La atención a animales domésticos ni siquiera era mi especialidad; no podía hacer más que confiar en mis compañeros y administrar, no atender. Al fin y al cabo, yo era veterinario rural, por mucho que mi única experiencia en granjas hubiera sido nefasta, suficiente como para hacer que me mudara a la ciudad y convencerme de que no me dedicaría a ello jamás.

Había llegado a Maëllys aquella misma tarde, aunque mi familia me esperaba al día siguiente. Quería darles una sorpresa, pero al ver que no había nadie en casa, había decidido pasear por el río con Möira. Allí, donde cuando éramos jóvenes los chavales del pueblo habíamos construido una plataforma de madera para sentarnos encima del río y ver el agua correr por debajo de nuestros cuerpos. Cuando vi que la plataforma seguía en pie, con zonas musgosas y húmedas, pero en pie, sonreí por primera vez en mucho tiempo.

Después de curar al gato de aquella chica, también me sentí bien. Llevaba mucho tiempo sin tratar a un animal con la cercanía con la que había tratado a ese gato de ojos azules. Los últimos años había pensado como un empresario más que como un veterinario.

Comencé a recoger la ropa del suelo y a doblarla. Me mordí la lengua. ¿La vieja casa del cementerio? Desde los quince había ido allí con mis amigos y mi hermano a contar historias de miedo, a jugar a juegos de cartas, y más tarde, a beber cerveza. Me parecía increíble que alguien pudiera habitarla.

—¡No puede ser!

Me giré al escuchar la voz de mi hermano en la planta baja. Me reí cuando exclamó:

—¡No puede ser que mi hermano haya llegado a casa y nadie le haya recibido en condiciones!

Subió las escaleras de dos en dos y entró en mi cuarto como un tornado, con su típica sonrisa en el rostro.

—¡Gael!

Se lanzó a mis brazos.

—Erian, chaval.

—¿Chaval? ¿Has visto esta barba?

Le observé. En efecto, tenía una barba negra bien recortada. Aunque no le quitaba la cara de niño que siempre había tenido, admití que había cambiado. Fruncí el ceño de repente.

—¿Qué? ¿Qué le pasa a mi barba? —dijo preocupado.

—Nada —sonreí, dándole una palmada floja en la cara—. Es que... eres igual que yo cuando tenía tu edad.

Negó, mirándose en el espejo, en claro desacuerdo. Seguro que mis padres no se cansaban de repetírselo.

—Yo siempre he sido más delgado —añadió, echándome una mirada de arriba abajo.

Me reí. Solo esperaba que cuando tuviera treinta, como yo, no fuera otra réplica de mí. Me vería condenado a soportar ataques de nostalgia cada vez que le viera.

—¿Soy el primero en recibirte? Acabo de llegar de clase, pensé que llegarías mañana.

—Sí, tenía pensado llegar mañana, pero terminé de recoger todo muy pronto. Ya nada me retenía en París, así que salí hoy al mediodía.

—Entonces, ¿has visto a papá y mamá?

¿Era cosa mía, o estaba nervioso?

Negué con la cabeza, entrecerrando los ojos. Justo

en ese momento, escuché la voz de mi madre en la planta de abajo.

—¿Erian? ¿Has llegado ya? Ven a ver lo que he encargado para tu hermano, el pastelero se ha lucido esta vez.

—¡Mamá, oye...! —gritó mi hermano, asomándose por el hueco de las escaleras. Pero mi madre no dejaba de hablar, mientras subía por las escaleras.

—Mira que tarta más...

Se quedó callada frente a mí, como si se hubiera encontrado a un grupo de fantasmas tomando coñac en mi habitación.

—Es bonita —dije, aguantando la risa—. La tarta, digo.

Era un pastel de calabaza con mi nombre escrito con virutas de avellana. Unté un dedo en la crema y me lo llevé a la boca, justo en el momento en que mi hermano estallaba en carcajadas.

—Sorpresa —dijo mi madre, Jacqueline, cerrando los ojos y riendo también. Le pasó la tarta a mi hermano y me dio un golpe en la mano antes de abrazarme—. Siempre te digo que no metas los dedos en la comida.

Su tono era cariñoso, más que de reproche. Parecía que disfrutaba con la idea de poder volver a regañarme durante otro período indefinido de tiempo.

—Y yo nunca te hago caso —dije, estrechándola entre mis brazos. La besé en la mejilla. Cada vez era más bajita, pero su imagen era la misma de siempre.

—¿Qué tal estás, cariño?

Entendí su tono.

—Bien, mamá. Estoy bien.

—Mi niño, no pasa nada..., no pienses en esto como un fracaso...

—Lo sé, no lo hago —mentí, sabiendo que no me creía. Me conocía demasiado bien—. Gracias por dejarme volver aquí.

—¿Cómo que gracias? ¿Dónde vas a estar si no es con tu familia? Bastante tiempo has pasado por ahí fuera, sin pisar Maëllys. Es tu hogar, cielo.

Evité lanzar un suspiro.

Bajamos al salón y comenzamos a preparar mi cena sorpresa. Mi familia decidió cambiar el plan de sorprenderme a *mí* por el de que *yo* sorprendiera a mi padre cuando llegara del trabajo.

Puedo quejarme de mil cosas en la vida, pero nunca de la familia que tengo. Me reí como nunca preparando el pastel de verduras con mi madre. Era una receta que hacía siempre, sobre todo desde que comencé a ser vegano.

—Tengo tu cuarto lleno de trastos, mi niño.

—Ya he visto. —Me ahorré decirle que tenía ya treinta años como para considerarme un niño. No le iba a importar lo más mínimo—. Pero no te preocupes. He pensado que a lo mejor me podría instalar en la caseta del jardín.

—¿En la caseta? Con el frío que hará ahí. Si te da pereza limpiar tu cuarto, la caseta no es mejor opción, Gael.

—No me da pereza —me defendí—. Solo quiero..., no sé. Intimidad.

—Bueno, haz lo que quieras. Si tu padre accede, toda tuya.

Si ponía un tono de voz tristón, lograría que mi madre me concediera lo nunca imaginable. Al menos, durante un tiempo.

—Gracias —dije—. Todo por no desmontar tu gran gimnasio. No quisiera ser el culpable de privarte de una vida sana...

Mi madre cogió el pulverizador de agua que tenía sobre la encimera y me echó en la cara, mientras Erian y yo nos reíamos. A mi madre le encantaba utilizarlo para regañar a Möira.

—Oye, deja de echar agua a mi perra —dije,

tapando con la mano su pistola improvisada—. No es bueno para sus orejas, se le pueden infectar. Y los ojos. Le molesta.

—No se va a morir, señor veterinario. Además, ahora te estoy echando a ti.

Puse los ojos en blanco. Cuando escuchamos la cerradura, corrí a esconderme. Mi padre llegaba.

Al verme pegó un brinco de esos que jamás habría imaginado que mi padre daría. En el fondo, lo que más miedo me daba era enfrentarme a él. Pero la manera en que me abrazó y se rio, me sobrecogió.

Aquella noche fui feliz. Logré olvidarme de que había vuelto a Maëllys, de que había perdido todo mi dinero, de que mi negocio había salido mal dos veces y de que me habían echado de mi piso en París.

De que tenía treinta años y ninguna perspectiva de vida por delante.

Capítulo 3
GAEL

—¿Te acuerdas de Pinaux? ¿Gérard Pinaux?

Alcé las cejas mientras daba un sorbo a mi café. Cómo no acordarme de Pinaux, el dueño de la granja lechera más grande de Maëllys.

—¿El mismo que demandaba a la gente por mirar a sus vacas?

Mi padre me lanzó una mirada tal que casi me atraganto. Mi madre me dejó un vaso de agua al lado, como si me hubiera visto venir.

—Gracias —susurré, mientras me guiñaba un ojo.

—Demandaba a la gente que *molestaba* a sus vacas —me corrigió Lou—. La mayoría niñatos o gente impertinente.

Me ahorré contarle que una vez quiso demandarnos a Erian y a mí por querer ayudar a una vaca cuyos cuernos se habían quedado enganchados en una verja. Pensó que queríamos robarla. ¿Robar una vaca? Negué con la cabeza para deshacerme del recuerdo.

—¿Qué pasa con él?

Me llevé un trozo de tarta de calabaza a la boca. El desayuno consistía en las sobras de la cena de ayer. En aquel momento estaba solo con mis padres; Erian se había marchado a clase hacía una hora, no sin antes hacerme prometer que iría a hacer surf con él por la tarde, «como en los viejos tiempos».

—Estoy seguro de que valorará a un veterinario que pueda estar en la granja durante la jornada. Los veterinarios rurales que le atienden ahora son de Saint-Malo, pilla lejos. Si quieres, vamos a verle ahora.

—¿Y la tienda?

—Hoy avisé de que cerraría. Quería recibir a mi hijo en condiciones. —Sonrió. Se levantó y me dio una palmada en la espalda. Escuché cómo lavaba los cacharros de la pila y comenzaba a hablar con mi madre, pero mis pensamientos estaban ya lejos como para atender a la conversación.

Trabajar para Pinaux.

Preferiría meter la cabeza en la taza de café y ahogarme en él. Sería más digno. Pero ¿qué otra me quedaba? Estaba desempleado y sin un mísero ahorro. Si me ofrecía trabajo, no podía decir que no. Además, por cómo Lou me lo había ofrecido, parecía que la conversación ya había tenido lugar.

Me terminé el café y me levanté. Era una buena noticia. Las vacas de las granjas necesitaban más ayuda que ningún otro animal. Aunque, bueno, las curaría para enviarlas directamente al matadero, como me di cuenta en mi primera experiencia. O las preñaría para que pudieran explotarlas día y noche para sacar su leche. Llevaba diez años posicionándome en contra de la industria ganadera, sobre todo después de ver el trato que se les daba en la macrogranja donde trabajé nada más salir de la universidad. Por ello decidí dejar mi profesión y dedicarme a los animales domésticos, algo que tampoco me había funcionado. Gruñí. Sentía que me estaba engañando a mí mismo. Cerré los ojos. No podía elegir. No tenía por qué ser para siempre. Solo era el primer paso para ahorrar de nuevo. ¿Y luego qué?

«Ya pensarás en ello».

* * *

—¡Lou!

Pinaux se acercó al coche en cuanto nos vio entrar a la explanada principal de la granja. El cielo estaba gris y cuando salimos del coche, una ráfaga de viento nos sorprendió. La primavera estaba llegando, pero el invierno parecía reacio a dejarla pasar. Me recogí el cabello en un moño bajo mientras los dos hombres se saludaban. Miré a mi alrededor: la granja consistía en dos largos edificios grises donde estarían las vacas refugiadas del frío; rodeados de kilómetros de pradera verde. Sonreí ante la imagen. Hacía mucho tiempo que no veía más colores que los de París: todo gris o dorado. Sí, una ciudad bonita. Pero una ciudad, al fin y al cabo. Daba igual cuántas enredaderas colocaran en las fachadas de los restaurantes, para mí, la naturaleza siempre sería este lugar: Bretaña.

—¿Recuerdas a mi chaval? —escuché que decía mi padre. Me acerqué para estrechar la mano del granjero. Los años no parecían hacer mella en él, estaba como siempre. Tenía la cara rechoncha y sonrojada, poblada de una barba cana; una gran barriga escondida en un buen abrigo de plumas, y una colilla entre los dedos. La peste a tabaco nunca faltaba.

—*Ton garçon?* ¿Tu chaval? Pero si ya es un hombre, joder, Lou. —Soltó una carcajada llena de humo—. Ya se le ve maduro, no como cuando era un mocoso, siempre dando la tabarra, y tu hijo el pequeño siguiéndole a todas partes. No me acuerdo yo ni nada.

—Erian sí era trasto, pero este siempre fue más serio.

—Ya, ya, claro. Recuérdame tu nombre, anda, joven.

—Gael, *monsieur* Pinaux.

—Solo Gérard. O Pinaux, como me dice todo el mundo.

—*Oui, monsieur* —forcé la mejor de mis sonrisas.

—Dice tu padre que te has quedado en la calle.

Me aguanté el lanzar una mirada furibunda a mi padre.

—Sí, tuve que cerrar la clínica.

—¿Por qué? —escupió, con su tono brusco de siempre—. ¿Es que los parisinos no tienen animales? ¿O cuando se les mueren se compran otros nuevos en vez de curarlos? —Lanzó una carcajada y noté que mi padre se le unía por cortesía.

—No sé, *monsie...*, Pinaux. Por la razón que fuera, el último año no tuve tantos clientes y me era imposible mantener la clínica.

—¿Y la clínica de Cancale?

Pasaría un siglo entero y la gente me seguiría preguntando por la primera clínica, el primer fracaso, en el pueblo de al lado.

—Algo parecido.

—Pues sí que están mal las cosas, chico —dijo, y pareció que de verdad lo sentía por mí—. Yo estoy buscando un veterinario para que me ayude con las vacas. Mi hijo las cuida, las vacas confían en él, pero aún tiene mucho que aprender. Y yo no puedo estar siempre aquí, por desgracia. Ya sabes, los negocios y su administración. —Asentí. Entendía a lo que se refería—. El caso es que, si ocurre algo y no ando yo cerca, nadie sabe qué hacer. Ya se me han muerto tres vacas por ahogamiento con los puñeteros plásticos. Se los comen, las muy tontas, les deben saber a hierba o algo. Y la gente que es más cerda que nada y deja basuras tiradas por las praderas..., en fin. Si pudieras estar por aquí para cuidar de ellas y formar un poco a mi chaval, lo agradecería. Mira, Lou me dijo que necesitabas trabajo, yo lo hago por él. No me niego a un amigo.

Sonreí, mientras maldecía de manera interna que mi padre hubiera ido rogando trabajo para mí. No era un chaval de dieciséis años, no necesitaba que mi padre fuera pidiendo favores. Y, además, Pinaux necesitaba un veterinario de verdad, esto no era un favor, era una necesidad. Si mi padre no hubiera sido un bocazas, podría haber conseguido el trabajo sin ruegos. Ahora Pinaux se pasaría el día recordándome que debía estarle agradecido, como si con este trabajo me arreglara la vida. Pero en lugar de decir en alto todos estos pensamientos, me limité a poner una mano en su hombro.

—Suena perfecto, muchas gracias.

El resto de la mañana lo dedicamos a visitar la granja. Pinaux me enseñó las áreas: la de cría y las áreas de cubículos donde tenían a todas las vacas comiendo. Se me encogió el corazón al verlas todas apelotonadas, estirando su cuello para alcanzar los cubos de heno. Sentí la mirada de mi padre encima de mí. Me conocía bien, aunque nunca hubiera estado de acuerdo con mi forma de pensar. Mi madre y Erian siempre fueron los comprensivos. La última sala era la oficina, aunque el suelo estaba tan lleno de paja como el de los cubículos y el resto de las salas. En este cuarto tenían estanterías de metal con carpetas llenas de informes, unos armarios repletos de medicamentos e instrumentos y otros con ropa de trabajo. Pinaux me presentó a su hijo mayor, Adrien, unos años más joven que yo. Ambos nos reconocimos de la escuela, pero hicimos como si fuera la primera vez que nos veíamos. Había pasado mucho tiempo, de todos modos. Entre los dos buscaron ropa para ofrecerme en los armarios. Cuando salí de allí, lo hice con una camiseta y unos pantalones de trabajo, y con unas botas altas impermeables, todo color verde oscuro.

Quedé en volver al día siguiente por la mañana para comenzar.

Las olas aquel día eran altas. Lo bueno de que hiciera tanto viento era aquello: era un buen día para hacer surf.

«O lo malo», pensé, mientras desataba mi vieja tabla de la baca del coche. Nunca había sido un gran aficionado al surf, al contrario que mi hermano y todos nuestros amigos.

Aquello era algo que agradecí cuando me mudé a París: sin mar, no hay surf. En París solía ir al gimnasio o recorrer la ciudad con Möira, bajar a la orilla del Sena. He de admitir que no hice demasiados amigos. Me reencontré con compañeros de la universidad, sobre todo con Nino, pero poco más.

No me reconocía en la persona que había sido en París, pero tampoco terminaba de reconocerme en la vida del pueblo. Yo siempre había estado en las calles de Maëllys, en la playa, en los bosques, siempre con el mismo grupo de gente. No obstante, hacía mucho de aquello. Sentía que si mi «yo» adolescente me estuviera viendo ahora, se reiría de mí. O se quedaría aterrado de ver al tío asocial en el que se convertiría.

—¿Listo?

Asentí a mi hermano, mientras me quitaba la ropa y la dejaba perfectamente doblada dentro del coche, quedándome solo con el neopreno. Cogí la tabla y nos adentramos en la *plage*. Solo la arena grisácea de la playa ya estaba congelada, no quería ni imaginar cómo estaría el agua.

Allí vimos a Youenn, el mejor amigo de Erian, y en algún momento de la vida, también mío. Era nuestro vecino y salíamos los tres juntos desde siempre. Era un chaval larguirucho y con el cabello pajizo.

—¿Y Monique? —preguntó mi hermano extendiendo la toalla en la arena, mientras nosotros nos saludábamos.

—Dice que llega más tarde —le enseñó el móvil, como queriendo demostrar que no mentía.

—¿Sabe que está Gael aquí?

Youenn se encogió de hombros, como solía hacer siempre.

—Díselo, seguro que viene volando.
—Vale. ¿Aviso también a...?
—No. Solo Monique.

Mi hermano me lanzó una mirada preocupada. Yo no me percaté. Algo había captado mi atención antes de poder escuchar aquel pedazo de conversación.

Capítulo 4
GAEL

—Ah, mira, es ella —escuché que susurraba Youenn poniéndose a mi lado y señalando en la dirección en la que yo ya miraba, emocionado de poder enseñarme algo nuevo —. La Criadora de Malvas.

Tragué saliva.

Era la chica del cementerio. Estaba sentada en la arena unos metros más alejada de nosotros, con los ojos cerrados y los dedos plantados en la arena como si fueran raíces. Tenía el cabello suelto y el viento se encargaba de arremolinarlo alrededor de ella. La noche anterior no me había fijado en lo largo que era, de color dorado.

Cuando vimos que abría los ojos, apartamos la mirada de golpe, aunque no habría ocurrido nada. La chica estaba observando el océano y parecía concentrada en cualquier otra cosa, desde luego no en los tres pringados del neopreno.

No obstante, al girarme para evitar la mirada de la tal «Criadora de Malvas» (me reproché no recordar su nombre), me encontré con otro par de ojos que me dejaron sin habla.

—Amandine —saludó mi hermano, con una voz tan impregnada de sorpresa que parecía que yo hubiera hablado a través de él—. No sabía que vendrías.

Pero no, yo no podía hablar. Con sorpresa o sin

ella. Con una sola mirada dentro de sus ojos pude ver cómo pasaban por delante de mí las pocas mujeres con las que había estado en París. Ojos castaños, piel morena, cabello oscuro. Reí para mis adentros con sorna. Durante mucho tiempo me había dicho que ya no estaba enamorado de ella. Pero ¿cómo se explicaba entonces la puñalada que acababa de sentir en el pecho? ¿Cómo se explicaba que todas aquellas chicas hubieran sido tan parecidas? ¿Cómo no me había dado cuenta antes?

—Gael —saludó ella con la misma voz que hacía doce años, esa voz triste. Parecía pedirme perdón con cada palabra que emanaba de sus labios. Ella tampoco había cambiado en eso. Sonreí.

—¡Tremille! —Escuché un grito alegre, y antes de poder responder al saludo de Amandine, Monique se echó a mis brazos.

—Hola, Monique —me reí, animado por poder saltarme la parte incómoda—. ¿Desde cuándo eres pelirroja?

—Desde hace un mes —me dijo, tocándose el cabello—. ¿Te gusta?

—Pareces la sirenita.

—No, gracias, estoy contenta con mis piernas. ¡Así podré coger esas pedazo de olas! —terminó gritando al mar—. ¿Las habéis visto?

Lancé una carcajada. Monique había cambiado poco. Fue la primera en correr hacia el mar con la tabla bajo el brazo, uniéndose a un grupo de turistas. En verano, solían venir muchos grupos de surferos.

Amandine era la única que no llevaba neopreno.

—¿No surfeas hoy? —le pregunté, como si no hubieran pasado doce años y una ruptura de por medio.

Negó con la cabeza. Se produjo un silencio incómodo, al parecer. Yo estaba demasiado ocupado observando cada milímetro de ella, quería ver qué cosas habían cambiado y qué otras seguían igual.

—Bueno —dijo Erian, cortando el aire entre los dos con esa palabra como si de un cuchillo se tratara—. Estábamos hablando de la Criadora de Malvas —soltó rápidamente.

«¿En serio, Erian? ¿No había mejor tema?».

—Sí, ya he visto que está allí —comentó Amandine, mirando a mis espaldas—. Qué chica más curiosa. ¿No tiene frío?

Se removió en el interior de su cazadora.

—Es superrara —intervino Youenn—. Pero ¿qué más se puede esperar de alguien que vive en el cementerio?

—¿Desde cuándo vive allí? —le pregunté.

—Llegó a Maëllys a principios de invierno. Desde entonces el cementerio está repleto de malvas, flores de mal agüero. Por eso la llaman la Criadora de Malvas. Nunca habían salido tantas, ni siquiera cuando la casa estaba abandonada. Y ella no las corta —comentó, divertido—, sino que desaparece entre ellas. O eso dicen. Por decir, dicen que es la muerte en persona y que se dedica a cosechar cadáveres —añadió Erian, con los ojos en blanco— y la evitan por la calle.

Bufé.

—Ya —respondió mi hermano—. Pero es verdad que es rara. No sale del cementerio más que para lo justo y necesario, no se relaciona con nadie. Aunque yo creo que debe ser maja, pero tímida. O tal vez le ha pasado algo grave...

—Tú ves divertido y guapo a Elliot. Creo que el problema es que ves a todo el mundo con buenos ojos —intervino Youenn, riéndose al ver que mi hermano se sonrojaba al mencionar a ese tal Elliot. Vi que Amandine también le sonreía. Ya le preguntaría quién era—. Se dice de todo de ella.

—¿Cómo qué? —pregunté, girándome lo justo

para poder observar a la joven sin ser cantoso. Ella seguía a su bola.

Di un brinco al escuchar a Monique a mi lado, con el cabello empapado.

—Como que es una bruja de esas que te leen el futuro en las líneas de la mano, o te echan las cartas. Ya, da escalofríos. —Me sacó la lengua—. Además tiene un gato. Todo coincide. Sé que las viejas de la iglesia mayor se ponen a rezar el rosario cada vez que la ven e intentan que no se cruce en su camino.

Monique contaba esto como si fuera la historia más divertida del mundo. Nos contó cómo había visto a *madame* Églantine correr para evitar que la muchacha le devolviera un guante que se le había caído. Yo no pude evitar reírme al pensar en la abuela corriendo. *Madame* Églantine tenía fama de entrar en discusiones tontas con cualquier persona que pasara por delante de la iglesia. Me hacía gracia imaginármela huyendo de una persona en vez de al revés.

—Yo he escuchado que habla sola —dijo Amandine, aunque no parecía querer criticar, sino sentir pena por ella—. Que como está sola la mayoría de las veces, habla para sí misma por la calle, o habla con los árboles del bosque. Incluso dicen que se sienta frente a las tumbas del cementerio y habla con la persona enterrada.

Amandine jugueteaba con la goma de pelo de su muñeca.

—Lo que aumenta las probabilidades de que sea una bruja —señaló Monique.

—O la muerte —añadió Youenn.

—No aumenta las posibilidades de que *lo sea*. Aumenta la cantidad de posibles habladurías que se puedan decir de ella —puntualizó Erian—. Lo que sí debe ser, es muy pobre.

Todos miramos en dirección a la chica.

—Quiero decir, todas sus posesiones son viejas.

Y... ¿la casa del cementerio? Seguro que era la más barata del pueblo. Además, debe de tener mil cosas por renovar y dudo que lo haya hecho.

—De algo tendrá que vivir, ¿no trabaja? —Recordé de súbito el dinero que me dio la noche anterior y me sentí algo mal. Aunque tampoco parecía haber dudado en dármelo.

—Sí, hace manualidades. Pone un pequeño puesto en el mercado, pero nadie para en él. Es muy cutre, las cosas claras —bajó el tono de voz—. A mamá le da pena, así que le pidió a papá que le dejara vender en nuestro puesto, que es más grande. Además, así tendríamos ayuda extra; pero ella lo rechazó. No sé, tío, no puede ser posible mantener los gastos de una casa con el dinero que gana con su puesto. A ver si *madame* Paule le paga un dinerillo extra.

—¿Trabaja para Paule? —pregunté, curioso.

—Sí, aunque no digas nada. Vosotros tampoco —dijo a los demás, que también parecían enterarse en aquel momento—. Ya sabéis que los cotilleos en Maëllys vuelan. Paule quiere ayudarla, le ha ofrecido trabajar en su casa. La Criadora de Malvas va a arreglar cosas, limpiar, cocinar, lleva a *monsieur* Clearwater al médico... Paule se porta muy bien con ella. Ya sabes cómo es. En seguida quiso que la chica se sintiera bien en Maëllys.

Madame Paule era como nuestra segunda abuela. Recordé todas las tardes entre cacharrería vieja, jugando al escondite con Erian y Monique en su casa, que tenía mil puertas secretas, o jugando a los disfraces con los bombines de su marido, Richard Clearwater. Paule no era alcaldesa de Maëllys, pero desde luego, debería haberlo sido. El pueblo era su pasión. Quería atraer turistas, habitantes, demostrar que Maëllys podía ser el lugar ideal para todo el mundo. Por supuesto que habría sido la primera en ayudar a instalarse a una nueva joven.

—Hablando de la reina de Maëllys —dijo Erian, haciendo eco a mis pensamientos—, deberías pasarte a verla. Como se entere de que llevas ya un día aquí y no has ido a verla la primera...

—Lo haré —dije de corazón. Tenía ganas de estrechar a Paule entre mis brazos y que me regañara por la longitud de mi pelo. Me pasaría por la noche.

—Pero lo más fuerte sobre *ella* aún no se ha dicho —dijo Youenn, encendiéndose un cigarrillo—. Los viejos dicen que es..., ya sabéis. *Prostituée.*

Monique le pegó en el brazo.

—Eres idiota. Claro que no es una prostituta. Esos viejos son unos misóginos de mierda.

—Vive sola en la casa más alejada del pueblo, y como decís, tiene poco dinero.

—¿Y? ¿Qué pasa por eso? ¿Una mujer viviendo sola, tan raro te parece?

Youenn se encogió de hombros, mientras Monique no dejaba de murmurar «menuda panda de cerdos». Acto seguido, se volvió a lanzar al mar, enfadada. Erian y Youenn la siguieron, decididos a pasar del tema.

—¿Tú no vas? —escuché que me preguntaba Amandine.

—Sí, en un rato. ¿Qué harás tú? —¿Por qué me temblaban las manos? Ojalá no lo notara.

—He quedado... Me voy ya.

—Ah, bueno. Pásalo bien.

—Gracias.

Se dio la vuelta y mi corazón se relajó. No obstante, volvió a encararse conmigo.

—Gael. Oye..., ¿te acuerdas de Smael? ¿El chico que ayuda a mi madre en la frutería?

—No —mentí, no sé muy bien por qué—. No caigo ahora.

—Bueno... Vamos a casarnos.

Otra puñalada. ¿Qué esperaba? Si era sincero,

había esperado que se hubiera casado ya, que se hubiera ido de Maëllys y que no hubiera estado presente para verme volver con el fracaso a cuestas, sin pareja, sin trabajo, por supuesto sin una familia, sin...

—Han pasado doce años desde lo nuestro —comentó. Manera suave de decir que había pasado mucho tiempo desde que me devolvió el anillo y me dejó. Sí, le pedí matrimonio a los dieciocho años. He cometido estupideces en esta vida, muchas. No me arrepiento de esa—. No creo que te importe ya, pero, no sé, no te volví a ver desde aquellos días, te fuiste en seguida a Cancale, luego a París, y...

—Está bien, Amandine —dije, restándole importancia al asunto con una carcajada que sonó demasiado seca—. Como dices, ha pasado mucho tiempo. Enhorabuena por el compromiso. Ahora me acuerdo de Smael. Hacéis buena pareja.

—Gracias.

Me dio un beso en la mejilla y se marchó. Me quedé allí plantado, sin saber muy bien qué hacer. Al cabo de un rato giré la cabeza cuando me sentí observado. La Criadora de Malvas me miraba, dándose cuenta por primera vez de mi presencia.

Mis amigos me habían puesto al día sobre todas las habladurías que perseguían a la chica, aunque todas parecían demasiado mágicas para ella. La chica que conocí el día anterior apenas hablaba en susurros, no parecía que pudiera hacer daño a nadie. Levanté la mano para saludar, de manera tímida. ¿Me recordaría? Anoche estaba tan agitada que tal vez hubiera eliminado todos los recuerdos.

Ella desvió el rostro, pero al final pareció recapacitar. Me lanzó una mirada larga y levantó la mano también, después enredó sus dedos en un mechón rubio. Quería haberme acercado para preguntar qué tal había amanecido Cheshire, su gato, pero justo entonces mis amigos me llamaron desde el mar.

Después de bastante tiempo surfeando, al salir del agua, miré hacia el lugar donde encontraría a Odette.

Odette, así se llamaba.

Sin embargo, ella ya no estaba.

Capítulo 5
ODETTE

Abrí la ventana.

Me asomé y admiré las vistas a mi jardín particular: hileras de lápidas y cruces de piedra. Me encogí de hombros. Al menos, a lo lejos, también había una explanada gigante de césped en la que se cavarían nuevas tumbas en caso de que alguien decidiera que su hora había llegado. Mientras tanto, a mí me servía para hacer yoga.

Dirigí mi mirada a la entrada, donde dos cipreses altos acariciaban el cielo rosado. Siempre he sido una persona madrugadora; me gustan los momentos en los que el mundo parece frenar un poco. Salí del cuarto y bajé las escaleras procurando que no chirriaran, un gran reto. Mi casa era una señora anciana y cascarrabias, no podía evitar quejarse de sus dolores.

De manera mecánica, puse la cafetera en el fogón más pequeño y encendí el fuego. Le cambié el agua a Cheshire y le puse comida en un cuenco. Después corrí a la parte trasera de la casa, donde había un pequeño lavadero bajo un tejadillo. Allí, refugiada del viento, había una caseta de madera que construí hacía cosa de un mes. Me agaché y me asomé a su interior. Estaba llena de mantas, pero frías. No habían dormido sobre ellas en toda la noche. Arrugué la nariz.

—Vespyr...

Suspiré.

Al fin y al cabo, era un animal salvaje. No estaba en su naturaleza permanecer con un humano, y era mejor así. De todas maneras, le cambié también el agua, por si acaso. Pensé en desmenuzar en su cuenco los últimos trozos que tenía de pollo, pero Cheshire los encontraría antes y se pondría las botas. Ya le daría a Vespyr el resto del pollo si se le ocurría volver.

Me dirigí a la parte delantera, crucé el porche y salí a la explanada de césped. Mis pies desnudos se enredaron entre las malvas, que cada vez crecían más y más por todas partes. Cerré los ojos y extendí las manos hacia los rayos de sol que se colaban entre las nubes. Estiré toda mi columna. Caminé a ciegas, guiándome por el olor a tierra húmeda, a rocío y a flores; por el cantar de los pájaros y el murmullo de los álamos al removerse con la brisa. La tierra bajo mis pies estaba blanda y fría. Me puse en equilibrio sobre una pierna y estiré la otra. Mi tronco se colocó paralelo al suelo y pronto comenzó a balancearse hacia abajo, siguiendo la trayectoria de mis manos, hasta que estas se posaron en la tierra. Mi cuerpo era libre para moverse de la manera en que más lo necesitara. Mi mente, mientras tanto, consciente y observadora. ¿Qué le esperaría en este nuevo día? Con un pequeño salto, levanté la pierna que tenía en el suelo y me quedé haciendo el pino. Al menos durante el segundo que duré concentrada. El sonido metálico de la cafetera me avisó de que tenía que ir a apagar el fuego. Me caí y rodé de espaldas entre las malvas, aplastando muchas de ellas en mi camino. Lancé un suspiro al cielo.

—Debería tener una conversación con esa cafetera, ¿no crees? —le pregunté a una flor que parecía mirarme desde las alturas—. Ya, lo sé. Solo hace su trabajo.

Me levanté y corrí hacia el interior de la casa. Apagué el fuego y me serví el café con mucha canela.

¿Qué hora sería? Ugh, ¿y mi móvil?

«Debería dejar de perder las cosas. Y también hacerme con un reloj de pared».

Me recogí el cabello en una coleta alta. Cuando por fin estuve lista, me despedí de Ches, que ya bajaba las escaleras con su pata aún vendada, en busca de su ansiado cuenco de comida.

—Buenos días, dormilón —dije al tiempo que le alzaba, separándole de la comida, muy a su pesar. Le planté un beso en la nariz—. Me voy a casa de *madame* Paule, ya lo sabes. Ten cuidado si sales al cementerio y no curiosees en las tumbas abiertas o rotas. Y no te acerques a nadie. —Le di un beso en la pata herida y después lo dejé en el suelo. Saltó sobre el bol de comida y comenzó a engullir.

Estaba a punto de cerrar la puerta cuando me acordé:

—Ah, Cheshire —le dije, y esperé a que me mirara con sus ojillos azules—. Si Vespyr vuelve, déjale dormir y no molestes. Y no bebas de su agua, tú tienes tu propio cuenco. Sí, ya, bueno, te conozco —añadí cuando maulló, antes de cerrar la puerta y marchar hacia el pueblo.

La casa de *madame* Paule Clearwater era mi segundo refugio en Maëllys, por mucho que me costara admitir que tal lugar podía existir.

Aquella mañana me subí entre las ramas del roble de su jardín. Desde fuera se veía poblado de hojas, pero una vez dentro de la copa, una parecía entrar a otro mundo. Paule me había encargado construir una caseta para pájaros y solo me quedaba colgarla del árbol.

Mi trabajo no era tan idílico todos los días. La mayor parte del tiempo tenía que limpiar y hacer recados.

Pero de vez en cuando había algún arreglo que hacer en la casa, los arbustos necesitan una poda o Paule requería mi presencia como pinche de cocina.

Aquel día era soleado, por fin, después de tantos días encapotados. Me moví entre las ramas con cuidado, buscando el mejor lugar para que los pájaros disfrutaran de la caseta de madera, mientras Paule me daba conversación desde el suelo. Le gustaba contarme los cotilleos del pueblo o los eventos que estaba organizando el ayuntamiento, siempre dejando claro que ella lo gestionaría mejor. Paule también escuchaba todas las historias que contaban sobre mí, por supuesto, pero era un tema que ambas solíamos evitar; como ella evitaba hablar de mí a los vecinos del pueblo. Prefería no contar que la Criadora de Malvas trabajaba en su casa cada día. «¿Qué necesidad hay?», me decía, encogiéndose de hombros.

En aquel momento me estaba contando algo sobre la fiesta del pueblo: el Día de Maëlle, que se celebraría a mediados de agosto. Aún quedaba mucho tiempo, pero Paule había movido hilos en el ayuntamiento para comenzar a organizar todo con tiempo y poder presumir de un festival en toda regla que todos los pueblos vecinos envidiaran.

—Habrá música y carpas con comida y cerveza, obras de teatro en el bosque, una representación nocturna en la playa y un mercado con temática celta en la Place de la Mairie.

—¿Se hace todos los años? —pregunté entre dientes, mientras sujetaba un trozo de cuerda.

—*Oui* —dijo, alegre, parando su paseo por el jardín y lanzándome una mirada. Estaba preparando el almuerzo en una mesita. Típico de ella. *Croissants*, fruta, tartaletas o frutos secos—. Estoy deseando que veas todo lo que organizamos por el Día de Maëlle. Es un día mágico. Este año me encargaré personalmente de la promoción: visitaré Cancale, Saint-Malo,

Saint-Coulomb y creo que bajaré a Rennes. Vendrá más gente que ningún otro año.

Rennes era la ciudad grande más cercana, estaba a una hora en coche. Paule parecía emocionada. Siempre que hablaba movía las manos como si además quisiera representar todo lo que ya expresaba con palabras.

—Si necesitas ayuda en algo, avísame, ya lo sabes.

Tiré de la cuerda para apretar lo máximo posible y pegar la caseta al tronco antes de poner los clavos.

—Muchas gracias, Odette. Aunque tendré ayuda de sobra, vendrá Margaux y una comisión de publicidad del ayuntamiento.

Asentí. Margaux era la concejala de cultura y juventud, una chica que pasaba mucho más tiempo del necesario en la oficina y parecía que siempre estaba al borde de un ataque de nervios, a pesar de sus veintipocos años. Negué para mí misma. Paule me había llevado a su oficina durante las primeras semanas casi como si fuera una abuela llevando a su nieta al colegio. Quería que encontrara amigos con los que integrarme. Y Margaux lo intentó, de verdad, pero yo no había llegado a Maëllys con el objetivo de hacer amigos. Los Clearwater habían sido la excepción.

—Hora del almuerzo, *ma fille*. Baja aquí, he cortado un poco de fruta. ¡Richard!

Me deslicé por las ramas hasta la escalera apoyada en el tronco y bajé, aún con la caseta en las manos.

—¿No logras engancharla al árbol?

Negué con la cabeza.

—Creo que necesito una cuerda más fina —murmuré mientras me ajustaba la coleta.

—En cuanto acabemos el almuerzo vamos al garaje a mirar. Richard, ¿tú sabes si hay cuerda en algún lado? —preguntó mientras comenzaba a servir macedonia en tres cuencos.

Me senté en una de las sillas metálicas y blancas, a juego con las paredes de color crema de la casa.

Paule era una mujer bajita y mayor, seguramente más de lo que aparentaba. Tenía el cabello grisáceo y corto bien peinado, la nariz recta y ojos seguros. Vestía de traje, aunque estaba en casa. Siempre decía que en cualquier momento alguien podría llamarla y debería salir corriendo, así que mejor estar arreglada.

—*Bon appétit!* —exclamó *monsieur* Clearwater, con el cuenco de fruta en las manos. Los tres comimos sentados al sol, en el jardín. Era mi parte favorita de la casa de los Clearwater, con sus dos robles gigantes, la fuente de agua y las curiosas estatuas de acero hechas a base de varillas que una se encontraba por todas partes. Desde una joven tocando el violín con la melena al viento, a un gatito escondido entre los matorrales.

Mientras comíamos, observé a la pareja de ancianos y mi corazón se encogió. De alguna manera se habían convertido en mi familia desde que llegara a Maëllys. Paule había sido la primera en tenderme la mano cuando más lo necesitaba, y a pesar de que me prometí que aquello duraría lo justo para instalarme, allí seguía, varios meses después.

Y *monsieur* Richard, su marido, apoyando todas las decisiones que tomaba ella, me acogió como si fuera su nieta. Era un hombre alto y delgado, con el cabello y el bigote tan blancos como la nieve. Se pasaba las horas muertas en la butaca del salón leyendo libros, haciendo crucigramas o fumando en su pipa, una mala costumbre que nadie lograba que dejara.

«Esta pipa me la compró mi mejor amigo en una de las mejores tiendas de todo Londres. Siempre que me apetece fumar, es porque él, allá lejos, también está fumando —solía protestar—. Así que el día que no me apetezca fumar, será porque él ya no está entre nosotros. Dios quiera que eso no pase hasta dentro de mucho».

La primera noche en casa de los Clearwater, Richard me preguntó por qué había llegado a Maëllys sola. Fue una pregunta cuidadosa y era la primera vez que se dirigía a mí con palabras. Era un hombre silencioso, cuando hablaba era para cosas importantes. Sus ojos hablaban por sí solos el resto del tiempo, contaban historias pacientes y comprendían los silencios, tanto largos como cortos. Y por eso, fue a la única persona a la que no le dije nada. Me limité a bajar la mirada y negar con la cabeza, envuelta en mantas a los pies de su butaca, frente al fuego, y acariciando el pelaje de mi gato, que en seguida se había hecho un hueco en su regazo. No me volvió a preguntar nunca más.

—¿Sabes qué he pensado? Que esas casetas para pájaros se venderían muy bien.

Observé la caseta. Era simple de construir y un buen complemento de jardín para la primavera. Incluso tal vez podría animarme a personalizarlas.

—Es buena idea —respondí sonriendo—. Gracias.

—Este domingo estarás en el mercado con los Tremille, ¿verdad?

Puse los ojos en blanco.

—Cielo —insistió ella, al ver mi gesto—, venderás más a su lado. El puesto de Lou Tremille es uno de los más grandes del mercado; además, ellos necesitan ayuda y no les importa. Los Tremille son buena gente, Odette —añadió, seria.

El rostro de Gael se me presentó, veloz. Negué.

—Odette —atacó ella de nuevo, seria como pocas veces la veía—. Jacques y Lou estarían encantados. Les pedí que te reservaran un puesto como un favor, no lo rechaces otra vez. Aprovecha esta oportunidad.

«Yo no quiero ninguna oportunidad. Me tengo que marchar de aquí», pensé. Pero no lo manifesté porque, en el fondo, me daba pena tener que dejar a los Clearwater atrás.

—Estamos a martes, me dará tiempo a hacer unas cuantas casetas para el domingo —respondí, arrastrando las palabras con cansancio—. Me pondré con los Tremille, pero solo este domingo.

Paule sonrió y apretó mi mano entre las suyas. Al fin y al cabo, ya no volvería al mercado de Maëllys, ¿no? No pasaba nada por dar una última alegría a mi amiga.

Cerré los ojos y disfruté unos instantes de los suaves rayos del sol, del dulzor de las fresas y el sabor del zumo de naranja antes de volver al trabajo.

—¿Conoces a su hijo mayor, Odette?

Me incorporé de inmediato en la silla.

—Sí —dije, saltando en mi silla ante su mención—. Me ayudó con Cheshire la semana pasada. ¿Vosotros le conocéis?

—Claro, desde siempre. Los hijos de los Tremille siempre han jugado aquí —respondió Richard, dejando un rastro de humo gris detrás de cada palabra. Su amigo debía de estar fumando en Londres, pensé.

—Ayer vino a cenar y te llamé tres veces para invitarte.

—Ya, he perdido el teléfono —murmuré, agradeciendo para mis adentros haber tenido excusa—. Pero lo encontraré rápido —añadí al ver la mirada que me lanzó Paule. ¿Dónde lo habría dejado? Tal vez estuviera en la explanada del cementerio. La última vez que lo tuve fue una noche que salí allí a ver las estrellas y me quedé dormida. Deseé que con la humedad no se hubiera estropeado.

Por un momento, mientras recogíamos la mesa, me apeteció contarle a Paule que había visto a Gael Tremille antes. Antes de todo. Pero me mordí la lengua. Aquello supondría hablar del pasado. De una época que ya no existía. Me dirigí corriendo al garaje de la casa para poder pensar a solas. Comencé a buscar la cuerda que necesitaba, pero la misma pregunta incómoda que llevaba toda la semana en mi mente se volvió a hacer hueco. La razón por la que llevaba días nerviosa. Tuve que parar de buscar.

¿Y si...?

—No —me dije, riendo para mí misma—. Ni siquiera llegaste a hablar con él durante el festival. Además, has cambiado mucho. Y ya te ha visto varias veces.

Quise seguir buscando, pero la pregunta seguía golpeando mi cabeza para colarse entre mi listado de dudas.

¿Y si Gael Tremille, en algún momento, también se acordaba de mí?

Me tapé la cara con las manos, mientras mi pulso se aceleraba.

«No, por favor».

Capítulo 6
ODETTE

Salí del coche y toqué el timbre.

La casa de los Tremille formaba parte de una hilera de adosados idénticos, todos de ladrillo rojo y contraventanas verdes. No obstante, la suya se diferenciaba de forma clara: una enredadera cubría toda la fachada. En medio del mar de hojas había una ventana.

—*Bonjour* —me saludó un chico desde la puerta, con una sonrisa y una taza de té en la mano.

Maldije. Por un momento pensé en esconderme de vuelta en el coche, hasta que me di cuenta de que no era Gael. Pero se le parecía mucho, sobre todo al Gael de mis recuerdos. Era más joven.

—*Bonjour*. Erian, ¿verdad?

Él asintió.

—Yo soy Odette. —Ya me conocía, como todo el pueblo, aunque no por mi nombre—. Gracias por dejarme vender con vosotros en el mercado. Perdón si llego un poco tarde, me entretuve colocando todas estas de manera que no se rompieran. —Señalé las casetas para pájaros.

—Nada que agradecer, seguro que así nos podemos ayudar. —Se inclinó sobre las cajas que saqué del coche—. ¿Las has hecho tú? Son una pasada. Seguro que te compran muchas.

Me enorgulleció que las explorara con una sonrisa en la cara, mientras indagaba en la manera en que las había construido. Me dio la sensación de que Erian era de ese tipo de personas que se maravillaban hasta de la cosa más pequeña y preguntaban por aquellos detalles que una deseaba contar, pero que pensaba que no le importarían a nadie. De ese tipo de personas por las que una siente simpatía desde el primer momento.

—¿Tú qué tal estás? —pregunté, por romper el silencio, mientras Erian dejaba una de las casetas en su sitio y volvía a coger su taza de té del suelo, donde la había dejado.

Se encogió de hombros de manera graciosa.

—Cada domingo me pregunto qué me pasa en la cabeza para madrugar. ¿Tú no te lo preguntas?

Me reí, mientras él se terminaba el té de un trago.

Me dejó la llave de la furgoneta para que pudiera meter mi mercancía mientras terminaban de desayunar. Me dijo que cuando terminara, podía pasar dentro. Tal vez debería haberlo hecho. Pero la pregunta del jueves seguía en mi cabeza: durante el desayuno también estaría Gael. Me imaginé su risa como la recordaba de la única vez que la había escuchado. La noche del festival no había parado de reír, de tocar música y de contar historias. Y tampoco de beber, recordé, alzando las cejas. No me acordaba de más; habían pasado muchos años. Tenía la imagen de un joven enérgico y alegre, que llamaba a ser su amiga tanto como lo hacía su hermano pequeño. Un chico decidido a soñar que había impulsado mi manera de ver el mundo, sin saberlo. Sin conocerme.

Cuando cerré la puerta de la furgoneta, Lou y Erian Tremille ya salían.

—Estos te quedarán genial. Mira —puse un espejo delante de la joven, que se estaba probando varios de los pendientes de madera que vendía en mi puesto. Al mismo tiempo, una señora mayor me preguntó por las casetas de pájaro. Estaban siendo todo un éxito. Vender con los Tremille era muy diferente a vender sola.

—Doce euros cada una, *madame*.

Me recogí el cabello con uno de los palos de madera que también vendía en mi pequeño puesto. Hacía unos años había descubierto que tallar madera me relajaba, me gustaba, y pronto comencé a llenar la casa de pendientes, anillos, colgantes y otros complementos. Al principio los hacía para mí. Después, pensé que lo mejor sería vender todo lo que me sobrara. En el pueblo anterior a Maëllys donde residí, vivía prácticamente de mis ventas en los mercadillos artesanales; aunque he de admitir que tener un trabajo fijo en casa de Paule me daba más tranquilidad y me permitía dedicarme a la artesanía como cuando comencé: para disfrutarla.

—Creo que sí me los llevo. Son muy bonitos.

—Y en ti quedan todavía más bonitos. —Sonreí.

Resoplé y me abaniqué con las manos. Aquel día el mercado estaba lleno de gente, riadas de personas que visitaban cada puesto, sobre todo los recién estrenados puestos de flores.

Al principio del día, mi incorporación como apéndice al puesto de comida de los Tremille se había asimilado a que hubieran colocado una jaula con un animal exótico. La gente pasaba cerca para verme, como si no hubiera estado por el mercado otros domingos, aunque aislada. Murmuraron sin apenas pensar que yo estaba ahí y podía escuchar todo lo que decían. Casi nadie se acercó para comprar, así que supuse que sería un domingo más en el que las ventas escasearían, y encima boicotearía las ventas de los Tremille. Pero para mi sorpresa, el mercado se llenó más y más, y pronto nuevas caras fueron pasando por delante de mi puesto, fijándose en su contenido y no en la persona que había detrás.

Aproveché que no tenía ningún cliente para tomarme un descanso y unirme a la corriente de personas. Yo también tenía ganas de ver qué traía la primavera a Maëllys, al fin y al cabo, llevaba pocos meses aquí.

—¡*Monsieur* Tremille, voy a dar una vuelta! —grité, pues era la única forma de hacerse oír en el puesto gigante y ruidoso de los Tremille.

Lou tenía una tienda en la Rue de la Roche, la calle del comercio, donde una encontraba también la panadería, la pescadería, la frutería, alguna que otra tienda de ropa, el estanco y una librería que me gustaba frecuentar.

En la Boutique Tremille, Lou vendía productos típicos de Bretaña. Vendía platos y postres preparados, como las *galettes* —crepes negras, hechas con trigo sarraceno, rellenas de queso y verduras—, múltiples cervezas de la región, algunas fabricadas con algas o incluso agua de mar, botellas de sidra elaboradas con toda clase de manzanas, *chouchenn* —bebida alcohólica tradicional fabricada a partir de miel y zumo de manzana— y mucho más. El puesto que montaba los domingos era todavía más grande que la tienda, y era el lugar favorito de los vecinos para tomarse un aperitivo a media mañana o donde comprar el postre para la comida del día.

Por otro lado, la Rue de la Roche era la calle más viva de todo Maëllys, sin contar el tumulto de gente que se formaba los domingos en la Place de la Mairie. Decían que era la calle más antigua del pueblo, que todo lo demás se había construido alrededor de ella. Las casas y las tiendas estaban incrustadas en paredes de roca, como si hubieran sido excavadas en un cañón; el suelo era de adoquín y al final de la calle asomaba la torre de la iglesia mayor, Sainte Dorothée.

A su lado estaba el ayuntamiento, un antiguo palacio que debió pertenecer al señor de Maëllys, cuando las extensiones del pueblo no eran más que una propiedad. El palacio tenía frente a sí una explanada verde que había sido unos jardines, donde cabrían perfectamente varios campos de fútbol y que hoy en día era un espacio público. Allí era donde se celebraban los mercados, las ferias y alguna que otra exposición al aire libre.

Escuché una gaita a lo lejos, vi pompas de jabón elevarse hacia el cielo, surgiendo de entre la multitud, me fijé en las pirámides de manzanas de todos los colores que tenía el puesto frente al nuestro y me entraron muchas más ganas de salir corriendo a explorar, aprovechar los pocos minutos que tendría de descanso.

Antes de sumergirme en el mar de personas, Erian me puso en las manos una *galette* rellena de queso y calabacín. Me guiñó un ojo antes de darse la vuelta para seguir atendiendo clientes. Tenía los rizos negros pegados a la frente y la camiseta empapada, pero no dejaba de gastar bromas a los clientes y reír a carcajadas con las historias que le contaban. Miré la *galette* entre mis manos como si fuera un tesoro, y después a Erian. No pude evitar sonreír. La devoré en pocos bocados. No me había dado cuenta del hambre que tenía: el tiempo en el mercado pasaba volando.

Paseé admirando todo tipo de puestos: vi una montaña de calabazas, coliflores y lechugas enormes, acompañadas de cestas de tomates y espárragos; cajas de metal decoradas con florituras y rellenas de bombones, caramelos y pralinés; vi la maqueta de un tren en marcha que recorría un valle con pequeños pueblitos... seguí el sonido de la música, esquivando personas, creyéndome una pequeña ladrona en las calles de Agrabah, hasta dar con la banda local.

Tocaban la gaita, la flauta, el tambor y el acordeón, mientras los niños pequeños bailaban a sus pies.

El mercado era uno de mis lugares favoritos, lleno de color, música, palabras y olores. Pero también murmullos.

—Cariño, ven aquí —llamó una mujer a su hijo pequeño en cuanto me vio aparecer, como si se hubiera topado de frente con un fantasma.

«No importa».

Un hombre me empujó con el hombro al pasar. «¿Qué hace aquí esta?», preguntó a alguien, entre risas. «Vuelve a tu cementerio». Caminé, perdiéndome de nuevo entre la muchedumbre. Cerré los ojos, exhalé. Escuché la voz de *madame* Jasmine gritando sus ofertas de frutas de temporada. Las risas de los niños. Las pisadas sobre el césped. El sonido del dinero metálico pasando de mano en mano. Un empujón. «Anda, dile que te lea el futuro en los posos del té». Me abracé a mí misma. El sonido de las bolsas de plástico y los envoltorios de papel. Me llegó el aroma del chocolate, del pollo asado, y... un aroma dulzón a flores. «Mira, la Criadora de Malvas. Como no te portes bien, la llamo para que te lleve al cementerio».

Abrí los ojos. Me dejé guiar por aquel aroma hasta llegar al puesto más grande de flores que jamás había visto. Entré y me escondí en un rincón, nerviosa.

Cuando volví al puesto de Lou, llegué con un sombrero de rafia decorado con flores, un paquete de bulbos de tulipán que estaba deseando plantar y mi bolsa de tela llena de tomates y una coliflor.

—Veo que te ha cundido —señaló Erian, mientras bebía agua. Asentí, dejando la compra en un lugar apartado.

—Los puestos de flores son lo mejor, Erian. —«No puedo decir lo mismo de la gente»—. ¿Vas a descansar?

—No sé si puedo, hay mucho lío. Han venido muchas personas.

—Es normal, hace un día muy bueno. Te puedo cubrir un rato —dije, traicionándome a mí misma. ¿Ponerme delante de tantos clientes? De alguna manera tenía que agradecerle lo bien que se estaba portando conmigo, ¿no?—. Bueno, solo si a tu padre le parece bien —añadí, observando cómo todos los ojos de los clientes se posaban en mí, valorándome con la mirada.

—Claro. No le importa, ven.

Lou clavó en su hijo una mirada iracunda, aunque resignada. Me lancé dentro del puesto de comida para sustituirle durante un rato. Le pedí que me avisara si algún cliente llegaba a mi pequeño puesto, apéndice del más grande.

Me dediqué durante un buen rato a servir sidra y otros platos. La gente prefería ser servida por Erian o Lou, pues los conocían y eran mucho más amigables de lo que yo podía ser, incluso esforzándome.

—¿Has contratado a la Criadora de Malvas, Lou? —preguntó un señor, con sorna—. Joder, pues no habrá chavales ni nada en el pueblo...

—Se llama Odette, Yves.

No dijo nada más.

Al cabo de un rato, Erian apareció a mi lado.

—Tienes clientes. Ya sigo yo.

Asentí y le cedí el puesto con gusto, mientras me dirigía a mi pequeño puesto con el moño deshecho.

—Buenos días, ¿puedo ayudaros en algo...?

Me quedé con la boca seca. Gael estaba frente a mi puesto con Paule, observando todas mis chapuzas. Levantaron la cabeza en cuanto me escucharon y noté la mirada del chico clavada en mí.

«Se acuerda».

Pero, para mi sorpresa, apartó la mirada en seguida, pues su padre le llamó con un grito de alegría.

—Perdonadme —dijo en un susurro, y desapareció entre los clientes de Lou. Paule no debió reconocer el *shock* en mi rostro, pues en seguida comenzó a preguntarme qué tal el día, y a maravillarse por la cantidad de casetas que había vendido. Pero en mi cabeza había surgido otra duda: ¿y si era yo la que estaba equivocada? No se parecía tanto al joven que yo recordaba.

Paule parecía tener una conversación consigo misma más que conmigo, lo cual agradecí, porque sus palabras pasaban como hojas arrastradas por el viento: yo solo prestaba atención a Gael Tremille. Se sentó en la barra y comenzó a hablar con Erian. Se sirvieron comida.

Gael tenía cara de pocos amigos. Llevaba el cabello recogido en un pequeño moño para apartárselo de la cara, aunque no lograba mucho su cometido. La arruga en su entrecejo no se borró en ningún momento, y las veces que Erian lanzaba alguna carcajada, él se limitaba a elevar la comisura de sus labios, nada más.

—¿Está bien? —le pregunté a Paule, que me miró desorientada—. Gael —aclaré.

Ella le buscó con la mirada, como si notara por primera vez que había desaparecido de su lado. Se encogió de hombros.

—Sí, claro. ¿Por qué?

—No sé, parece enfadado.

Paule hizo un movimiento de mano, como si me dijera que no me preocupara.

—Es un chico serio, pero no te asustes, en confianza es más risueño.

Asentí, sin quitar la mirada de él. Paule se fue a hablar con Lou y yo me quedé sola para recoger mi puesto.

No, no podía ser el mismo Gael con el que me crucé hacía tantos años. Eran personas muy diferentes.

«O ha cambiado, Odette. No sabes lo que le ha pasado».

Esa expresión en su rostro me era familiar. Había sido la mía durante muchos años. Cansancio. Aquella arruga en la frente había sido mi seña de identidad durante toda mi juventud. Las ojeras que en aquel momento reconocía en él. La sonrisa que no lograba alcanzar a los ojos.

Se me cayeron algunos pendientes al suelo; me agaché en seguida a recogerlos, notando las miradas de la gente a mi alrededor.

Llevaba cinco años sin pensar en mi pasado y en los últimos días no hacía más que volver atrás, a un momento que no debía existir en mi mente, comportándome de una manera tonta, esquivando a un hombre por si me reconocía.

Cerré de un golpe la caja cuando terminé de recoger todo.

Yo nunca me había cruzado con ese chico.

Y si en algún momento él decía que yo le sonaba de algo, se equivocaba.

Se estaba confundiendo con otra persona. Y no había más.

Fue aquel domingo el día que decidí que no me preocuparía más de Gael Tremille.

Capítulo 7
GAEL

Bip, bip, bip...

Pegué un manotazo al móvil, pero el maldito cacharro siguió sonando. A ciegas lo volví a intentar; solo conseguí lanzar el teléfono al suelo. «Y sigue», gruñí para mi interior, mientras me pasaba la almohada por encima de la cabeza. Noté cómo Möira comenzaba a desperezarse a mi lado, en su cama. «No, por favor, no te despiertes aún, chica». Una vez que Möira se levantaba, recordaba que tenía que comer y no había quien la hiciera olvidar que había sonado el despertador.

Comenzó a ladrar. Lancé una exhalación y me incorporé. Me froté el rostro mientras el sonido de la alarma me seguía martilleando la cabeza. Después me levanté y tambaleé en busca del móvil, que se había deslizado por debajo de la mesilla. Abrí la ventana antes de agacharme, para que la habitación —más bien la caseta del jardín, donde me había instalado— se ventilara. Me agaché y busqué durante un rato.

Cuando por fin encontré el móvil, me levanté y me golpeé con la ventana que acababa de abrir. Reprimí un gruñido.

—Al menos esto me ha terminado de despertar.

Miré la hora: las cuatro de la mañana.

«No pienses en ello. No lo pienses».

Me vestí con la ropa de trabajo, crucé el jardín a oscuras y me metí en casa para asearme y tomar algo, con Möira pisándome los talones. Después de media hora en el baño intentando peinarme, me dirigí a la cocina y me preparé un café. Me acordé de dejar un sobre con dinero para mis padres al lado del tostador. Mi madre nunca dejaría que se lo diera en persona, así que debía hacerlo cuando no estaba delante.

Llegué a la granja a las cinco en punto. El cielo estaba lleno de nubes alargadas y ligeras; el sol intentaba hacerse hueco entre ellas, como si fueran las sábanas que me retenían a mí cada mañana.

Me lancé a trabajar. Mi día comenzaba repartiendo desayunos. Las vacas levantaron la cabeza y comenzaron a acercarse al pasillo de la nave. Repartí grano y unos complementos alimenticios en los cubos, y ellas fueron poco a poco asomando sus cabezas entre la valla alimenticia. Mientras se entretenían comiendo, limpié el heno sobrante del día anterior. Mi cabeza no pensaba, solo ejecutaba. Cuando no tenía labores de veterinario, el trabajo era muy rutinario. Llevaba menos de un mes, pero cada día parecía una copia exacta del anterior. A veces llegaba a casa y tenía que preguntar en qué día de la semana estábamos. Antes de sacar a las vacas a los prados, fui a las cuarentenas, unos cubículos donde se aislaba a las vacas enfermas.

—Hola, Tulipán —susurré a la primera. Le había puesto ese nombre después de sorprenderla comiéndose los bulbos de tulipán que habían plantado en la entrada. Obviamente, después de eso, había tenido algún que otro problema, unas pequeñas convulsiones, y había devuelto. Los bulbos de flores como los tulipanes pueden ser muy tóxicos, pero las vacas tienen un sistema fuerte y en seguida se le pasó. No obstante, prefería tenerla aún vigilada porque, además, Tulipán estaba embarazada.

En cuanto me vio, se acercó y frotó su cabeza contra mí. Sonreí.

—Ya, chica, ya.

Acaricié su cuello mientras la empujaba para que no me llevara por delante. Le quedaba medio mes para el parto, más o menos, aunque tenía la tripa tan grande que bien podría haber roto aguas en ese mismo instante y no me habría sorprendido. El ternero debía ser grande.

Tulipán me lamió la cabeza. Parecía agradecerme que cuidara de ella y de su cría. ¿Cómo actuaría si supiera que se lo arrebatarían a los pocos días, que yo no podría hacer nada para mantenerla unida a su ternero? ¿Me querría entonces?

—Hoy ya saldrás con las demás a los prados, ¿vale? —me limité a susurrarle, como si con ese mínimo gesto pudiera compensar el daño que la hacían y que harían a su cría. Acaricié el lomo del animal y besé su frente antes de salir de la cuarentena. Visité también a Celia y a Solaris.

«No pongas nombre a más vacas», me dije. Así lo único que hacía era encariñarme. Aunque me salía solo. Hablar con ellas tampoco ayudaba, claro.

Cuando todo estuvo listo, comuniqué a Adrien que podían ordeñarlas, pues ya había realizado todos los chequeos. Me quedé durante una hora apuntando todos los cambios y observaciones en la oficina. Cuando terminé, cogí mi comida y me dirigí a las cuarentenas. Pretendía cumplir mi promesa. En cuanto me vio, Tulipán mugió y se revolvió en el poco espacio que tenía. Abrí la puerta y salió todo lo rápido que su estado le permitió, hacia las praderas, como si hubiera entendido que por fin le había dado el alta. La seguí para unirme a ella y a las demás vacas.

En realidad, aquel momento era mi descanso para comer. Los Pinaux comían juntos en el edificio, pero yo prefería mil veces más comer sentado en el prado.

—Vosotras ya habéis comido —murmuré al cabo de un rato, como cada día, mientras me levantaba para evitar que las vacas se echaran encima de mi comida. Dejé la chaqueta tirada y caminé por el prado, mientras tres vacas me perseguían. Tulipán nos seguía con la vista, de un lado a otro, descansando sobre la hierba.

Aquel momento era el mejor del día. De las cuarenta vacas que había en la explotación, solo cuatro confiaban en mí lo suficiente para acercarse a jugar. Cuando me terminé la comida, mis amigas por fin dejaron de perseguirme y se resignaron a comer hierba. Yo me tiré al lado de Tulipán.

—Lo echabas de menos, ¿verdad?

Mugió, como si me entendiera. No pude evitar sonreír. No compartía esto con nadie, ni con Erian, porque me tomarían por loco, pero si uno trataba a los animales como trataría a sus amigos o a su familia, en seguida se daba cuenta de que no había tantas diferencias. Eran cariñosos y juguetones, aunque también sabían mostrar cuándo estaban enfadados. Tulipán era el claro ejemplo de ello. Me entendía tanto como mi perra. Me miraba con atención cuando le hablaba, con esos grandes ojos brillantes; me mugía cuando quería algo; me daba lengüetazos para agradecerme las caricias y se tumbaba a mi lado y apoyaba su cabeza sobre mi hombro cuando me veía decaído. Y también se había enfadado conmigo: el día que tuve que aislarla y dejarla sin praderas, se daba la vuelta cada vez que me veía, algo que me fascinó al mismo tiempo que me dio pena. Así que le di el doble de caricias hasta que me perdonó. Los animales perdonan rápido.

«Depende de lo que les hagan», pensé. Yo sabía que perdería una amiga en unas pocas semanas, cuando diera a luz. Aquello sí que no me lo perdonaría.

Noté que Tulipán me golpeaba con su hocico.

—No es nada, chica.

El resto del día se basó en evitar a Dominique, el hijo menor de los Pinaux, que llegó por la tarde para revisar las cuentas. Era un chico esmirriado al que le gustaba vestir de gala incluso para venir a la granja. Solía llevar un tupé tan alto que hacía difícil no mirarlo, se libraba del trabajo siempre que podía y no soportaba la presencia de ningún animal a menos de metro y medio. Verle caminar por la granja cuando las vacas estaban por medio era lo más divertido que podía sucederme. Hablar con él era igual que si te saltara un anuncio molesto y largo de vendehúmos en *YouTube*.

Cuando aparqué en la entrada de casa, el cielo ya tenía un color anaranjado.

Entré y me serví un plato de pasta. No había nadie en casa.

—Möira —saludé cuando mi perra me recibió—. Como algo, me ducho y salimos. ¿Qué te parece?

Saltó emocionada e interpreté que le parecía bien. Se acercó a su cuenco de comida y decidió aprovechar para comer algo ella también.

Una vez en la calle, seguí a mi perra, que ya se sabía el camino. Solíamos pasar de largo la casa de los Clearwater, cruzar la Place des Platanes y seguir el río hasta la desembocadura en la playa. Allí, Möira jugaba un rato a perseguir las olas si no hacía mucho frío, y si daba tiempo, nos metíamos en el bosque, mi lugar favorito de Maëllys.

Cuando llegamos a la playa, me senté en la arena mientras veía a mi perra correr de un lado a otro. Cualquier otra persona habría sonreído, se habría dejado mecer por aquel momento tranquilo. Yo, en cambio, saqué el móvil y me metí en mi cuenta bancaria, para variar. Crecía de manera muy lenta. Chisté. De todas formas, aquello me daría tiempo para planear qué hacer después. Había abandonado por fin la idea de la clínica. Dos fracasos seguidos. Dicen que a la tercera va la vencida, pero la idea era espeluznante.

Me quedé embobado, observando el ir y venir de las olas, mientras recordaba todos aquellos momentos en los que había decidido con el corazón en vez de con la cabeza. Tal vez podría hacer algo totalmente diferente, alejarme de mi profesión, abrir un negocio o un supermercado de productos veganos. Lo apunté en el móvil, mientras alejaba los gritos de mi yo quinceañero quejándose de las largas horas sin mi padre, de que la tienda lo fuera todo en la familia, de no poder apenas salir de Maëllys. Yo lo podría gestionar de otra manera. También podía intentar trabajar en algún gimnasio como monitor o dando clases de surf. No era el sueño de mi vida, pero bueno, primero debía tener un buen listado de opciones, luego ya descartaría.

El sonido de una voz me sacó de mi ensueño. Me acordé de mi perra, ¿dónde estaba? Se me había olvidado vigilarla. *Merde*. Pánico. El mar nunca me había gustado, me ponía nervioso. Demasiado grande, demasiado salvaje.

—Tú y yo ya nos conocemos, ¿verdad? —escuché en la lejanía. Miré a mi lado. A un par de metros estaba sentada la Criadora de Malvas acariciando a Möira. Respiré tranquilo y me acerqué.

—Hola —me saludó Odette al verme llegar. Möira se puso a saltar a mi alrededor, juguetona. Cogí una rama y la lancé lejos. Cuando mi perra salió corriendo, me quedé un rato allí, de pie, como un pasmarote, sin saber qué hacer. Irme de nuevo a mi parcela de arena a varios metros quedaría maleducado. Pero tampoco me apetecía tener una conversación superficial con aquella chica. Solté un suspiro mental. «Ya es tarde». Me resigné y me senté a su lado.

—Hola. Eh... no te había visto.

No sabía qué más añadir. Parecía ocupada clasificando todo tipo de... materia orgánica en pequeñas cajas. También vi un libro electrónico medio enterrado en la arena. Me lancé a rescatarlo, soplé la arena de las hendiduras.

—Toma, se ha llenado de arena... —murmuré.

—¡Oh! ¡Mil gracias!

Para mi sorpresa, volvió a dejar el libro electrónico en la arena al instante, sin apartar la mirada de sus cajas. Tuve que hacer un esfuerzo muy grande para no volver a recogerlo. Decidí mirar hacia otro lado.

—Y no te preocupes, yo sí te había visto, pero parecías tan ocupado que preferí no interrumpir. Parecías enfadado con tu móvil. ¿Habéis hecho las paces ya?

—No, no sé cuándo ocurrirá eso —respondí, casi más para mí que para ella, que seguía inmersa en su trabajo—. ¿Qué tal está tu gato? —pregunté, cambiando de tema. Lancé de nuevo la rama que me había traído Möi.

Aquello pareció interesarle más que mi respuesta o las cajas, pues elevó la mirada. Sus ojos verdes estaban enmarcados en una nube de pecas, como su nariz y sus labios.

—Bien —sonrió con todo su rostro, aunque en seguida apartó de nuevo la mirada—. Aún le cambio el vendaje todos los días, pero ya camina bien. La herida ha cicatrizado.

—Me alegro.

Aquella vez no volvió a retomar su tarea, sino que se quedó mirando el mar y la silueta de Möira corriendo de un lado a otro. Iba a preguntarle qué eran aquellas cajas, por sacarnos de aquel silencio incómodo y porque tenía curiosidad, cuando se levantó de un salto.

—Bueno, se hace tarde. Me voy a ir a casa.

—Vale —respondí, algo sorprendido por la rápida despedida. ¿Por qué a mí me costaba tanto hacer eso?

Metió todas las cajitas en una caja más grande.

—Hasta la próxima. Espero que puedas arreglar aquello que te mantiene tan enfadado con un teléfono. —No pude evitar sonreír—. Aunque también puedes, ya sabes, lanzarlo al mar y olvidarte.

Se marchó y me dejó allí, pensando en que aquello no era tan mala idea. Ya habían pasado unos minutos cuando me di cuenta de una cosa.

—El libro.

Rescaté por segunda vez el aparato de las garras de la arena y salí corriendo hacia el bosque. Silbé y Möira se puso a mi lado en un momento.

Distinguí la larga melena rubia de la Criadora de Malvas entre los robles, meciéndose a cada paso, aunque en el bosque ya no quedaba casi luz.

—Eh... ¡Odette! Te has dejado el libro.

La chica se giró y abrió la boca sorprendida.

—Gracias de nuevo. Soy un desastre para estas cosas, que te lo diga *madame* Paule...

Sonreí al imaginarme a Paule regañándola.

—¿Qué son esas cajas? —Descubrí que me había quedado con las ganas de preguntar. Comenzamos a caminar juntos mientras me respondía.

—Conchas, madera, hojas, algún que otro anzuelo, hilos de plástico que encontré entre la arena...

—¿Recogida de basura?

Me miró con el ceño fruncido, como si nunca se hubiera planteado que aquello fuera lo que estaba haciendo.

—Sí, supongo que sí —admitió—. Lo utilizo para hacer cosas.

—Cosas.

—Sí, manualidades. Como estos pendientes, ¿ves?

Me fijé por primera vez: llevaba unos pendientes largos con conchas variopintas y trozos de madera. Eran bonitos.

—¿Y esto lo vendes en el mercado? Me parece increíble. Es decir, no increíble de que no me lo crea, sino de que es muy inteligente. Increíblemente bien.

Odette rio; yo me obligué a dejar de soltar palabras por la boca.

—Gael, lo hago porque me gusta. Me entretiene, y tengo tanto material que decidí venderlo. A la gente también le gusta.

Me sentí cómodo al escuchar mi nombre en sus labios. Me hizo sentir como si estuviera hablando con una vieja amiga.

Odette caminaba deprisa. Había hecho que nos saliéramos del camino, imaginé que era un atajo para llegar a su casa: el cementerio. Me sorprendió con otra pregunta:

—¿Y tú estás feliz con lo que haces? Erian me contó que estás trabajando en la granja lechera.

Aquella chica parecía no tener filtro. La gente normal deja pasar un par de días más antes de preguntar cosas así. ¿Es que no sabía que los rodeos son educados?

No, lo que me había molestado era otra cosa que nada tenía que ver: Odette tenía el don de acertar en la diana con solo una flecha. No sabía qué responder, pero ella tampoco parecía tener prisa por que llegara una respuesta, esperaba paciente. Empecé por el final:

—Sí, estoy trabajando en la granja. Y, bueno, podría ser mejor.

Salimos a la carretera y al otro lado de ella pude ver el cementerio. Estaba a punto de anochecer. Agarré a Möira del pelaje para cruzar la carretera.

—Si yo salvara animales, me sentiría genial.

Suspiré, pensado en Tulipán y en el resto de las vacas.

—Ser veterinario no significa siempre salvar animales —dije, esperando que lo entendiera y dejáramos de hablar de ello.

—Ahí está otra vez.

—¿El qué? —dije sorprendido.

—La cara de enfadado.

Abrí la boca para responder, pero no supe qué decir. Estábamos ya frente a su casa.

—A lo mejor deberías reflexionar sobre la razón por la que te hiciste veterinario, Gael Tremille. En todo caso, está en ti. Se ve a la legua.

Acarició el hocico de Möira y adiviné que aquello era una señal de despedida.

Me marché, y en todo el camino de vuelta no pude dejar de pensar en lo que me había dicho.

Capítulo 8

GAEL

Aquella noche, durante la cena, mi madre comentó varias veces que debía de estar cansado, pues por lo visto me había quedado embobado un par de veces mirando la botella de vino.

—Sí, estoy agotado. Me voy a ir a la cama —dije, siguiendo la corriente a mi madre. En realidad, solo estaba dando vueltas a un recuerdo de mi vida casi olvidado. La Criadora de Malvas había plantado una semilla en mi cabeza, y esta no paraba de deambular de un lado para otro buscando razones y recuerdos.

—Recoge ese dinero que has dejado ahí esta mañana y llévatelo ya de paso, anda.

Suspiré.

—Os tengo que pagar algo por vivir aquí.

—Esta es tu casa, no tienes que pagar nada, Gael.

Me levanté de la mesa y le di un beso de buenas noches, ignorando su comentario; después guiñé un ojo a mi hermano y le señalé el móvil sin que mis padres lo notaran. Él se puso rojo, pero ellos debieron pensar que se debía al calor que tenía: llevaba una bufanda enrollada alrededor del cuello y no parecía que se la fuera a quitar ni para dormir en unos cuantos días.

Después de aquella tarde haciendo surf en la playa, hacía ya un mes, había preguntado a mi hermano:

—¿Quién es Elliot?

Recordaba que Youenn había picado a mi hermano con el nombre de aquel chico, y yo, con una sonrisa de oreja a oreja, me moría de ganas de poder unirme.

—Mi novio —respondió él, en un susurro y sonrojándose—. Ni una palabra a papá y mamá.

—¿Cuánto tiempo lleváis?

—Nueve meses.

—¡Nueve meses!

—Sssh...

—¿Y aún no se lo has contado ni a mamá? No es la primera vez que tienes novio, Erian, ya saben...

—No es por eso, Gael. No me apetece anunciar que tengo una pareja seria, nada más —negó, y no me dejó replicar.

—¿Es de clase? Enséñame fotos.

Estuvimos toda la noche en la caseta del jardín, tirados en la cama, mientras él me enseñaba fotos de un chico rubio y alto.

—Es superlisto. Sabes que yo quiero hacer mi tesis sobre la cultura celta en Bretaña, ¿verdad? Pues él me ha ayudado muchísimo, aunque en realidad está especializado en historia contemporánea.

Erian no podía borrar la sonrisa de su rostro mientras hablaba de él. Yo tampoco podía dejar de reírme, pero de felicidad. Me hacía ilusión verle así. Y aquella bufanda parecía una clara tapadera de los mimitos que se habrían dado después de clase.

Salí al jardín con Möira detrás de mí, de camino a la caseta, mientras escribía un mensaje a Erian pidiendo que me contara novedades sobre Elliot.

Una vez que me tiré en la cama, olvidé a mi hermano y liberé mi mente. Me puse a pensar y recordé sin que nadie me interrumpiera, con la luz apagada.

Cuando acabé la carrera, tuve un momento de lucidez. De estos que se tienen pocas veces en la vida, en los que uno es capaz de encajar todas las piezas de su futuro en tan solo un momento. O al menos, creí haberlo tenido.

Me acordé del día en que, de niño, me llevaron de visita a un centro de recuperación de animales salvajes. Normalmente, las escuelas llevan a los niños de visita a la granja escuela, pero la mía quiso innovar. Creo que desde aquel día empecé a interesarme por el bienestar animal: llegué a casa y dije que desde aquel momento era vegetariano, como la propietaria de la reserva. Mis padres no querían oír palabra y desde aquel momento en mi casa se comió más carne de lo habitual.

Entré en veterinaria y me lo tomé como una especie de redención por todos los animales a los que me había comido en mi vida. Desde aquel momento en adelante, los curaría y los salvaría. Claro que un grado universitario se hace para conseguir un trabajo que te dé dinero, no por amor. Y, además, la facultad es la primera que te enseña a explotarlos. Me ocurrió algo: tropecé con la pata de la mesa de la cocina, lo que hizo que la copa de vino que llevaba en la mano se cayera al suelo. Se rompió en mil pedazos, y una de las cientos de gotas que inundaron la cocina vieja y blanca fue a caer en una gallinita de cerámica que realicé en aquella reserva cuando era un niño.

Esquivando los cristales, llegué hasta ella y la miré preguntándome por qué narices había traído aquel *souvenir* con tal aparente falta de utilidad hasta París, después de todos los años que habían pasado. Solo podía ser para una cosa: hacerme ver a qué dedicaría mi vida. El rescate de animales.

Sonreí al recordar cómo limpié la cocina de vino, barriendo los cristales y a la vez hablando emocionado por teléfono con Nino, mi mejor amigo de la carrera, comentándole aquel gran proyecto al que mi gallinita de cerámica me había guiado, aquel delicado huevo que había puesto en mi cabeza. No era un huevo de oro, pero yo eso ya lo sabía. Era un huevo de cerámica fina, delicado y con el centro calentito. Y yo lo cuidaría para que nacieran polluelos. Nino me animó en seguida. Me dijo que era una salida original —una manera suave de decirme que me comería los mocos, pero que me animaba a ello si de verdad me apetecía—. En mi cabeza todo estaba montado: volvería a Bretaña, pediría un préstamo para comprar un buen terreno verde, construiría unas cabañas de madera y unos buenos bebederos, pondría unos colchones viejos para que los animales pudieran descansar, y desde el primer día, me dedicaría a rescatar animales de las granjas de Normandía y Bretaña. Sería un trabajo duro, pero reconfortante.

No obstante, es curioso cómo somos de influenciables las personas. Cómo pasamos de pensar que una idea es la mejor del mundo a desecharla como si fuera una hoja vieja y pintarrajeada; aunque entre garabatos esté la solución definitiva.

Cuando llegué a casa después de graduarme, un solo comentario de mi padre cuando se lo conté derribó todo, lanzó mis planos de la reserva volando por los aires e hizo que jamás los recuperara.

«¿Un santuario de animales? Ni que la vaca fuera la Virgen María». Todo el mundo se rio, yo incluido, aunque no me hizo mucha gracia. A lo mejor porque me gustan más las vacas que la Virgen María.

Después me dijo: «Gael, salvarás a una de trescientas que irán al matadero. Yo no entiendo qué clase de piedad selectiva es esa. Siendo veterinario, cuidarás a todas por igual. Además, eso no da dinero. ¿Vas a vivir de limosnas?».

Y en seguida olvidé aquel sueño momentáneo. Me admití que no era una buena idea, que lo mejor que podía hacer era montar una clínica o trabajar de empleado en alguna granja.

Noté cómo me quedaba dormido. Al final, era verdad que estaba agotado.

Sí, había estudiado veterinaria para ayudar a los animales sin explotarlos. Aquella era la diferencia.

Pero nadie entendía esto. Lo veían como plantar manzanos para no recoger el fruto, para verlo pudrirse en las ramas.

Me obligué a dejar la mente en blanco.

Me quedé dormido.

A veces la vida tiene maneras de demostrarte que estás en el camino equivocado. Pero yo, desde hacía tiempo, no tenía ningún camino a la vista más que el que seguía. Si solo había una senda, ¿por qué me costaba tanto seguir hacia delante?

Cuando escuché a Adrien llamarme a gritos, me puse pálido. Cerré de un golpe el armario de los medicamentos, que llevaba toda la mañana clasificando. Escuché una vez más la voz de Adrien fuera del edificio:

—¿Dónde está Gael?

—Aquí —dije, asomándome por la puerta de la enfermería.

—Una de las vacas se ha puesto de parto en los prados. Se marchó lejos sin que nos diéramos cuenta y creo que es muy tarde para traerla. Mi padre está llegando...

—Iremos nosotros —dije de inmediato, preparando todo lo que necesitaría. Reprimí una sonrisa. Tulipán se ponía de parto y decidía dónde, y en los establos no iba a ser.

Adrien me siguió, después de coger una paca de paja limpia. Subimos en mi propio coche, no había tiempo que perder. Conduje a través de las praderas todo lo rápido que pude sin asustar al resto de las vacas y dándoles tiempo para que me vieran y se apartaran del camino. Adrien me guiaba.

Cuando llegamos a la linde de las praderas, vi a Tulipán tirada sobre la hierba, con dos pezuñas blancas y pequeñas asomando por su vagina.

—Lo estás haciendo bien, chica —susurré, aparcando el coche a suficiente distancia. No quería estresarla.

Adrien y yo bajamos del coche y nos quedamos mirando, desde la distancia, por si en algún momento veíamos que necesitaba nuestra ayuda. Desde luego, la pradera era un lugar limpio, así que la paja que habíamos traído no hizo falta.

—Mi primer parto en la granja —le dije a Adrien, emocionado. Tulipán empujaba con todas sus fuerzas y las patas delanteras del ternero asomaban cada vez más. Llevó un tiempo hasta que la cabeza del ternero apareció detrás de ellas, empapada de líquido y sangre. Era un momento precioso. Tenía ganas de acercarme a Tulipán, acariciarla mientras mugía y susurrarle que todo estaba yendo bien. Una vez que salió la cabeza, el cuerpo lo hizo rápido. Un ternero alargado, delgado y brillante apareció entre la hierba, con los ojos cerrados.

Pinaux llegó con el camión para transportar a las vacas.

—Bueno, una más —gruñó—. A ver qué es.

Se acercó para mirar su sexo.

—¡Es hembra! —gritó, dejando caer la extremidad de la recién nacida. Comprobó que respiraba, la sacudió un poco y limpió su rostro. Comenzó a moverse—. Pero es demasiado pequeña.

Yo me acerqué a Tulipán. Seguía tirada y mugía aún, como si continuara teniendo dolor, en lugar de incorporarse para lamer a su cría, la respuesta natural de toda vaca. Cuando Pinaux se apartó de la cría, esta intentó incorporarse. Con paciencia, Adrien la ayudó a mantenerse en pie, pero —como era natural—, la ternera se caía cada dos por tres. Sin embargo, no cesaba en su empeño. Pinaux la guio con sutileza hasta dejarla frente a su madre, que comenzó a lamerla para limpiarla, aunque seguía sin levantarse.

—¿Qué te ocurre? —pregunté, preocupado. Me lancé a revisar que todo estuviera bien, para detectar que no tuviera ningún problema postparto. Me puse un guante largo de plástico e introduje la mano en su interior para comprobar que todo estaba en regla, cuando me topé con algo: otro par de pezuñas.

—Viene otro —avisé, sorprendido. Tulipán no había terminado de dar a luz.

—Joder —escupió Pinaux, sujetando la cabeza de la primera ternera para que mamara—, por eso vienen tan enanos. No nos darán nada por ellos.

Me aguanté las ganas de responderle que aquella ternera y su hermano, que estaban llegando al mundo, no debían «valer» para nada más que para vivir. Pero recordé que aquella era una explotación lechera y que venían momentos duros. Me dediqué a acariciar a mi amiga mientras empujaba una segunda vez y, en cuanto la mitad del cuerpo del ternero apareció, lo agarré de las patas y esta vez lo ayudé a salir, tirando hacia el exterior. Comprobé que respirara y lo llevé directamente frente a su madre, sin esperar. Allí, Tulipán comenzó a lamer a ambos, que empezaron a mover la cabeza para orientarse, recibiendo los rayos del sol por primera vez en sus ojos acostumbrados a la oscuridad del vientre, buscando alimento.

—En una semana irán directas al matadero —chistó Pinaux.

—¿Qué? —Me levanté de un salto.

—Son muy pequeñas, no me sirven.

—Es una crueldad —solté, sin pensar—. Son sus crías.

—Niño —enfatizó la palabra; me mordí la lengua—, ¿cuatro años de veterinaria y acabas de descubrir cómo funciona una granja?

—Lo sé, pero... —me trabé—, pero en una semana

aún serán muy pequeñas para... —«que las maten. Para dejar de investigar el mundo a través de sus sentidos recién estrenados. Para dejar de mamar. Para alejarse de Tulipán. Para que ella las vea desaparecer para siempre». Como si sirviera de algo crecer. Su destino sería el mismo. Siempre el mismo.

—Es el tercer parto de esa vaca, chico. No le des más vueltas de las necesarias.

Miré a Tulipán, que se encargaba de lamer a sus hijos, mientras estos se enganchaban de sus ubres. El segundo de vez en cuando se incorporaba, daba un paso, se caía sobre ella. Tulipán le lamía con paciencia, le daba pequeños empujones con el morro para animarle a que lo siguiera intentando. Le enseñaba a *vivir*. Pero no serviría para nada.

Se los iban a arrebatar por tercera vez.

Cuando subimos a los tres en el camión para llevarlos a los establos, mi cabeza solo gritaba que saliera de allí. Que no volviera, que me alejara, que cogiera el coche y no fuera cómplice.

Durante los días siguientes, hice lo posible por cuidar a los terneros. Seguían en un cubículo con su madre, pero ya se paseaban siguiéndola de un lado a otro, incluso a veces trotaban alrededor de ella, jugando juntos. Evité ponerles nombre. Evité fijarme en ellos, en las marcas que los diferenciaban al uno del otro, en las cosas que señalaban que ambos eran hijos de Tulipán. Solo me fijaba en que seguían siendo más pequeños que otros terneros.

El día que llegué a la granja y escuché los mugidos de Tulipán, me lancé corriendo hacia su cuadra. No estaban.

—¿Dónde están los terneros? —pregunté a Adrien, dando voz a mi amiga, que caminaba de un lado a otro, coceaba la paja, se asomaba por la reja y mugía.

Los habían llevado a unas casetas de hormigón con el suelo de paja limpia, un barreño con agua limpia y poco más. Estaban los dos hermanos juntos, tras una rejilla de metal. Sus ojillos miraban de un lado para otro, se asomaban a la reja para ver si su madre estaba cerca. Escuché sus mugidos de confusión con el corazón en un puño. ¿Por qué estaban encerrados? ¿Y el calor de su madre, al que habían estado acostumbrados? Ahora solo se tenían el uno al otro para acurrucarse.

—Tienen que acostumbrarse al biberón, por eso se los separa.

Asentí. Comprobé que estuvieran bien. Cerré los ojos cuando la hembra comenzó a lamer mi mano, como si fuera la ubre materna.

Me lancé a los baños, donde me lavé la cara con agua congelada, como si así pudiera traerme de vuelta a la realidad. Me quité la camiseta, sucia del trabajo durante la semana, y la cambié por otra en la oficina. Mi mente no pensaba. Me había ordenado no pensar más, porque si lo hacía, acabaría llorando. Y no tenía sentido que un veterinario llorara por estas cosas, ¿no? Debía estar acostumbrado. Curtido. Exhalé.

Lo siguiente que hice fue visitar de nuevo a Tulipán. Sabía que todos mis esfuerzos por no desmoronarme se vendrían abajo cuando la viera.

Cuando llegué al establo donde la estaban ordeñando, vi que Tulipán apenas se resistía, acostumbrada como estaba. Lo que sí hacia era mugir y mirar hacia todas partes, como sus terneros.

Me puse frente a ella y acaricié su cabeza, algo que Adrien debió de agradecer, porque ambos notamos cómo su estrés disminuía al verme. Sin embargo, no dejó de mugir mientras me miraba.

—Lo siento —dije. Notaba sus mugidos como preguntas directas hacia mí. «¿Dónde están? ¿Tú lo sabes?», «¿Por qué no los puedo ver?», «¿Los podré ver algún día?»—. Cuidaré de ellos —prometí a mi amiga, sin pensar. Pero ella seguía mugiendo, y aunque yo la acariciara, su estrés comenzó a elevarse de nuevo. Me retiró la mano de su cara.

Sabía que había cosas que Tulipán jamás me perdonaría, y esta era la más importante de todas.

—Si por mí fuera —susurré— vivirías con tus hijos en un prado verde, los verías crecer, los amamantarías cada día y estaríais juntos hasta que te hicieras mayor. Ojalá estuviera en mis manos daros una vida así. Pero no tengo dinero para hacer eso, Tulipán. Tampoco apoyo y... no puedo...

Tulipán había dejado de mirarme. Miraba hacia los lados, miraba hacia delante como si yo estuviera hecho de cristal y pudiera ver a través de mí. Perdida. Le habían arrebatado a sus terneros tres veces. Tres veces había sentido la confusión y la pérdida, tres veces se había quedado sin respuestas. Sus hijos se habían desvanecido, pero tenía aún su recuerdo en la boca, en su lengua. Los limpiaba cada mañana. ¿Por qué no estaban con ella?

Me fui de allí. Salí a las praderas con el resto de las vacas hasta que llegó la tarde, y con ello, la hora de meterlas en los establos.

Me metí en el coche y me quedé allí, sentado, con la mirada borrosa. No me acostumbraba. No me dejaba de doler con los días, las semanas, los meses.

Y una sensación de traición y cobardía me embargaba por momentos.

Capítulo 9
ODETTE

La primavera llegó oficialmente a Maëllys.

El sol y la lluvia se intercalaron cada semana, hasta el día en que decidieron salir juntos y el cielo sonrió con un arcoíris completo.

Los árboles rebosaban hojas verdes y flores, todos los jardines y campos tenían varios centímetros de hierba mullida y los pequeños ríos de Maëllys iban cargados de agua.

Cuando salía el sol, la playa se llenaba de paseantes y la explanada del ayuntamiento de jóvenes que jugaban a las cartas, leían o tocaban la guitarra. Las floristerías estaban en pleno apogeo, había un continuo flujo de personas entrando y saliendo.

Era mágico. Aunque, por otro lado, las historias que circulaban sobre mí se habían intensificado desde que llegué al pueblo. No es que me molestaran. En exceso, al menos. Lo que sí me molestaba eran las miradas que me lanzaba la gente cuando me asomaba por el bosque o la playa, no digamos ya cuando tenía que bajar a comprar algo al pueblo.

Si bien todo Maëllys estaba florido, no había un lugar más colorido que el cementerio, aunque suene increíble. Y es que las dichosas malvas crecían por doquier alrededor de mi casa, algunas de un tamaño colosal, cubriendo las paredes con hojas que parecían abanicos y flores llenas de abejorros. También crecían otros tipos de flores y plantas silvestres, como margaritas, achicorias amarillas, amapolas, bastante trébol y espigas con reflejos plateados. Pero todo lo último quedaba a la sombra de la cantidad de malva que crecía.

Una mañana, *monsieur* Richard y yo nos dirigíamos al centro de salud. Decidió ir a pie, pues hacía un día magnífico. Maldije para mis adentros, aparcando de nuevo el coche en el que habría preferido guarecerme.

—Entonces me verán contigo. Paule... —susurré.

Él hizo un movimiento con la mano, restándole importancia. Suspiré.

Salimos con tiempo de sobra para que *monsieur* pudiera caminar a su ritmo. Richard era solo dos años mayor que Paule, pero estaba envejeciendo mucho más rápido, provocando que la diferencia de edad pareciera más grande. El paseo fue agradable: yo llevaba tan solo un jersey naranja y una falda vaquera larga con cuentas de colores, junto al sombrero de flores. Caminaba al ritmo de Richard, conversando con él, disfrutando del canto de los pájaros y el murmullo de la muchedumbre según entrábamos por las calles del pueblo. En cuanto llegamos frente a la iglesia, no pude evitar encajarme el sombrero como si así pudiera desaparecer dentro de él. Todos me miraban. Richard paraba a hablar con amigos y conocidos, y yo no sabía dónde meterme mientras tanto. Intenté no prestar atención a los comentarios, pero la gente no parecía saber hablar en voz baja.

—He escuchado que ayer la vieron de madrugada tirada entre las malvas, dormida. A lo mejor por eso crecen tantas a su alrededor.

—Nunca había visto el cementerio así, es una buena señal. Esta chica es un hada.

—Habla sola con las flores. No es un hada, solo está loca.

—Parad... la pobre no tiene dinero ni para arreglar la casa en la que vive. Toda esa maleza... terminará devorándola.

No pude evitar poner cara de sorprendida varias veces y soltar alguna que otra carcajada silenciosa. ¿Es que no tenían nada mejor que hacer?

—No hagas ni caso, *petit cygne*. Necesitan tener algo de lo que hablar —me susurró Richard una vez que alcanzamos el centro de salud. Le gustaba llamarme «pequeño cisne», como referencia a Odette, la princesa del famoso cuento. Cada vez que lo hacía, me salía una sonrisa.

—No lo hago, no te preocupes.

Me miró sorprendido y bufó.

—Sí haces caso, *petite*, pero se te pasa rápido.

Por las tardes me quedaba en casa recogiendo flores y disecándolas. Habría sido una estupidez tener tantas flores al alcance de la mano y no aprovechar para hacer láminas y marcapáginas decorados con ellas.

También me aficioné a ir a la playa a leer. O a hacer que leía. En las últimas horas de la tarde, Gael solía llegar con su perra. La mayor parte de las veces aparecía solo, siempre concentrado en su teléfono, como si tuviera a su mejor amigo encerrado en aquella pantalla diminuta y no encontrara la manera de sacarlo. Pero en cuanto me divisaba, lo guardaba y se acercaba. Su rostro cambiaba, pasaba del sufrimiento al descanso, y aquello me llenaba de satisfacción, aunque debido al trabajo en la granja llegaba con las mismas ojeras de siempre. Desenfocaba la mirada. Resoplaba con frecuencia, como si respirar a veces se le hiciera un trabajo muy pesado. Y yo intentaba fingir que no conocía otra imagen de él; una más esperanzadora. Intentaba convencerme de que no estaba decepcionada, de que me daba igual quién fuera él.

En la playa, hablábamos sobre todo de lo que

vendería yo en el mercado del domingo. Él me contaba alguna anécdota que le hubiera ocurrido en el trabajo. Y después se acababa la conversación. Yo me iba, o él se levantaba y decía que tenía que ayudar con la cena.

Otros días llegaba con gente, bien con su hermano o con amigos. Cuando estaban Erian y él solos, siempre saludaban, alegres, pero pasaban de largo y seguían hablando. Aquello me exasperaba. Me hacía sentir pena de mí misma. Los hermanos Tremille eran las dos personas con las que más contacto tenía después de Richard y Paule, y aunque me solía decir a mí misma que estaba bien sola, a veces me encontraba soñando despierta: me visualizaba siendo amiga suya, viendo cómo venían a buscarme a casa para pasear con ellos y compartir sus historias.

A veces Gael llegaba con dos amigas. Yo las conocía de vista, sabía que una era la hija de la frutera. Se llamaba Amandine. La otra chica, que tenía el cabello teñido de un color rojo vivo, se llamaba Monique, y casi siempre la veía con Erian. De igual manera, aquellas veces me saludaban de lejos y pasaban de largo.

Cada vez frecuenté menos la playa y comencé a pasear por otras zonas, convenciéndome de que así no tendría nada que envidiar. Si no lo veía, no lo recordaba. Además, leer en el bosque era mágico, caminar entre los campos de trigo verde con música en los oídos me hacía sentir libre y pasar tiempo elaborando mis artesanías en la cama con Cheshire ronroneando me hacía sentir en paz con la vida. Cuidar de Vespyr también me reconfortaba. Alguna vez se me pasó por la cabeza hablarle de él a Gael, pero negaba con la cabeza rápido. No iba a utilizar a Vespyr en un intento desesperado por trabar amistad con el veterinario. Además, estaba intentando que el animalito dejara de venir a casa y pasara más tiempo en los bosques, su verdadero hogar. Pronto se acabaría marchando del todo.

A la que sí echaba de menos era a Paule. Yo trabajaba en su casa de lunes a viernes, pero últimamente ella nunca estaba. Viajaba de una ciudad a otra haciendo promoción del Día de Maëlle y de todas las actividades que se harían. Y cuando no estaba viajando y arrastrando de un lado a otro a la siempre agobiada Margaux, permanecía hasta tarde en el ayuntamiento organizando los conciertos, los mercados, las funciones, los espacios e imprimiendo una nueva tanda de carteles y panfletos para distribuir.

Richard solía fumar y leerme el periódico mientras yo limpiaba y cocinaba la comida del día. Después de comer, jugábamos al ajedrez o veíamos una película. Eran días tranquilos y estaban bien, pero necesitaba la energía de Paule.

Desde aquel primer día de primavera en el mercado, mis días favoritos, pero a la vez los más cansados, eran los domingos. El mercado me llenaba de alegría: todo era animación, aunque también muchas caras nuevas. Cada vez que me veía rodeada, sentía que mi respiración se aceleraba. El aire dejaba de ser efectivo. La vista se me desenfocaba.

No obstante, me gustaba lo que hacía y estaba consiguiendo lo suficiente como para no dejar de poner el puesto: mis clientes no solo me compraban, sino que se interesaban por cómo fabricaba cada pieza, y me emocionaba poder hablar de ello.

Seguí ayudando en el puesto de Lou, y cada vez lo encontraba más divertido. Resignada a no ser más que una empleada eventual de la familia Tremille, disfrutaba del tiempo que pasaba con ellos, aunque fuera solo escuchando sus conversaciones animadas y viéndolos trabajar. Al parecer no era la única persona atraída por aquella familia: de todos los puestos de comida, el puesto de Lou Tremille era el que más lleno estaba siempre.

Gael se pasaba a mediodía y también se entretenía en mi puesto, hablábamos durante un tiempo que se me hacía demasiado corto, y luego ayudaba en el puesto de comida. Aquellos momentos eran los más divertidos. Erian sabía de sobra cómo trabajar en el puesto, pero cuando entraba Gael parecía olvidarse y siempre terminaban liando alguna: se les caía comida al suelo, hacían guerras de salsas cuando Lou no miraba o se boicoteaban a la hora de atender clientes. A mí me llegó a doler la tripa de la risa.

Mientras tanto, los días se hacían cada vez más luminosos y verdes.

Capítulo 10
GAEL

La tarde antes de que se cumplieran dos semanas del nacimiento de los terneros, después de cuidarlos y sacarlos a la pradera, de jugar con ellos y llevarlos de vuelta a su habitáculo, no pude contenerme. Vi que Pinaux no había dejado comida preparada para el día siguiente, ni tampoco complementos nutricionales para los pequeños —que cada vez lo eran menos—. Se me desbocó el corazón. Toqué la puerta del despacho de Pinaux y abrí cuando escuché su voz permitiéndome entrar. Desde la puerta, hablé en un murmullo:

—¿Qué va a pasar con los terneros?

—Mañana los recoge el del matadero —respondió, sin siquiera mirarme. Mi corazón dio un salto, se prendió en llamas de rabia y se apagó tan rápido como se había encendido, como la confusión se acabó desvaneciendo de Tulipán. No había nada más que pudiéramos hacer.

—¿La hembra también? —volví a preguntar. Sabía que los machos iban al matadero la mayoría de las veces, excepto los que se quedaban como toros sementales. Las hembras se solían criar para ser vacas lecheras. Llevaba dos semanas deseando que la ternera ganara peso, ganara fuerza. Que al menos ella sí pudiera quedarse, porque era la más juguetona, la más curiosa y la que desprendía más ganas de vivir, si acaso eso se podía medir.

—Han sido mellizos y cuando ocurre eso se quedan ambos muy pequeños. A largo plazo, la vaca dará problemas y hay muchas probabilidades de que sea infértil.

«Claro, no vas a cuidarla si hay una mínima posibilidad de que no te salga rentable».

—Dale una oportunidad...

—Tremille, por el amor de Dios, son vacas, no personas.

Las lágrimas escalaron hasta mis ojos; las ahogué como pude. No sé de dónde salió mi petición. Tal vez de los ojos oscuros y asustados de Tulipán. Tal vez de todos los pensamientos que entraban en mi mente y me culpaban de ser una persona que no era *yo*.

—¿Puedo quedármelos?

Esta vez Pinaux elevó la mirada; negó con la cabeza, soltando humo por la boca.

—Por supuesto que no, Tremille. Tenemos un acuerdo con el matadero, no le voy a quitar mercancía.

—Son pequeños...

—Para ser vacas lecheras, pero para carne valen igual.

No dejé que aquello me encendiera de nuevo.

—Al menos déjame uno. El matadero no espera más de un animal, es raro que vengan mellizos.

—¿Cómo vas a cuidar de una vaca, chico? ¿Qué harás cuando crezca?

—Ya veré.

—¿Y dejar que la gente del pueblo vea que voy regalando vacas? Ni hablar.

—Es una excepción, Pinaux —suspiré—. Al fin y al cabo, es un animal que no sirve para leche y para carne no es lo mejor.

Pinaux se quedó pensativo.

—Al final lo tendrás que enviar al matadero tú mismo. Es mejor que vaya ahora, Tremille.

—Por favor.

—Si te hace ilusión, haz lo que quieras, chico —suspiró, rendido—. Coge uno. Pero no me pidas ayuda en nada, ¿vale? Bastante lío tenemos aquí.

Le ofrecí mi sonrisa más sincera dadas las circunstancias.

—Gracias.

Fuimos hasta la caseta de hormigón donde los tenían encerrados. El sol estaba cayendo ya, y el cielo tenía tonos morados. Desde el parto de Tulipán, llevaba días quedándome hasta tarde en la granja, pero aquel día sería una exageración, pues me había quedado hasta el cierre. Mi familia se estaría preguntando qué habría pasado. Sin embargo, no sabía cómo reaccionarían cuando me vieran llegar con un ternero en brazos. Intenté apartar la idea de mi mente.

—Venga, coge uno —dijo Pinaux, mientras abría la cancela.

Me agaché para mirar a los ojos una vez más a los dos. Los dos tenían la cabeza negra, con un triángulo blanco entre los ojos, como Tulipán. El macho —el más pequeño— tenía el morro negro entero, mientras la hembra lo tenía rosado salpicado de motas. La hembra se levantó en seguida y se acercó, comenzó a lamerme la mano. El macho, sin embargo, permaneció hecho una rosquilla sobre la paja, sin inmutarse, con los ojos cerrados. Ella siempre fue la más juguetona, después de todo.

Se me encogió el corazón. Elegir uno sabiendo el destino que le deparaba al otro era probablemente la decisión más difícil que había tenido que tomar en mi vida. Ambos cerraban los ojos cuando les daba el sol del medio día, ambos se dormían siempre uno al lado del otro. Cuando uno mugía, el otro lo hacía más alto.

No tenía manera de elegir, más que con aquella medida absurda: las ganas de explorar mundo. La hembra siguió frotando su morro contra mi mano. Le acaricié el lomo una, dos, tres veces, como lo solía hacer en las praderas. Debía ser ella, supuse.

«Perdón», pensé mirando a su hermano, que ni siquiera se dignó a mirar cómo sacaba de la caseta a la ternera. Debió saber que no la volvería a ver, pero que tal vez aquello fuera bueno.

Nada más salir, la cría se echó a lamer mi cara y mi cuello, emocionada.

—Eliges a la hembra, ¿eh? Seguramente no dé leche, ya te lo digo.

—Lo sé.

La subí en la parte de atrás de mi cuatro por cuatro, con ayuda de un remolque, sobre una manta que me prestó Adrien. Él aún no se creía que me fuera a llevar a uno de los terneros. Tuvo un detalle que agradecí de corazón: me dio varios biberones de leche.

—Ya me inventaré algo para que mi padre no se entere —me dijo, mientras me los metía en el coche como si fuera algún tipo de mercancía ilegal.

Me costó arrancar el motor. ¿Cómo iba a presentarme en casa con una ternera? A mi familia le daría algo. Me obligarían a devolverla. Pero no cabía esa opción. Y tampoco necesitaba que me inundaran de dudas. No podía ir a casa de mi familia. Pensé en Paule, que al fin y al cabo era como mi abuela. No, tampoco lo entendería. ¿Amandine? Cerré los ojos. A lo mejor en el pasado habría puesto lo mejor de su parte para entenderme y ayudarme, pero aquello había acabado.

Cuando abrí los ojos de nuevo, arranqué el motor.

Había un lugar al que podía ir.

Capítulo 11
GAEL

No sé qué debió de pensar la Criadora de Malvas cuando abrió la puerta y me vio allí plantado, con el cabello enredado, la ropa de trabajo aún puesta, oliendo a establo, y con una ternera crecida detrás, jugando a colarse entre mis piernas.

Solo sé que sus ojos se abrieron como platos y no se apartaron de la cría ni un momento. Me cogió del brazo con cuidado y me metió dentro de casa como si no pudiera pedírmelo con palabras. La cría me siguió, me había adoptado como figura paterna.

Una vez dentro, la chica abrió la boca, pero la volvió a cerrar.

—Ya. Es mejor que empiece hablando yo —intervine en su debate interior por encontrar las mejores palabras—. ¿Te acuerdas de Tulipán? —Le había hablado alguna vez de la vaca en nuestras cortas conversaciones en la playa.

—La vaca que tuvo mellizos. —Asintió ella, con las manos en jarras sobre sus caderas. Me recordó a mi madre a punto de echarme una bronca y pensé que tal vez me había equivocado al ir allí.

Le expliqué lo que había ocurrido en un torrente de palabras que iban adquiriendo sentido más despacio de lo que yo quería. El parto, por qué los mellizos eran pequeños, la lucha de aquellas semanas porque aumentaran de tamaño, Pinaux... Y cuando terminé de contar cómo había pedido quedarme con uno sin siquiera saber qué hacer después; la manera en que había abandonado al otro pequeño..., me encontré con que estaba sentado en la mesa de la cocina con un vaso de agua delante de mí. La ternera se había cansado de mordisquear todo por la casa y se había tumbado en mitad de la cocina, en un amasijo de mantas que había preparado la Criadora de Malvas.

—Perdón por aparecer así, no sabía a dónde ir —dije, al acabar la historia—. Mi familia... no era la mejor idea.

—No te preocupes —dijo ella, sentada en el suelo, acariciando a la vaca—. ¿Tiene nombre?

No pude evitar que se me pintara una sonrisa en el rostro, aunque justo después se me nubló la vista y me eché a llorar. Noté cómo todas las lágrimas contenidas se deslizaban por fin libres por mis mejillas y mis ojos se vaciaban. Negué con la cabeza.

—Ey, tranquilo... —Odette se levantó y me abrazó como pudo—. Es normal que llores. Han sido unas semanas duras y un día muy intenso. Pero has hecho algo muy valiente, Gael. ¿Ves? Sí salvas vidas de animales.

Su voz era aguda y soñadora, incluso en momentos como aquel. Me transmitió paz. Rodeé su cintura con los brazos también. Permanecimos así durante unos minutos, en silencio. Si alguien me hubiera contado el día anterior que acabaría en casa de la Criadora de Malvas con una ternera de dos semanas y llorando como si tuviera cinco años, me habría reído. Pero en aquel momento me daba igual todo, solo sentía agradecimiento.

Cuando ella notó que ya había dejado de llorar, se separó de mí y se agachó para ponerse a mi altura; yo aún seguía sentado.

—Vamos a cenar los tres, ¿vale? Y después hablamos sobre qué hacer.

Lo primero que se pasó por mi cabeza fue decir que no, que no quería molestar más, que tenía que cenar con mi familia, que me esperaban, que la vaca no tenía que convertirse en un asunto que también le preocupara a ella...

—Está bien —fue lo que dije en alto, tras un breve silencio, y salí a coger un biberón del coche. En la calle también reservé unos minutos para llamar a Erian.

—¿Dónde estás? —fue lo primero que me dijo al descolgar.

—He tenido un día duro en la granja. Tuve que... enviar a unos terneros al matadero.

—Uf. ¿Sigues ahí?

—No, estoy en casa de la Cria..., de Odette.

—¿En casa de la Criadora de Malvas? ¿En el cementerio? —Escuché su tono extrañado, como si le hubiera dicho que me había ido a la India.

—Ya te cuento mañana, ¿vale?

—¿No vienes a casa? —Otra vez aquel tono extrañado, pero elevado un tono más.

—Sí, voy a casa, Erian. Pero llegaré tarde. Di a papá y mamá que estoy ayudando a Odette con... su gato, ¿vale? No me esperéis despiertos. Tengo llaves.

—Eh..., vale...

—No es nada, no pienses cosas raras.

Colgué justo a tiempo para escuchar a Odette gritándome desde la puerta:

—No comes queso, ¿verdad?

—No —dije acercándome con el biberón—. Puedo comer cualquier fruta que tengas, no te preocu...

Pero ella ya se había vuelto a meter en casa.

Mientras Odette cocinaba una pizza improvisada de verduras, yo di la leche a la cría, que comía por fin hasta saciarse.

—¡Lo tengo!

Pegué un salto.

—Qué bien —dije, instando a mi corazón a que volviera a su sitio—. ¿El qué?

Odette se lavó las manos después de meter la pizza en el horno y se acercó a la mesa, donde no me había dado cuenta hasta el momento de que había una montaña de libros llenos de hojas de periódico y algunas flores secas, una prensa de madera y un taco de marcapáginas y postales decoradas con flores secas. Ocupaban gran parte de la mesa, debía de estar muy cansado para no haberlo visto antes. Eso, o aquella chica era de verdad una bruja que sabía invocar cosas de la nada. Me reí para mí mismo.

—¿Qué?

—Nada —dije, restregándome los ojos con una mano—. Tú primero.

La chica me lanzó una mirada suspicaz, pero se lanzó a buscar entre sus papeles. Sacó una postal con una bonita amapola pegada en ella.

—Dijiste que su madre se llamaba Tulipán. Las amapolas son también bonitas. Son coloridas y vivas. Y salvajes. Como lo va a ser esta pequeña alejada de cualquier granja.

Me reí ante la explicación; cogí la postal con mimo y asentí.

—*Coquelicot*. Amapola. Es perfecto, Odette. —La joven sonrió de oreja a oreja—. Y a ti, ¿qué te parece? —Le mostré a la cría la postal. La olisqueó, como hacía con todo lo nuevo que se ponía delante de ella. Sacó la lengua para chupar las flores.

—¡Bueno! —exclamé, alejando la postal—, creo que también lo aprueba.

—Escribiré su nombre y pondré la fecha. Así tendremos un recuerdo de este día.

Se puso manos a la obra, pluma en mano. Yo acaricié a Amapola hasta que se quedó dormida.

—Odette.

—¿Sí?

—¿Podrías escribir otro nombre a su lado? Ónice. Su hermano. También merecía vivir.

Recordé sus ojos y su nariz de color oscuro. Me mordí el interior de la mejilla. Quería obligarme a dejar de pensar en él, y al mismo tiempo me atormentaba olvidarme.

—Ónice —repitió ella, encantada. Asintió.

Yo pensé que él jamás escucharía su nombre.

Cuando Cheshire apareció, me mantuve cerca mientras olisqueaba al nuevo inquilino. Pareció aceptarlo en seguida, pues pasó de largo al cabo de un rato para saltar a la mesa y maullar, con su cola gris y peluda muy estirada.

Di de comer a Cheshire como Odette me indicó y saqué la pizza del horno, pues ella seguía ensimismada con su caligrafía y no parecía darse cuenta de nada más. Serví la pizza en dos platos y la acompañé en la mesa.

No había comido nada desde las cuatro de la mañana, y después de asegurarme de que Amapola estaba segura, caliente y dormida, mi cuerpo pareció relajarse y volver a la normalidad. Estaba hambriento, así que devoré la pizza mientras la observaba trabajar.

Cuando terminé, me fijé por primera vez en cómo era la casa del cementerio por dentro. Se veía muy diferente a la casa donde yo me pegué mis primeras borracheras de adolescente, pero tampoco estaba totalmente reformada. Los armarios de la cocina no encajaban muy bien con los ángulos de las paredes, y cada uno estaba pintado de un color diferente y vivo. Tenía fogones en vez de vitrocerámica, y unas cacerolas de metal de diversos tamaños colgaban de unos ganchos en las paredes. La pequeña encimera estaba llena de botes con todo tipo de cacharros: desde utensilios de cocina a pinceles, bolígrafos y alguna que otra flor seca. La mesa era grande y de madera, pero estaba llena de papeles y libros, excepto por el hueco que había logrado hacer para poner la cena.

—¿De qué te reías antes? No me olvido —preguntó ella, curiosa.

Me señalé la boca para que interpretara que se lo contaría nada más tragar. Mastiqué muchas más veces para ganar tiempo. De un momento a otro sentí que la vergüenza me volvía a invadir, como si no hubiera sido consciente de mis actos hasta ese mismo instante. ¿Cómo se me había ocurrido aparecer así en su casa? Con las pocas veces que habíamos hablado..., aunque si era sincero, las conversaciones con Odette siempre resultaban cómodas. Sinceras, a pesar de ser cortas. Sentía una especie de tranquilidad con ella que no experimentaba con otras personas. Podía ser yo mismo. Como me había sentido con Pablo, un buen amigo de la adolescencia, quien me animó a perseguir mi sueño.

—¿Gael?

Tragué.

—Se me pasó por la cabeza que tu casa hace honor a esos rumores que dicen de ti. Flores, papeles y pociones.

—¿Pociones? —dijo ella, y lanzó una carcajada que me tranquilizó.

—No he abierto aún los armarios, pero seguro que están ahí —me uní a su risa.

—Como me enfades, puedo invocar a las malvas del jardín para que crezcan y te estrangulen.

Se puso tan seria que no pude evitar ponerme un poco nervioso. Por supuesto, lo notó y se echó a reír, sus pecas comenzaron a bailar en su cara.

—Yo no hago caso a la gente del pueblo, Criadora de Malvas. ¿Quién empezó a decir todas esas cosas de ti?

Se encogió de hombros, mientras masticaba un trozo de pizza.

—Si algún día lo descubres, dímelo para echarle un mal de ojo. Creo que vivir en el cementerio no da muy buena imagen.

Comía balanceándose en la silla, con el plato debajo de la boca.

—¿Qué tienes pensado hacer con Amapola? —preguntó, cambiando de tema, mientras tragaba un trozo de pizza.

Fue mi turno de encogerme de hombros. Entonces ella dijo:

—Se puede quedar aquí, en la pradera del fondo hay mucha hierba. Le gustará. Y puede dormir en la parte de atrás, allí duerme Vespyr. Aunque deberías buscar un lugar más adecuado para ella.

—¿Vespyr?

—Oh —se incorporó en la silla—. Tengo que presentarte a Vespyr.

Se levantó de golpe, se acercó lo justo a la pila para lanzar el plato sucio en su interior y desapareció por una puerta. Supuse que quería que la siguiera.

Lo hice trastabillando un poco. De camino cogí una manzana de una cesta que Odette me señaló. Me sentía igual que si hubiera tomado un par de cervezas. Imaginé que se debía al cansancio mental.

Al cruzar la puerta llegué a una especie de jardín trasero de la casa. Parecía un lavadero antiguo: había varias pilas con grifos, rodeados de unas paredes y un techillo, pero abierto al jardín. La brisa fría de la noche me despertó un poco. Odette estaba agachada ante una caseta de madera rústica. Algo me dijo que la había construido ella.

—Ven —susurró.

Me acerqué y me agaché a su lado.

—¿Un zorro?

Odette asintió.

—Está ciego —susurró de nuevo—. Algún niñato le debió echar algo en los ojos, tiene heridas... —Odette negó con la cabeza—. Entró corriendo un día por un agujero en la verja del cementerio. Desde entonces va y viene, pero suele dormir aquí por el día. Ha sido una suerte que aún no haya salido.

Me incliné para observar mejor al zorro: tenía las orejas puntiagudas y negras, el morro alargado y el pelaje rojizo y blanco. No era muy grande, lo que indicaba que aún no era un adulto. Tenía la cabeza escondida entre sus patas, por lo que no pude verle los ojos. Odette decidió traer un trozo de pollo para despertarlo. Funcionó. Mientras el zorro, Vespyr, comía, observé que sus ojos estaban cubiertos por una costra blanquecina... Eran úlceras corneales y estaban muy infectadas.

—Lo puedo tratar, pero hay que hacerlo rápido. Está muy avanzado.

Odette asintió y lo guio al interior de la casa con el trozo de pollo, mientras yo corría hasta mi coche para sacar el maletín.

Nos sentamos en un sofá viejo que tenía en el porche, al lado de una mesita que parecía hecha de corcho, con manchas de café por todas partes.

Saqué varios instrumentos, me puse unos guantes de látex y me dispuse a analizar las heridas. Vespyr seguía comiendo en el regazo de Odette y estaba tranquilo, lo que me decía que el zorro ya había perdido el miedo a los humanos. Aquello no era bueno en un animal salvaje, pero entendía que Odette hubiera querido ayudarlo.

—Sujeta su cabeza firme para que no se mueva. Esto le va a incomodar, pero creo que no hará falta anestesia —le pedí, mientras trataba los ojos del animal—. Puedes hablarme de otra cosa mientras, si quieres.

—¿No te distraeré?

—No. De hecho, me mantendrás despierto —murmuré.

Entonces Odette continuó explicándome su plan:

—Amapola podrá comer toda la hierba de la explanada.

—¿No crees que la gente se quejará de ver a una vaca danzar por el cementerio?

—Puede ser —admitió ella—. Pero tengo que mantener mi reputación de loca del pueblo de alguna manera.

Bufé, después de llenar una jeringuilla con colirio.

—No es el mejor lugar, pero hasta que no se quejen, no tenemos mejor plan. ¿O sí? —preguntó ella, poniéndose seria.

—No quiero meterte en líos, Odette. Suficiente tienes...

—¿Tienes otra opción? —me interrumpió.

Negué.

—Entonces está decidido. Quiero ayudarte, Gael. De verdad —añadió, con la voz temblorosa.

Reflexioné en silencio unos minutos.

—Vendré todos los días a cuidar de ella.

—Nos podemos turnar en función de nuestros trabajos. Aunque de todas maneras..., ¿no se sentirá sola sin otras vacas?

—Ya, he pensado en ello.

—¿Y?

Dejamos la conversación en pausa cuando comencé a echar las gotas de medicamento en los ojos del zorro. Este se molestó, como ya esperaba: comenzó a moverse y a parpadear con rapidez, y así fue como se terminó de distribuir el medicamento por la herida.

Le pasé el colirio y la jeringuilla a Odette.

—Una vez cada noche durante un mes, de momento. Después veremos cómo avanza.

Odette cogió la medicina y soltó al zorro, que salió del porche acristalado y se perdió por el cementerio.

—Gracias. ¿Cuánto te debo?

Negué.

—Nada, por supuesto. Un día me dijiste que te sentirías genial si salvaras animales, pero no me contaste que estabas cuidando a ese zorro. Tú también lo haces.

Elevó su comisura en una sonrisa orgullosa. No parecía haber pensado en eso hasta el momento.

Odette me guio hasta el baño para que pudiera lavarme las manos, y aprovechó que estaba en el piso de arriba para enseñarme su habitación.

Era otro caos. La cama era de matrimonio y ocupaba prácticamente todo el cuarto. Tenía una mesilla donde dormitaba un ordenador viejo y cuadrado, lleno de polvo, y con el logo pegado con una tira de celo. Al otro lado de la cama había dos estanterías de madera llenas de más libros, cuadernos, papeles, macetas con flores y cactus, las cajas de madera que solía llevarse a la playa y toda clase de herramientas que supuse que serían para trabajar la madera. Reconocí también el libro electrónico.

La cama estaba deshecha, algo que a aquellas alturas no me sorprendió nada. En frente de la cama había un gran ventanal que hacía que aquella habitación pareciera más un rincón de cuento, y perdiera un poco su aspecto de cuartucho de estudiante.

—Bonitas vistas —señalé, admirando las hileras de cruces de piedra en la noche.

—*Merci* —respondió ella divertida—. La mejor *suite* de todo Maëllys. Ten, siéntate donde veas. Cuéntame qué tienes pensado, Gael.

Me senté en la cama y me sorprendí cuando se agachó para sacar una botella de vino empezada de debajo de la cama, y alcanzó una taza de café sucia de la mesilla. Se vertió un poco de vino en la taza, lo cual me hizo arrugar la nariz, y después me tendió la botella. Entendí que me tocaría beber directamente de ella, si quería.

—Estuve dándole vueltas a eso que me dijiste. Lo de pensar por qué había decidido ser veterinario. Y no fue para trabajar en una granja, ni en una clínica.

Le conté mi idea de la protectora de animales con todo detalle. Ella se emocionó tanto que no pude evitar conmoverme. Odette escuchaba atenta a cada palabra que salía de mi boca. Aquello no era una sorpresa: ya había observado cómo Odette siempre acertaba con todas las respuestas que daba, sabía preguntar por aquellas cosas que uno no había pensado antes y sonreía cuando la otra persona sonreía.

Pegué un trago a la botella de vino, recorrió dulce mi garganta. De repente nos encontramos hablando de mi vida universitaria, de cómo había sido Maëllys cuando Erian y yo éramos niños, de las tardes en casa de *madame* Paule y de cómo no había cambiado casi nada con el paso del tiempo. Ella me contó cómo Paule la acogió nada más llegar, de su trabajo con los Clearwater, de las caras que se les quedaron cuando decidió instalarse en la casa del cementerio.

Después de terminarnos la botella de vino, le hice un *tour* dentro de su propia casa para indicarle los lugares donde me solía esconder al jugar al escondite. También le señalé el lugar donde hice el amor por primera vez, con Amandine, cuando no teníamos ni idea de lo que era el sexo, pero muchas ganas de demostrar todo lo contrario.

—Ahora me incomoda vivir aquí —bromeó ella, aunque no se perdió ni un detalle de mi historia de amor fallida con Amandine.

—¿Cómo se te ocurrió pedirle matrimonio con dieciocho años?

—Tenía claro que la quería —dije, encogiéndome de hombros.

—Pero era muy pronto —dijo ella, con el cabello recogido en un horripilante moño que parecía más bien un nido de búhos—. Seguro que ni hablaste con ella del tema antes.

—Esas cosas no se hablan.

—Sí se hablan si eres una persona del siglo XXI. Además, ¿quién se casa hoy en día?

Puse los ojos en blanco.

—Todo el mundo se casa hoy en día. Lo dices como si fuera algo del pasado.

El debate me dejó claro que Odette era de las personas que evitaban toda clase de compromisos.

Cuando miramos el reloj, eran las tres de la mañana.

—Debería irme ya.

—Mierda, mañana trabajas.

—En realidad, entro en una hora —señalé—. Aunque es viernes. Los viernes por la tarde libro, menos mal. Me voy a morir de sueño igual.

—¡Me acabo de acordar de una cosa!

Pegué otro salto.

—El sábado Paule me ha dicho que iremos a visitar a un amigo suyo, un escultor. Quiere encargarle algo y que yo le conozca. De él son las esculturas de su jardín, me encantan.

—Ah, sí. Jean-Pierre, le conozco.

—¿En serio? Pues el caso es que para ir a su casa tenemos que pasar por delante de un lugar que me gustaría enseñarte. ¿Querrías venir? Iremos después de comer.

—Sí —dije, de manera inmediata, sin pensar en las horas de sueño que no recuperaría. Me apetecía pasar más tiempo con Odette, me lo había pasado muy bien—. Me pasaré después de trabajar a ver a Amapola y darle de comer, ¿te importa?

—No, para nada. Yo la sacaré por la mañana a la pradera.

Ya habíamos bajado a la cocina. Fregué los platos y su taza en un momento.

Me agaché para despedirme de Amapola, que ya dormía, en el suelo de la cocina.

—Me alegro de haber venido aquí —dije sincero—. Muchísimas gracias por todo, no me cansaré de repetirlo.

—Yo también me alegro de que pensaras en mí. Agradécemelo viniendo el sábado.

Nos abrazamos de nuevo y nos despedimos.

Desde aquel día, Odette Guillory se convirtió en mi amiga.

Sin embargo, tardé mucho más tiempo en conocerla de verdad.

Capítulo 12
ODETTE

Una vez que Gael se marchó, observé a Amapola, dormida, y sentí miedo. ¿Qué haría si se despertaba? ¿Si me pedía comida? ¿Si le entraba miedo al no ver a Gael y se estresaba?

—Estará de vuelta en pocas horas —susurré para mí misma, y aquello me llenó de calma.

Subí las escaleras y me tiré en la cama con Cheshire, que dormía como un tronco.

Una alarma olvidada se encendió en mi cabeza. La alarma que los primeros días me pedía alejarme de Gael Tremille, del chico del festival.

La apagué de un manotazo mental y sonreí, antes de caer rendida. Él no era el mismo chico, pero tal vez yo pudiera lograr que volviera a serlo. A lo mejor por eso el destino me había reservado esta carta: para devolverle el favor que él me hizo en su día. Para demostrarle que los sueños se podían perseguir.

Me dormí pensando en que por fin tenía un amigo.

Tardé mucho más tiempo en darme cuenta del error que había cometido al apagar aquella alarma.

Segunda parte

Été

Capítulo 13
ODETTE

—¿Habéis visto esta?

Me acerqué hasta la estatua de una mujer-árbol.

—Acabo de ver mi favorita —dije al momento, y eché a correr hacia el interior del taller, donde una jaula de barrotes cobrizos colgaba del techo, pero con la puerta abierta y una ristra de pájaros de metal saliendo de ella, todos unidos por un solo alambre.

Escuché la voz de *madame* Paule a lo lejos:

—Sabía que le encantaría visitar tu taller, Jean. Tendrías que ver las cosas que hace esta chica con madera y poco más. Tiene tu talento, te lo digo.

Sonreí para mí misma.

El taller de Jean-Pierre Bournett era la casa de mis sueños y de mis pesadillas, al mismo tiempo. Tanto el jardín como el interior estaban repletos de animales, personas y objetos de metal, amontonados por un lado y por otro. Una rana se quitaba el sombrero ante los visitantes que llegaban por la puerta de entrada y un gato de hilos de alambre se estiraba encima de los muros del jardín. Hadas traviesas entre los árboles, dos niños jugando en los columpios... y todo elaborado con planchas de metal, muchas de las cuales ya se habían oxidado, lo que añadía un toque nostálgico a cada pieza. Visitar el taller de noche debía ser como entrar en una de las mansiones viejas, de alrededores neblinosos y columpios chirriantes de las novelas de Zafón. Un escalofrío me recorrió la espalda solo de imaginarlo.

—Odette...

Di un salto de sorpresa.

—Qué bien sienta darte sustos.

Gael estaba detrás de mí, riéndose. Puse los ojos en blanco y pasé de largo para llegar hasta *monsieur* Bournett, que caminaba al lado de Paule.

—*Monsieur*, me encantan todas. Son..., son increíbles. Están llenas de vida, no me sorprenderá si algún día se despiertan.

El escultor sonrió.

—Bueno, si lo hacen, esta es su casa.

Otro escalofrío me recorrió la espalda solo de imaginar a todas las esculturas despiertas, moviéndose de un lado a otro, entre sonidos metálicos y pasos rígidos.

Bournett era un hombre mayor, con un par de gafas redondas que le hacían los ojos gigantes y una perilla gris. No podía evitar pensar en Gepetto.

—Siéntete libre para venir siempre que quieras. Paule me ha contado que te gusta tallar.

—Sí, bueno, yo... —miré a mi alrededor. Vi que Gael estaba paseando por el fondo del taller, observando las esculturas más pequeñas—. Nada parecido a esto.

—Por algo se empieza. Cuando necesites consejo, las puertas de *l'atelier* están abiertas para ti.

—*Merci beaucoup*.

Abracé a Paule y le di las gracias al oído.

—Vamos a tomar algo dentro de la casa, en el piso de arriba —me dijo ella, con un brazo alrededor de mi cintura—. Tengo que encargarle algo a este buen hombre —bromeó, y Jean-Pierre asintió, servicial—. ¿Queréis subir? ¿O preferís seguir viendo la zona del taller y el jardín? Te aviso de que tiene muchísimas esculturas.

Me mordí el labio. Por un lado, quería ver cuál era el encargo, pero por otro...

—Creo que recorreré el taller. Voy a avisar a Gael.

—Podéis subir en cualquier momento, de todas maneras —intervino *monsieur* Bournett antes de desaparecer tras los pasos de Paule.

Me acerqué a Gael.

—¿Has encontrado tu favorita?

—Creo que sí. Ven.

Me guio por los pasillos repletos de figuras cobrizas hasta llegar a la escultura de lo que parecía una esfera hecha de varillas entrelazadas con un cilindro en el centro.

—Es el árbol de la vida en tres dimensiones —me explicó cuando vio mi cara perpleja—. El centro es el tronco, ¿ves? Y de él salen las ramas hacia arriba, con pequeñas hojas, entrelazadas... que se unen a las raíces.

—Es verdad.

Era un árbol de copa densa y raíces largas. El tronco grueso y bien trenzado se lograba divisar entre las ramas.

—Tú y la simbología celta —le dije, señalando el triskel de plata que colgaba de su cuello—. Nunca te lo quitas.

—Siempre me gustó esta cultura. La música, las leyendas, la mitología..., tengo el árbol tatuado, de hecho.

—Quiero verlo. Si está en un sitio visible, por supuesto.

—Entonces nada.

—¿Cómo?

Vi su sonrisa de medio lado mientras se levantaba el vaquero. El tatuaje ocupaba gran parte de su gemelo, y aunque estaba ya algo borroso por el tiempo, le quedaba bien.

Retomamos el paseo por los pasillos de *l'atelier*.

—¿Cuándo te lo hiciste?

—A los dieciséis.

—Qué joven. ¿Tus padres te dejaron?

Lo primero que se me vino a la cabeza fue mi madre gritándome por teñirme el pelo cuando tenía dieciocho. Aparté ese recuerdo tan pronto como llegó.

—No, lo hice sin decírselo. Monique era buenísima falsificando caligrafía, clavó la de mi madre y el tatuador aceptó la autorización sin más. Tardaron seis meses en darse cuenta y como castigo me hicieron pasarme todo el verano trabajando en la tienda. Erian aquel año ni la pisó. Fue el más aburrido de mi vida.

Sonreí.

—Me habría gustado conoceros de pequeños —dije, frenando el paso frente a una escultura de un niño que sujetaba un globo. En el momento en que lo dije, me mordí la lengua. Recordé el festival. Recordé a Gael de adolescente, tendría dos años más que en el verano que se hizo el tatuaje. Cerré los ojos.

«No saques este tema, Odette».

Pero ya era tarde.

—Te habrías reído mucho de ser así. ¿Cómo fue tu infancia? ¿Dónde creciste?

—Mmmm... —fingí pensar, mientras salía del taller. Me dirigí hacia el bosque, que formaba parte de los jardines—. Creo que por aquí hay más esculturas —comenté.

—Por cierto, ¿tienes familia española?

El estómago se me encogió.

—No —dije de manera inmediata.

—Cuando pronuncias algunas palabras me recuerdas a un amigo español.

Sentí que había comenzado a caminar más y más deprisa, como si estuviera huyendo. Me obligué a parar y de nuevo me encontré con una escultura: una ninfa con cabellos de cobre escondiéndose en el hueco de un árbol y posando el índice sobre sus labios.

LA CRIADORA DE MALVAS   107

—Sí, sé español —confesé, mirándole a los ojos—.
Lo aprendí de niña. Mi madre era profesora de español.

Gael asintió, parecía orgulloso de haberse dado
cuenta. Pero poco después su rostro se tornó serio.
Una arruga apareció entre sus cejas. Le iba a preguntar en qué pensaba cuando habló:

—Has dicho... era. ¿Tú madre ya no está?

Suspiré.

—No. Ni mi padre —aparté la mirada para lanzar
una última mirada a la escultura, antes de seguir caminando—. Murieron cuando yo tenía veinte años,
en un accidente. Fue una mierda. Yo iba a todas partes con ellos. Les gustaba viajar y nunca se asentaron
en un pueblo por más de un año. Yo estaba harta de
esa vida. Hice una amiga en..., cerca de Lyon. Me quedé unos meses con ella mientras mis padres seguían
con su vida. Lo siguiente que supe de ellos fue que el
coche había volcado. Ambos murieron.

Mi lengua se había desatado y hablaba sin filtro
mientras nos adentrábamos más y más en el bosque
de esculturas y árboles. Los árboles debían tener muchos años, porque algunos eran gigantes. Hadas pequeñas de metal me observaban escondidas entre las
ramas, traviesas. Sentí sus ojos clavados en mí y recordé las historias sobre hadas juguetonas que hacían la vida imposible a los humanos.

Gael no les prestaba atención, estaba demasiado
ocupado escuchando.

—Debió ser horrible. Lo siento mucho. ¿Cómo se
llamaban?

De pronto, algo me llamó la atención a lo lejos.
Cambié de rumbo de manera brusca y Gael me siguió,
después de pegar un frenazo para no llevarme por
delante.

—Jules y Louisa Guillory.

—¿Con quién has vivido estos años?

—Sola.

—¿No tienes más familia?

—No. Es curioso. ¿Quieres oír una anécdota de los Guillory? —dije, alegre y disfrutando de mantenerle interesado—. Mis padres eran ambos hijos únicos: ninguno tuvo hermanos o hermanas, eso me deja sin tíos o tías. Y ambos perdieron a sus padres cuando eran muy jóvenes, por lo que nunca llegué a conocer a mis abuelos. Es como una maldición. La maldición solitaria.

Gael tenía los ojos como platos y por un momento pensé que había ido demasiado lejos con mis historias. Me sorprendió cuando me lanzó una mirada llena de diversión:

—¿Así que estás destinada a casarte con una persona sin hermanos? ¿Y a morir joven?

Me detuve de golpe.

—¿Qué tiene que ver eso, Gael?

—Si es como una maldición..., tendrá que perpetuarse.

—Ya te dije que yo no me voy a casar.

—Pero ¿concreta que tiene que haber boda? A lo mejor con ser pareja vale.

—No lo sé, Gael. No es una maldición escrita.

Cuando llegamos a lo que me había llamado la atención, sonreí de oreja a oreja. Se trataba de un tronco tallado en forma de pila de libros.

—Esto podría intentarlo —me dije a mí misma.

—¿Quieres que le saque una foto?

—*Oui, s'il te plaît*.

—¿Quieres que te saque alguna foto con las esculturas?

—No, gracias. No me gusta salir en fotos.

—¿Por algún otro tipo de maldición o...?

Le lancé una mirada gélida.

—Perdón.

Me giré y comencé a caminar de vuelta, esperando de manera inútil que no me hiciera más preguntas.

—Entonces, ¿llevas desde los veinte viviendo sola?
¿Cuántos años tienes?

—Tengo veintiocho. Y sí.

—¿Te quedaste en Lyon?

—Durante unos meses. Después mi amiga siguió
con su vida y yo sentí que era hora de marcharme. Me
mudé a Irlanda un año. Luego una temporada a Escocia, pero allí hacía mucho frío. Crucé el canal y llegué
a Francia de nuevo. Desde entonces me he ido moviendo de pueblo en pueblo con Cheshire.

—Y por eso llegaste a Maëllys.

—Sí.

—¿Por qué Maëllys?

Me encogí de hombros. Yo tampoco supe por qué
había elegido Maëllys. Sabía que quería ir a la zona
de la Bretaña, pero desde luego había pueblos más
grandes y conocidos. Cuando lo vi en internet y leí el
nombre, me sonó familiar, así que decidí viajar al
pueblo para ver si había estado alguna vez. Pero no.
Todo era nuevo. Se trataba de un pueblo pequeño de
pescadores y antiguos duques. Conocí a Paule y decidí establecerme hasta cansarme del lugar, pues parecía tranquilo y solitario.

Lancé una mirada a Gael, que caminaba a mi lado.
Y entonces me di cuenta.

Era él.

Él debía ser el elemento conocido.

Durante el festival, hacía ya tantos años, debió
mencionar el nombre de su pueblo. No me había
acordado de él como para relacionarle con el nombre
de Maëllys, pero sí para recordar haberlo oído de manera vaga, alguna vez. Haber aparecido en el mismo
pueblo de Gael era una casualidad demasiado impro-
bable. Un lazo de mi pasado que no había atado bien,
que ondeaba suelto, porque no le había prestado
atención.

Sentí la sangre bombear en mis oídos.

Y en vez de coger las tijeras y cortarlo; en vez de anudarlo bien a un árbol y marcharme lejos..., me quedaba con él en la mano.

«No se acuerda de mí», tuve que recordarme, mientras le observaba por el rabillo del ojo.

—¿Por qué no Maëllys? —respondí al final, restándole importancia, y comencé a caminar de vuelta a la casa—. Vamos, se hace tarde y aún tengo que enseñarte el sitio del que te hablé. Paule y *monsieur* Bournett habrán terminado de hablar.

Durante la vuelta, intercambiamos teléfonos para que me pudiera pasar la foto. También hablamos de la escultura de libros y de que necesitaba un buen tronco de madera para realizarla. Gael me prometió que estaría atento por si veía alguno.

Capítulo 14
ODETTE

—¿Nos puedes dejar aquí, Paule? Volveremos caminando, no te preocupes. Muchas gracias por todo.

Cuando el coche desapareció por la curva de la carretera, Gael me lanzó una mirada acusatoria.

—¿Debería tener miedo?

Estábamos en el arcén de la D201, la carretera que recorría la costa y cruzaba Maëllys de una punta a otra, pero tan solo a unos kilómetros de la entrada.

—Confía en mí, anda. Suelo pasear por aquí.

—¿Por la carretera?

—Hay campos bonitos cerca.

Gael por fin se decidió a seguirme mientras yo bajaba de un salto al campo de alforfón, también llamado trigo sarraceno, tan común en la zona. No tenía nada que ver con el trigo normal, pues era una planta con un tallo más fuerte, hojas verdes y flores rosadas y blancas. El campo a finales de primavera estaba precioso.

Gael saltó a mi lado y noté su sombra como si fuera la de un gigante. Llevaba el cabello negro recogido en una trenza medio deshecha que se había hecho en el coche, y una sudadera lisa y gris que pegaba con sus ojos.

—¿Hay que caminar mucho? Estoy cansado —dijo, mientras nos movíamos entre el mar verde y rosado.

—Ya verás que no. Además, estoy cogiendo un atajo.

—No sé cómo mi cerebro sigue funcionando. Hoy he dormido tres horas. ¡Ven a mí ya, domingo! —gritó en alto, allí, en mitad del campo de trigo, lo cual me hizo reír.

—Apuntes sobre Gael Tremille —señalé en voz alta—. Primer punto: animalista. Segundo punto: lanzado en el amor. Tercer punto: cascarrabias si no duerme.

Gael quiso ponerse serio mientras me respondía, pero no lo consiguió.

—Solo estoy de acuerdo con dos de esos puntos.

Cuando terminamos de atravesar el campo de trigo, resurgimos en un camino de tierra. Nos sacudimos los pétalos de flores blancas que teníamos pegados a la ropa y seguimos el camino hasta el final. Gael se dio cuenta de que daba a la carretera. Le expliqué que había que hacer un desvío de la D201 para llegar con el coche, solo que no había querido entretener a Paule.

—Ya estamos. Mira.

En frente de nosotros había una valla con un gran cartel de *SE VENDE* con el número medio borrado, aunque aún legible. La puerta estaba cerrada con un candado oxidado para que los coches no cruzaran, pero, aparte de eso, parecía abandonada. Los hierbajos cubrían todo a su alrededor.

Salté el muro de piedra para entrar en la finca y me costó convencer a Gael para que lo hiciera también.

—Es una propiedad privada.

—Está abandonada, yo he entrado más de una vez —mentí. Nunca me había atrevido a entrar sola, me había limitado a observarla desde fuera. Pero me moría de ganas de hacerlo.

Cruzamos por un pequeño campo de manzanos. A lo lejos, en la misma finca, había una casa de piedra medio derruida y abandonada. Más allá, una pradera extensa de hierba se extendía hasta que la vista se topaba con el mar. Y si una miraba hacia el interior, veía más pradera, hasta entrar en la montaña, donde comenzaba un denso bosque.

Recorrimos la finca de un lado a otro. Gael quiso ver la parte del bosque, pues al ser privado nunca lo había investigado; más tarde yo pedí llegar hasta el final de la pradera para ver en qué punto comenzaba el mar. Solo llevábamos un cuarto del recorrido cuando decidimos darnos media vuelta. Se hacía tarde y la finca era más grande de lo que habíamos pensado.

—¿Qué te parece? ¿No te imaginas a Amapola aquí? Con otras vacas, pastando en la pradera frente al mar. Y la casa podría reformarse y convertirse en almacén o refugio o qué sé yo. Y Möira podría correr de un lado a otro vigilando que todos estén bien.

Miré a Gael para ver su reacción. Su expresión mostraba incredulidad, pero al final sonrió.

—Y Vespyr podría vivir en el bosque, libre de cazadores. Odette —se apresuró a decir al verme tan contenta—, no puedo. No tengo nada. Ojalá lo tuviera.

Bajé la mirada, mientras me dirigía hacia la salida.

—Lo sé. Sé que no tienes nada ahora, pero aun así has dado un paso hacia tu sueño, Gael. Un sueño muy bonito. Y quiero animarte a pensar en grande. Vamos a apuntar el teléfono y vamos a guardarlo, por si algún día te hace falta, ¿te parece?

Le salió un hoyuelo cuando me regaló una sonrisa.

Nos marchamos con el sol anaranjado cuidando nuestros pasos. Cruzamos de nuevo el campo de alforfón y terminamos de recorrer el tramo de carretera que quedaba de vuelta hacia Maëllys, hasta que alcanzamos el cementerio.

Gael cruzó un momento dentro para dar la medicación a Vespyr y dar de comer a Amapola. Jugamos durante unos minutos con ella en la pradera. Le encantaba echarse a correr detrás de nosotros. Cuando vi que Gael se restregaba los ojos, me acerqué a él:

—Vamos, vete a casa ya. Tienes que dormir. Ya me quedo yo con ella un rato más. Hablamos, ¿vale? Tienes mi teléfono.

Le acompañé a la verja de entrada y alargué la mano a modo de despedida. Gael me chocó los cinco, pero después me cogió de la mano con cariño.

—Gracias.

Le devolví una sonrisa amplia. Me guiñó un ojo y desapareció carretera abajo.

En cuanto le vi desaparecer, fui corriendo a la pradera para buscar a Amapola. Después de media hora corriendo de un lado para otro, el sol por fin cayó y se hizo de noche. La guie hasta el patio trasero, donde se acurrucó en su colchón viejo con mantas. Cuando vi que estaba acomodada y lista para dormir, me lancé a mi cuarto. Subí las escaleras de dos en dos.

—¡Ches!

Mi gato estaba tumbado en la cama. Me lancé a darle un beso en la nariz y luego comencé a rebuscar entre mis estanterías. Cheshire levantó su mirada azul para seguir mis movimientos.

—¿Dónde he dejado la maldita libreta? ¿Ches, tú la ves? Ah, aquí está.

Cogí una libreta grande y de tapas duras y negras. En la portada solo había una etiqueta blanca donde se podía leer: *Odette Guillory.*

Encendí la lámpara, cogí mi pluma y pasé las primeras páginas.

Murmuré en voz baja, mientras leía y repasaba lo que había escrito en ella, a veces con un trazo nervioso, a veces apoyado con algún dibujo:

Jules y Louisa Guillory… Louisa fue profesora de español, Jules escritor… Llevaban una vida nómada, de pueblo en pueblo, pero sufrieron un accidente en 2012, cuando Odette, su única hija, tenía veinte años…

Capítulo 15

GAEL

—Gael, ¿me buscabas?

Me giré para poder ver a la persona que hablaba detrás de las pacas de heno que estaba cargando, aunque había reconocido su voz: Adrien.

—Sí. ¿Tienes un momento?

El joven asintió y me siguió hasta las cuarentenas. Me ayudó a distribuir el heno y después me las apañé para guiarle hacia las praderas, donde las vacas pastaban y nadie nos escucharía.

Tulipán estaba a lo lejos, distinguí las manchas entre sus ojos. Las mismas que veía cada tarde en la cabeza de Amapola. Las que tuvo un día, también, Ónice. Desde el parto, Tulipán no se acercaba a ningún humano mucho más de lo necesario. Adrien notó hacia dónde se dirigía mi mirada.

—Ya te volverá a coger confianza, Gael. Ha pasado por varios partos, volverá a ser la misma de siempre.

—Sí, tienes razón. —Aquella era mi frase por excelencia en la granja, sobre todo cuando notaba que me hablaban como a un niño que ha cogido una pataleta. Decidí ir al grano—. ¿Crees que tu padre accedería a ceder las vacas que se vayan a *descartar*?

Aquello significaba que habían terminado su último ciclo de producción, que ya no podían gestar y destinarlas antes si se descubría algún indicio de enfermedad o lesión.

—¿Ceder a quién?

—A un santuario de animales. De un amigo —añadí, rápido.

—¿Para qué?

—Para que sus últimos años de vida puedan vivir tranquilas, Adrien. Por tener algo de compasión por ellas.

Adrien era el miembro de la familia Pinaux más accesible. Era del tipo de ganaderos a los que les gustaban los animales. No digo que llegase a empatizar con ellos o que no los considerara, al mismo tiempo, meros recursos que explotar. Pero era curioso, trabajador y buscaba la mejor manera de tratar al animal. Le solía encontrar observándome mientras daba los medicamentos a las vacas enfermas, o curaba una herida. Además, cuando teníamos que hacer algún trabajo juntos, formábamos un buen equipo. Intenté explotar al máximo aquella especie de camaradería.

—¿Cuánto le paga el matadero?

—Lo suficiente como para que le sea más rentable que cederlas, Gael —respondió con voz lastimera, mirándome con sus ojos castaños—. No le conviene.

—A lo mejor podríamos buscar otra clase de ingresos...

—Gael —me volvió a interrumpir; aparté la mirada—. No va a funcionar.

Me metí las manos en los bolsillos del pantalón.

—Vale —murmuré, rompiendo el silencio. Adrien levantó las manos, dando a entender que no había mucho más que hacer—. Tal vez podría llegar a un acuerdo, una de cada tres vacas, o algo así —insistí, aunque me sentí algo mal por el chico. Al fin y al cabo, él no era quien decidía. Y, además, aquel era el negocio familiar, el que seguramente heredaría y el que le daría de comer en el futuro.

—Eso tienes que hablarlo con él.

—Lo sé. ¿Qué piensas tú de todo esto? —Me agaché para retirar una piedra de la pradera. La lancé hacia la entrada.

—¿Dónde tienes el ternero?

Noté cómo mi comisura se elevaba ante la rapidez de Adrien para cambiar de tema.

—En casa de una amiga. Tiene una pequeña pradera para pastar durante todo el día y una cama caliente donde dormir todas las noches. Está bien. Mejor que todas ellas —dije, señalando a las vacas que pastaban frente a nosotros—. Deberíamos ir metiéndolas. Muchas gracias igualmente, y perdón.

—Nada, Gael. Eres un tío curioso —me dijo él antes de comenzar a caminar. Le di una palmada en la espalda y juntos guiamos a las vacas al interior.

Después de aquello, me tocó hacer tareas administrativas. Frente al ordenador, saqué el móvil y vi un mensaje de Odette que hizo que se me iluminara el rostro y a la vez me diera un vuelco el corazón.

«La abuela de Ophélie ha accedido, por fin. Luego te cuento. ¡Ánimo, solo te quedan dos horas!».

Releí el mensaje lo menos diez veces.

Puse el teléfono de vuelta en el bolsillo del pantalón. Me llevé las manos a la cara y reprimí una carcajada.

—¿Cómo lo hace? —me pregunté a mí mismo. Había pasado las dos mejores semanas en mucho tiempo. Las tardes con Odette hablando del proyecto que a mí todavía me parecía imposible me llenaban de esperanza. Cuidar de Amapola era mi momento favorito del día, porque suponía llegar a la vieja casa del cementerio y asegurarme unas risas, aunque Odette estuviera ocupada haciendo cualquier otra cosa. Había comenzado a tallar sobre un tocón viejo que habíamos encontrado en el bosque, y siendo sincero, no estaba comenzando con buen pie. La madera se extinguía bajo su cuchilla, pero aún no se distinguía ni rastro de los libros que tenía en mente.

—¿Te voy buscando otro tronco? —Me gustaba bromear, y ella me lanzaba entre risas miradas asesinas.

—No sé qué estoy haciendo —decía cuando llevaba al menos dos horas y ningún avance—. De verdad. ¿Dónde está mi trabajo? ¿Por qué no toma la forma que tiene que tomar?

Se cruzaba de brazos y cuestionaba al tronco seco como si él tuviera la culpa de todo. Yo intentaba aguantar la risa, mientras daba el biberón a Amapola.

Los pocos ratos que pasábamos fuera de casa también se me pasaban rápido. Llevaba toda la semana cantando *Daydreamer*, de Aurora, en mi cabeza, pues a Odette le había dado por escucharla y no había momento en que no sonara.

Y después de muchas vueltas a la misma canción, supe que *Daydreamer* representaba a mi amiga en toda su esencia. Cada vez que el estribillo sonaba en mi cabeza, me era imposible no distinguir a Odette corriendo por la playa detrás de Möira, sin importar quién pudiera verla, sin importar que tuviera veintiocho años y no trece. No podía evitar recordar su manera de estirar los brazos al cielo; cómo giraba con los ojos cerrados hasta caer mareada sobre la hierba; su habilidad para mantener el equilibrio en posiciones imposibles; su manera de cantar a voz en grito; o la emoción que cruzaba su rostro cuando descubría que había leído alguno de sus libros favoritos.

Mi familia se había alegrado por mi amistad con Odette. Sobre todo, mi madre y Erian, aunque algo me decía que veían cosas que no existían. Lo primero que mi hermano me preguntó al verme aparecer por casa tras la noche de Amapola fue:

—¿Os habéis acostado?

—¿Quién? ¿Qué?

Aquella mañana, yo tenía unas ojeras que arrastraban por el suelo. No estaba especialmente avispado.

—Tú y la Criadora de..., Odette, ¿quién va a ser?

—No —fue lo único que respondí y no volví a pensar en ello.

Pero por la noche, mi madre me cogió por banda.

—¿La Criadora de Malvas?

—¿Qué pasa con ella? —pregunté realmente curioso mientras me comía una manzana.

—Dice Erian que estáis juntos.

Fruncí el ceño.

—No —repetí—. Os lo diría si fuera el caso. Sabéis que no tengo problema.

—Sí, de sobra...

Puse los ojos en blanco. Nunca me dejarían de recordar lo de Amandine.

Durante el mercado del domingo, mi familia pudo comprobar que tan solo éramos amigos. Allí, Odette me utilizó como modelo para enseñar a hacer peinados con uno de sus palos de madera. La gente se lo pasó en grande y compró más que nunca.

Una tarde estábamos paseando por las calles de Maëllys, después de comprar un trozo de tela que quería Odette; nos desviamos del centro y nos topamos con una casa rústica, de las más antiguas del pueblo. La casa tenía un patio lleno de trastos: maderos, piezas de coche, herramientas, una carretilla y en una esquina, una especie de granero de madera, donde una niña de tez negra y rizos espesos se acurrucaba. Fue Odette la primera que preguntó desde la valla, poniéndose de puntillas:

—*Ça va bien*? ¿Cómo te llamas, *petite*?

No me había dado cuenta de que la niña estaba llorando.

Levantó la cabeza sobresaltada y se encontró con nuestros rostros cotillas asomando por la valla de piedra. Detrás de ella, en el granero, había lo menos cinco o seis gallinas.

—Ophélie —farfulló la niña, mientras se limpiaba las lágrimas con el brazo. No sirvió de nada, porque seguía llorando. Lanzó una mirada hacia la casa; no querría que sus padres la vieran hablando con unos extraños—. Estoy triste —fue su única respuesta, y se encogió de hombros de la manera en que hacen los niños cuando quieren mostrar indiferencia, cuando quieren mostrarse fuertes, aunque las lágrimas los traicionen.

—¿Por qué estás triste? A lo mejor podemos hacerte reír desde este lado de la valla —bromeé.

La niña miró a las gallinas y dijo:

—Mi abuela va a matarlas. No quiero que haga eso. Son mis amigas.

Odette y yo nos lanzamos una mirada al mismo tiempo.

—¿Por qué haría eso? —pregunté, aunque me temía la respuesta.

—Dice que ya no ponen huevos. Por eso cogí los huevos de mi casa y los traje, para ponerlos a su lado. Pero mi abuela supo que no eran de ellas.

No pude evitar sonreír ante la idea inteligente de la niña.

—Eso es que son muy mayores, o que ya les duele mucho. ¿Sabes si están enfermas?

—Creo que alguna sí. También hay un gallo. Se llama Dagda.

Dagda. El dios celta de la guerra y de la abundancia.

—Es un nombre muy bonito. Oye, Ophélie, soy veterinario. ¿Sabes lo que es eso?

La niña asintió.

—Cuido animales. ¿Crees que tu abuela me las daría en vez de… matarlas? Podrías venir a verlas siempre que quisieras.

A la niña se le iluminó el rostro, aunque un atisbo

de duda lo cruzó momentos después. Supuse que ella prefería que sus gallinas se quedaran con ella y *vivas*. Además, no me conocía de nada.

—Puedo hablar yo con ella, o ayudarte, *petite* —intervino Odette.

Desde aquel día comenzamos un largo proceso de negociaciones para convencer a la abuela de Ophélie, que no había querido oír palabra. Eran sus gallinas; le habían dado huevos y ahora le brindarían carne para el puchero. Además, la abuela miraba a Odette con malos ojos, debía de ser una de las cotillas oficiales de Maëllys. Pronto descubrí que mi amiga no se amedrentaba tan fácilmente. Cada vez se atrevía a salir más lejos del cementerio, a mantener conversaciones, aunque fuera con los tenderos, o a asomarse por el pueblo, de vez en cuando, casi siempre arrastrada por mí. Si hubiese sido por ella, no habríamos quedado más que en el cementerio.

No supe en qué momento de la negociación con la abuela de Ophélie había cambiado el sentido del viento, pero aquel mensaje de mi amiga tenía la clave. Contaba los minutos para terminar mi turno e ir a su casa.

Justo en ese momento entró Pinaux a la oficina, aquello me obligó a salir de mis recuerdos para comenzar a pasar datos al ordenador.

—¿Qué tal vas, Tremille?

—Bien, *monsieur*. ¿Qué tal usted?

—Bien, bien... Dominique y yo estamos organizando un puesto para el Día de Maëlle, va a estar bien.

Procuré sonreír y que no se me notara el miniparo cardíaco. ¿Trabajo? ¿El Día de Maëlle? Al momento, Pinaux eliminó mi angustia.

—Dom se encargará de todo, ya sabes cómo es con esto del *marketing* y el *posi*..., bueno, ya sabes.

—Posicionamiento.

—Eso.

—Tiene buena pinta. Hace mucho que no me cruzo con Dom.

En realidad, le había evitado durante toda la mañana; me había escondido en el baño. Pinaux me había dado un motivo para agradecer mi decisión: habría estado insoportable dándose aires de grandeza y tirándose flores sobre el gran trabajo que estaba haciendo por el negocio.

En cuanto se hizo la hora, me subí al coche y me dirigí al cementerio.

—Vespyr —susurré nada más Odette me abrió la puerta. El zorro comenzaba a escaquearse siempre que me escuchaba llegar, así que teníamos que ser silenciosos. Cuando Odette le trajo al sillón viejo, como siempre, me puse manos a la obra. Sus ojos aún tenían que sanar mucho, pero las costras ya estaban desapareciendo y sus pupilas comenzaban a verse de nuevo. Solo quedaba que volviera a acostumbrarse a la luz más intensa.

—Ya está —dije cuando solté al zorro—. Ahora cuéntame, pensé que no había manera de hacer entrar en razón a esa mujer.

Odette estaba frente a mí, con su cabello ondulado y rubio recogido en una coleta alta. Incluso recogido, le llegaba casi hasta la cintura. Llevaba un jersey, a pesar de ser principios de verano, y una falda larga.

—Ophélie me ha venido a buscar esta tarde. —Odette caminaba de un lado a otro, hablando rápido—. Me dijo que había estado hablando con su abuela, que le había dicho que eran sus amigas, que quería cuidarlas…, le habló de Amapola, y cómo vivía con nosotros y… —paró para respirar—. Oye, ¿quieres algo? No te he ofrecido nada.

—No, Odette, sigue. Gracias.

—Bueno, me dice que su abuela está dispuesta a dar a todas menos a una, que entiendo que sí se comerá... Ophélie está destrozada por ello, aunque dice que al menos así salvará a Dagda y la mayoría de las gallinas, pero...

—¿Pero?

Odette tomó una respiración larga.

—Nos pide cien euros.

—¿Cien euros por cuatro gallinas y un gallo? —exclamé, con los ojos como platos—. La señora no es tonta.

—No —admitió ella—. Creo que piensa que así nos negaremos.

—Pues lo lleva claro.

Odette sonrió y se dejó caer a mi lado en el sofá.

—Eso mismo le dije a Ophélie. He quedado en ir mañana en cuanto salga el sol a por ellas.

—Eres genial, Od.

—Lo sé. ¿Preguntaste a Adrien lo de las vacas?

—Sí, pero no me ha ayudado mucho. Me tocará vérmelas con Pinaux, eso es irremediable.

—Bueno, hemos visto que hay más casos fuera de la granja, desgraciadamente. Ya llegará el día, Gael.

—Sí, tienes razón. Poco a poco. Hoy ya hemos dado un paso más.

Capítulo 16

GAEL

Lo que no habíamos contemplado hasta que tuvimos el coche lleno de gallinas fue dónde vivirían.

Lo ideal habría sido dejarlas libres por el cementerio, haciendo compañía a Amapola. Pero no habíamos contado con Vespyr. Estábamos acostumbrados a verle saltar alrededor de Amapola y de Cheshire, juguetón, y no se nos pasó por la cabeza que su relación con las gallinas no sería tan amistosa.

En mi casa tampoco podía ser, al menos de momento. Aún no había contado nada sobre mis proyectos a mi familia, y prefería hacerlo de una manera menos invasiva. Así que solo nos quedó la opción de los Clearwater, que era bastante buena: su casa tenía un jardín grande y cerrado y estaba cerca de nuestras respectivas casas. Además, Odette trabajaba allí la mayor parte del día, así que podría echarles un ojo.

Las gallinas eran todas mayores, alguna estaba más desplumada que otra, y por lo general eran muy miedosas. Iban siempre en grupo y salían corriendo en cuanto uno se acercaba a menos de un metro. El gallo, Dagda, lanzaba miradas amenazadoras que hacían honor a su nombre.

Las gallinas eran cuatro y Odette en seguida tuvo nombres para todas.

—Es perfecto —me dijo el primer día que las vimos

corretear por el jardín de Paule (que no las miraba con buenos ojos; había accedido porque le gustaban a Richard)—. Son cuatro, como las hermanas March. Mira, esta es Meg, porque es la más presumida. La más traviesa es sin duda Amy. La buenecita es Beth. Y esta, que rehúye tanto a Dagda, es sin duda Jo.

—¿*Mujercitas*?

Odette asintió.

—Es mi libro favorito.

Con el paso de los días, descubrimos que de casualidades no lograríamos encontrar a todos los animales en malas condiciones: las personas como Ophélie debían tener un contacto a quien pedir ayuda.

Así que nuestro siguiente movimiento fue buscar información de toda clase. Buscamos procedimientos de ayuda contra el maltrato animal que ya existieran en Francia, así como asociaciones y ONG. Por supuesto, también encontramos santuarios y reservas. Odette encontró varios en España y prometió estudiarlos.

—¿Dónde aprendió tu madre español? —pregunté de manera amistosa una noche, ambos frente al ordenador. Aparte del día en el taller de Jean-Pierre Bournett, Odette no me había vuelto a hablar de sus padres o de los lugares donde había vivido antes de llegar a Maëllys.

Permaneció un rato en silencio, leyendo la página web de Santuario Gaia. El nombre me pareció bonito; era la única cosa que entendía, más alguna palabra suelta a lo largo de la web.

—Vivió siete años en Barcelona después de que mis abuelos murieran. Conoció a mi padre en... la presentación de su libro. Era escritor. Él fue a Barcelona y mi madre hizo de traductora, ¿sabes? Después de la presentación, salieron juntos unos días. Hablaron de literatura, viajes, Francia... Cuando mi padre tuvo que regresar, mi madre le prometió que se volverían a ver. Se había enamorado. Se escribían cartas. Al cabo de unos meses, dejó su trabajo de profesora de francés para volver a Francia como profesora de español. Mi padre la había estado esperando. No se separaron nunca más desde aquel momento.

Odette sonreía de oreja a oreja, parecía que aquel recuerdo la hubiera transportado lejos.

—Los conocías bien.

Su sonrisa se desvaneció poco a poco.

—Sí.

—¿Te sueles parar a recordarlos?

La sonrisa se le había borrado por completo y me pregunté a qué se debía el cambio.

—No. Prefiero no hacerlo.

Y dicho esto, cambió de tema. Volvimos a los santuarios.

El punto más complicado era crear un contacto. Crear un nombre y un rostro asociado al proyecto. Aquello nos llevaría tiempo.

Las redes serían mi trabajo, pues sabía que Odette no querría acercarse ni aparecer por ellas. A pesar de ser tan reticente, las dominaba a la perfección, lo cual me volvía a hacer sentir curiosidad. Odette era demasiado críptica sobre su pasado. Cuando le pregunté, se limitó a decirme:

—Estuve en las redes sociales mucho tiempo, hasta que me cansé de ellas y me borré de todas.

Y, en efecto, cuando llegué a casa después de aquel día, me tiré en la cama y busqué su nombre en internet, por mera curiosidad. No apareció por ningún lado. Solo me aparecieron memoriales de personas fallecidas que compartían su nombre en Estados Unidos. Ninguna página web chapucera hecha como actividad en el colegio. Ninguna imagen que algún amigo poco considerado hubiera subido. Ninguna mención. Ninguna dirección.

Pero aquello no me sorprendió mucho, al fin y al

cabo, la infancia de Odette no había sido una normal. Se trababa de una niña que había vivido cada año en un pueblo, y cuyas personas más cercanas parecían haber sido sus dos padres. No tenía abuelos, ni tíos, y seguramente tuviera solo un par de amigas, que tampoco debían ser muy importantes si había decidido marcharse en vez de permanecer a su lado.

Lo que más me sorprendió fue encontrar los mismos resultados para el nombre de su padre: Jules Guillory. ¿No había dicho Odette que era escritor? ¿Que había hecho presentaciones de libros?

Debió ser poco importante.

No aparecía ningún autor en internet con ese nombre.

Capítulo 17
ODETTE

Me he leído *Mujercitas* por lo menos doce veces.

Durante mi adolescencia veía a la familia March como la familia ideal que me habría gustado tener: una familia unida, que se amaba a pesar de las discusiones. Una madre que enseñaba a vivir a sus hijas a través de los acontecimientos de la vida.

Por supuesto, me identificaba con Jo, como todas. Yo quería perseguir mis sueños con la misma fuerza con la que Jo desafiaba a su entorno para poder llegar a convertirse en escritora. Identificaba en mí su pasión, su enfado, capaz de arrasar con todo. Solo que, para Jo, su entorno era la época en la que vivía, que decía que una mujer solo servía para el amor. En mi caso, el entorno que debía desafiar día y noche era mi familia. Y en cuanto a la pasión, bueno, a lo largo de los años tuve que lidiar con mi ira. Una ira encerrada que, cuando explotó, arrasó con todo. Otra cosa que me enseñó Jo fue a aceptar el cambio, aunque a veces seguía siendo reticente. La vida corre y no podemos hacer nada por frenar sus designios, solo amoldarnos, aunque yo llevaba moldeando mi vida durante mucho tiempo como para creer del todo en esa afirmación.

Por último, quedaba Laurie.

Yo también había tenido un mejor amigo con el

que había compartido la mitad de mi vida; en el que confiaba más que en nadie, hasta que terminó enamorándose de mí. ¿Y yo? No supe tener la templanza de Jo. Preferí ser amada; aunque yo no lo hiciera. Comencé a salir con Pablo sin estar enamorada de él.

Y todo se derrumbó, poco a poco.

Ojalá pudiera haberle correspondido.

Aquella mañana caminé hacia casa de Paule con mi ejemplar de *Mujercitas* bajo el brazo, dispuesta a leerme el libro por decimotercera vez.

—*Petite*, tienes cara de cansancio. ¿Te has quedado despierta hasta tarde? —me preguntó Richard nada más verme, con cierta preocupación.

Asentí. No quería explicar que había vuelto a tener pesadillas después de unos cuantos meses tranquila. No quería que Richard y Paule vieran una versión de mí que, en teoría, no existía.

Había vuelto a sentir la tormenta en los pulmones. Los rayos y truenos, el océano alborotado, la inseguridad de no saber cuándo se pasaría. La respiración se me agitaba. El corazón se me desenfrenaba. Y todo, por lo que ocurría dentro de mi cabeza.

Por las malvas.

Por las malvas que crecían y me rodeaban hasta engullirme. Los tallos gruesos y verdes tenían pelusa blanca, y se metían por todos mis orificios, por los poros y por mi boca al gritar de miedo.

Pero la gente en la valla del cementerio cuchicheaba y miraba con una sonrisa en el rostro.

«La Criadora de Malvas» susurraban a coro, como si fueran las palabras de un conjuro. Yo me ahogaba, pero todos veían algo hermoso; de alguna manera, me alegraba que nadie viera mi angustia. Y en el momento en que estaba a punto de perder la conciencia, mi mirada chocaba con otra. Una mirada que *sí* lograba verme.

Gael.

Me miraba con ojos horrorizados. Pero no sabía distinguir si era enfado, decepción o miedo.

Y entonces me desperté, en mitad de la noche, con los pulmones llenos de agua salada y chispas, con dolor de cabeza.

No pude volver a dormirme.

Me puse manos a la obra con el trabajo y así logré olvidar todo. Pasé el polvo a las estanterías, regué el jardín, hice las camas, limpié los baños y cociné con Paule, mientras me comentaba los grupos de música que vendrían al festival. Ya quedaban tan solo un par de semanas y tenía ganas de que llegara, aunque lo más sensato sería quedarme en casa. Pero todo el mundo lo esperaba con tanta ansia que me lo habían contagiado.

Mientras Richard y Paule terminaban de comer, en la mesita bajo el roble del jardín, yo cambié la paja de las casetas que había instalado para Dagda y las gallinas. Richard me acompañó para darles el grano.

—¿Necesitáis algo más? —pregunté, recogiendo mis cosas, pensando en el nuevo ejercicio que me había encargado Jean-Pierre: tallar una mano de madera. Había logrado tallar la pila de libros en un nuevo tocón, no había ido mal. Progresaba de manera lenta, pero disfrutaba del proceso, aunque a veces me pusiera de los nervios. Había cogido un disco prestado de Paule y estaba dispuesta a encerrarme toda la tarde en casa, con mis auriculares y mis herramientas. El verano había entrado y hacía tanto calor, que no había plan mejor hasta que bajara el sol.

—¡Qué cabeza! —exclamó Paule, chistando—. Sí, quería que fueras a hacer la compra, pero se me olvidó comentártelo. Ya es tarde; nada, nada, ya vas mañana.

Lo primero que pensé fue que me había librado por los pelos. Pero luego, algo avergonzada, recordé que la nevera de mis amigos estaba vacía.

—Voy en un momento, no me cuesta nada.

—Odette...

Cogí las llaves del coche de Paule.

—¿Te importa? El mío está en casa.

Paule sonrió.

—Gracias, cariño.

Me tendió la lista de la compra, que estaba pegada con un imán a la nevera.

—Ahora vengo.

Eran las tres de la tarde y, mientras me dirigía al hipermercado, me di cuenta de que tenía que pasar por delante de las granjas y fábricas. Gael estaría terminando su descanso para comer; con suerte lograría saludarlo antes de que volviera al trabajo.

Conduje por la carretera principal de Maëllys, dejando atrás casas de piedra con vigas de madera, techumbre en punta y macetas con flores secas en las ventanas. Pasé la estación de tren y luego crucé un pequeño bosque de eucaliptos que me brindó algo de sombra durante el trayecto. Aquel bosque delimitaba el final de Maëllys. Justo al terminar los árboles, había unas grandes praderas, y a lo lejos distinguí varias naves. Una de ellas era la granja de los Pinaux. Giré para aparcar en el rellano de la entrada.

No parecía existir ningún trozo de sombra en aquel lugar. Salí del coche, con mi sombrero de rafia en la cabeza. Miré mi reflejo en la ventanilla, arrugué la nariz. Me peiné un poco con los dedos. Moví un poco mi cabello y me di cuenta de que había perdido un pendiente.

Exhalé.

Daba igual.

Me giré justo para ver a Gael asomarse por la puerta de la nave. Llevaba la ropa de trabajo: una camiseta gris, unos pantalones largos y gruesos, y unas botas de goma hasta las rodillas. Me reí.

—¡¿No te mueres de calor?! —grité mientras me

acercaba a la nave. Gael se señaló el moño que se había hecho como única respuesta.

—Creo que me terminaré rapando. Al menos en eso puedo decidir.

—No, no lo harás, te gusta tu pelo.

Alzó las cejas y sonrió. Tenía razón.

—¿Qué haces por aquí?

—Nada, voy a comprar al hiper para los Clearwater y pensé que podría pasarme a saludar.

Creí ver que hacía una mueca, pero se giró para recoger un táper de la mesa y no terminé de verlo. Me acordé de la pesadilla. Mi pulso se aceleró sin querer, pero me obligué a dejarlo pasar.

—¿Ya has comido?

Gael asintió, mientras se restregaba las manos por el rostro. Estaba cansado, eso era todo.

—Tuve que comer aquí encerrado, es el único lugar donde uno no se derrite.

Charlamos un rato sobre las gallinas, sobre el encargo que me había dejado Jean-Pierre y sobre el nuevo disco que me disponía a escuchar. Entonces recordé algo:

—¡Ey! Es viernes, tienes la tarde libre, ¿no? ¿Vienes a casa?

Gael se arrastraba de un lugar a otro mientras hablaba, recogiendo papeles con desgana, barriendo..., en aquel momento estaba quitando el polvo del ordenador con un trapo.

—En realidad iba a hacer algo de deporte hoy. Me apetece correr.

Era la primera vez en todo el verano que rechazaba pasar un viernes tarde en casa. Definitivamente, estaba raro. Necesitaba despejarse, tendría un mal día. Decidí dejarle tranquilo en las pocas horas que le quedaban.

—Bueno, pues me voy. Cuanto antes acabe, antes llego a casa. ¿Quieres que te coja algo? Pasaré de nuevo por aquí en media hora.

—Nada, gracias, Odette. Te veo por la noche, iré a ver a Amapola.

Asentí.

Por la noche, Gael pasó a cuidar de Amapola, que ya se estaba convirtiendo en una señora vaca, hasta le estaba saliendo su primera cornamenta. Le gustaba tirarse en la pradera del fondo del cementerio y comer todo lo verde que pillaba, además de la alfalfa que le traía Gael.

Hablamos durante un buen rato, pero dijo que tenía sueño y que se quería ir a casa. Lo entendí. Le abracé y me quedé un rato en sus brazos.

—¿Mañana te pasarás por la tarde?

—Sí, mañana sí.

Asentí.

La próxima vez que nos vimos, discutimos por primera vez.

Capítulo 18

GAEL

En la playa, las olas golpean sobre la misma roca una y otra vez.

Cuando Erian y yo éramos pequeños, sentíamos pena por los cangrejos, que veían sus guaridas inundadas de manera constante, hasta que Lou nos contó que los cangrejos vivían de aquella manera, que estaban acostumbrados, y que no les importaba. Nos quedamos mucho más tranquilos.

Aquella última semana me había sentido como un cangrejo, solo que yo no lograba acostumbrarme a los constantes empujones de las olas. Cada vez sentía el lugar donde chocaban con más dolor, con más rabia.

Y tenía un problema: no sabía qué lugar era el que me dolía.

Hasta que discutí con Odette.

Estábamos en julio y el calor no ayudaba a mi estado de ánimo. El trabajo en la granja se me hacía largo y pesado. Las vacas lo notaban también: preferían quedarse a la sombra de los establos en vez de salir a las praderas. No había logrado salvar a ningún ternero más: en julio nació una vaquilla que se había quedado en la granja, donde crecería para entrar en el proceso del embarazo; un ternero que Pinaux había decidido quedarse para criar como semental, y otros dos que no habían tenido la misma «suerte» y habían acabado en el matadero.

Había curado a un gato callejero que solía rondar por mi urbanización; tenía una quemadura muy cercana a una oreja. Aproveché para castrarlo y desparasitarlo.

—¿Te va a pagar alguien por los medicamentos que has utilizado en ese gato?

Nunca era un buen momento para hablar sobre Amapola en casa, sobre las gallinas, sobre la ONG de animales que había comenzado a crear.

Tampoco tenía mucho tiempo para hacer rescates. Y como siempre, me faltaba dinero. Seguía pagando el alquiler a mis padres por mucho que mi madre se enfadara. Así ahorraba a un ritmo lento. No me gustaba reconocerlo, pero mi padre tenía razón, los recursos y las medicinas también costaban dinero, y no podía tener en mente independizarme y salvar animales al mismo tiempo.

¿No estaba siendo un fraude? ¿Me importaba realmente lo que quería hacer?

Toda mi vida se desarrollaba como una escalera apuntando al cielo; yo construía peldaño tras peldaño, pensando en lo dulce que sería llegar al preciado objetivo.

Pero nunca llegaba.

Estaba cansado.

No entendía por qué seguía construyendo peldaños.

Así que comencé a dudar.

¿Qué habría más allá?

No me debía estar esforzando lo necesario.

Había seguido todos los pasos, ¿por qué no llegaba?

Ahí estaba yo, sentado, sin fuerzas para construir más peldaños, pero con demasiado vértigo para volver atrás.

Y luego estaba Odette.

Ella se encontraba tumbada en una nube, con sus auriculares puestos y tarareando una canción. No parecía querer subir o bajar por ninguna escalera.

Aquel viernes por la tarde, después de que Odette me visitara en la granja, salí a correr. Pensé que tal vez mi rabia contenida se desvanecería haciendo ejercicio.

Corrí por la playa, por el bosque, crucé la carretera y me metí en la montaña que había cerca de la finca que Odette me enseñó los primeros días. Corrí bajo las hayas y los robles, crucé el poco caudaloso río y salí a los campos de trigo. Möira corría conmigo, de vez en cuando se entretenía a olisquear algo, pero en cuanto escuchaba mi silbido llegaba a mi lado como si nunca hubiera parado de correr.

Para mi consuelo, aquella tarde se nubló y no hizo tanto calor.

Cuando mi móvil marcó diez kilómetros, me detuve. Sentí el latido de mi corazón, acelerado por el esfuerzo.

Me acerqué al parque de barras que había detrás de la iglesia, me puse auriculares y subí el volumen de la música. Möi se quedó tirada en el césped, agotada por la carrera.

El pueblo estaba vacío para ser viernes; lo preferí así. Estaba tan concentrado que no vi a Amandine y a su prometido hasta que no estuvieron frente a mis narices. Por la música, tampoco los había escuchado llegar. Maldije en silencio.

Aparté todos mis pensamientos y bajé de las barras. Me quité los auriculares.

—Ça va?

—Bien. ¿Tú qué tal? —preguntó ella, con una sonrisa. Su prometido se había quedado atrás, hablando por teléfono.

—Como siempre.

—Hacía tiempo que no te veía por el pueblo.

—Ya, vengo poco —contesté, admitiendo que Odette se salía con la suya más veces de las que había pensado—. Prefiero el bosque, ya sabes.

Amandine sonrió. A su sonrisa le siguió un silencio incómodo.

—Parece que se avecina tormenta —dije, mirando las nubes.

—Sí, he visto en las noticias que mañana lloverá.

Otro silencio. ¿Por qué no se iba ya?

—Oye, he oído a la gente del pueblo quejarse de que hay una vaca en el cementerio.

«Y sabes que solo puede ser cosa mía», pensé yo, mientras apretaba los labios.

—Sí, bueno...

—Y he oído que sales mucho con la Criadora de Malvas —dijo, de manera un poco atropellada—. Es genial, Gael. Por fin alguien la incluye y la ayuda, a pesar de su fama. Cuando quieras, tráela con el grupo, no nos importa lo que digan de vosotros. Será bienvenida.

Fruncí el ceño un poco. No sabía qué responder. Había soltado muchas cosas en muy poco tiempo.

—¿Te da pena Odette? —pregunté, sin poder evitarlo.

Amandine se sonrojó.

—No. Perdón. Sí. No sé, ya sabes, dicen tantas cosas de ella. Y esa casa... a lo mejor podemos ayudarle a buscar una nueva, aquí en el pueblo. Siempre intento comprar algo en su mercadillo. ¿Tiene suficiente dinero, Gael?

—Sí, tiene. No te preocupes, son habladurías... ¿Has dicho que dicen cosas de *nosotros*?

Amandine se ponía cada vez más roja.

—Ya sabes cómo son los pueblos..., pero si la integramos, si ven que es una más..., la gente se cansará...

Asentí y le di la razón.

Prometí que lo hablaría con Odette.

—La gente del pueblo tampoco está muy contenta con que haya una vaca en el cementerio, Gael...

—Imagino —corté la conversación—. Debería irme. Nos vemos.

Me marché, seguido de Möira, mientras notaba la mirada lastimera de Amandine en la nuca.

Aquella noche, cuando llegué a casa de Odette, sentí mis pies enredarse entre los hierbajos de la entrada, noté que el techo tenía alguna gotera salvada por un cubo de metal, y vi que las ventanas del salón se abrían solas a la mínima brisa que corría. Eran cosas que ya había visto antes, pero a las que hasta el momento no había dado importancia.

Mientras cuidaba de Amapola en la pradera, observé a Odette a través de la ventana del salón, un cuadrado de luz amarillento que se entrecortaba en la noche. Con sus auriculares, una coleta mal hecha, concentrada tallando. Me tiré con Amapola a contemplar el cielo nocturno durante un buen rato, pero me fui rápido a casa.

Le prometí que volvería al día siguiente, porque no quería admitirme a mí mismo que me ocurría algo. Pensé que necesitaba dormir, descansar y darme tiempo.

Pero no, las olas golpeaban cada vez más fuerte.

Y en algún momento, acabaría abriéndose una grieta.

Fue el sábado cuando ocurrió.

Capítulo 19
GAEL

—Por fin te despiertas. ¿Te apetece venir a Saint-Malo esta noche?

Abrí la nevera, medio dormido, y al momento me lancé para sujetar los botellines de cerveza que rodaron hacia mí.

—¿Qué ocurre en Saint-Malo? —pregunté con cansancio, como si el pueblo tuviera la culpa de colocar mal las cervezas en la nevera.

—Ocurren clubs y fiestas en la playa —respondió Erian, mientras masticaba una tostada.

—¿Mañana no hay mercado?

Negó con la cabeza.

—Ni este domingo ni el que viene. Es la semana de preparativos para el mercado grande del Día de Maëlle.

El Día M.

Sonreí. Quedaba solo una semana. Mis mejores recuerdos de la juventud procedían de aquel festival, así como de otros por toda Bretaña.

—¿Entonces?

—¿Qué?

Erian puso los ojos en blanco.

—Que si vienes a Saint-Malo, marmota.

Me acordé de la conversación con Amandine.

—¿Has dicho a alguien que la vaca del cementerio

es mía? —Mi hermano era el único al que se lo había contado.

Él tosió con la boca llena de pan.

—No. ¿Tal vez? ¿Por qué?

Le lancé una mirada helada, de las que le hacían salir corriendo cuando éramos críos. Tuvo un efecto parecido, pues se levantó de la silla y retrocedió unos pasos.

—Oye, no te enfades. Son tus amigos. Les parece genial y te apoyan. Bueno, la mayoría. Por eso se lo conté, porque es guay. Sé a quién *no* contárselo..., ni a papá ni a mamá.

Se pasó los dedos por la boca, como si estuviera cerrando una cremallera. Después lanzó la llave imaginaria por la ventana, mientras un rizo le caía frente a sus ojos.

—Ni se te ocurra, Erian. Quiero contarlo yo, es importante. —Suspiré, negando con la cabeza—. Qué más da. La gente sabe atar cabos, no es estúpida. Ya debo de ser la comidilla del pueblo.

Erian se cruzó de brazos.

—¿Alguien te ha dicho algo?

—Amandine. Me la encontré ayer —comenté unos segundos más tarde, mientras ponía la cafetera en el fogón.

—Ella fue la que primero te defendió, Gael. Solo se preocupa por ti, y es incapaz de esconderte nada. Los dos siempre fuisteis los buenotes del grupo.

Me arrancó una sonrisa de los labios, pero no fue nostálgica, sino de una especie de complicidad.

—¿Entonces vendrás a Saint-Malo?

—Tengo ya planes. Pero si acabo pronto...

Me sonó el teléfono. Lo saqué de mala gana del bolsillo. Era Adrien Pinaux.

Erian debió reconocer mi molestia —de nuevo esa cara de pocos amigos—, porque en seguida me dio una palmada en la espalda y salió de la cocina.

—Ya me dirás.

Descolgué el teléfono mientras me servía una taza hasta arriba de café negro. Me daba la sensación de que lo iba a necesitar.

—*Allô?*

—Gael. Sé que es fin de semana, pero tenemos un problema con una vaca..., ¿podrías venir?

Di un sorbo al café.

—Claro.

La vaca en cuestión tenía filaria en una ubre, una herida causada por un parásito que transmiten las moscas. Aunque la granja tenía medidas de desparasitación, no era raro que en verano tuvieran algún caso.

—Hay que ponerle eprinomectina. El lunes lo compramos; esperemos que no vaya a más. Voy a llevarla a una cuarentena, ¿vale?

Adrien asintió.

Me pasé toda la mañana en la cuarentena con la vaca, a la que llamé Dea, por la diosa celta Dea Dama. Era anciana y había dado a luz al menos cinco veces. La filaria no era su único problema; también parecía cansada. Me tiré toda la mañana aplicándole curas para que el dolor le disminuyese y ella se dejaba hacer, cerrando sus ojos como si los párpados le pesaran demasiado.

La infección parecía avanzada.

Permanecí un buen rato agachado a su lado, acompañándola, acariciándola. Cuando lograba abrir sus párpados, me lanzaba miradas curiosas. No debía entender por qué había un humano cerca sin hacer nada más que acompañarla en el descanso. Sonreí.

—¿Te gusta el nombre Dea?

Cerró los ojos de nuevo, tranquila.

—Te vas a poner bien.

La dejé descansar y me fui a buscar a los Pinaux. Encontré a Adrien en la sala del ordenador.

—Voy a ir a buscar ya la eprinomectina.

—¿Seguro? ¿La ves mal?

Asentí, mientras me alargaba una tarjeta de la empresa.

—La farmacia está en Cancale. Deja que los llame antes de que vayas.

—Vale, gracias.

Tardé una hora y media en llegar hasta el pueblo y otra media en encontrar el lugar. La tormenta que había predicho el día anterior cayó fuerte en la carretera, el tráfico era lento y la farmacia estaba muy mal señalizada.

De vuelta, no dejé de pensar en los ojos cansados de Dea. Era una anciana. Debería pasar sus últimos días tranquila, pastando. No con infecciones y en una cuarentena de pocos metros cuadrados.

Cuando llegué, preparé a Dea para la inyección. Se portó bien. Permanecí un tiempo más a su lado antes de marcharme.

Salí de la granja a las siete de la tarde, con el corazón pesado por dejar sola a Dea, cansado por el viaje y con pocas ganas de nada. La lluvia caía fuerte sobre Maëllys.

Fui a casa a ducharme y no me dio tiempo a comer; no quería llegar tarde a cuidar de Amapola. Salí con Möira, que en seguida saltó dentro del coche.

A lo lejos, tras el manto de cruces y lápidas de piedra, vi que Odette corría con Amapola por la pradera, que debía ser un barrizal. Se dirigían al jardín trasero de la casa, donde Amapola solía dormir.

—¡Vamos, grandullona! —Vi cómo animaba Odette al animal entre risas, ambas empapadas por la lluvia. Möira salió corriendo para unirse a ellas.

Me metí en casa y decidí esperarlas allí. Nada más entrar, vi la ventana de la cocina abierta de par en par, y que los cubos bajo las goteras en el porche se habían triplicado. Me lancé a cerrar la ventana, pero el problema era que estaba rota y el viento la volvía a abrir.

—Menos mal que da a la pila —farfullé, intentando encajar un jarrón entre las compuertas y el grifo para que se mantuviera cerrada.

—¡Gael! Amapola, mira quién está aquí.

Salí al jardín trasero para saludar a mi pequeña. La acaricié en el morro y en la mancha triangular entre sus ojos, la que había heredado de Tulipán. Se la notaba feliz, mojada, libre del calor de la semana. En seguida se retiró a su rincón a comer alfalfa, aunque Möi quería seguir jugando. Le pedí que se tumbara y en seguida lo hizo. Se quedó allí, acompañando a su amiga y olisqueando el aire en busca de Vespyr, que parecía haberse escaqueado al bosque.

—¿Qué tal? —me preguntó Odette entusiasmada, mientras se retorcía la larga melena encima de la pila—. Nosotras hoy hemos estado un buen rato bajo la lluvia. Y he adelantado trabajo...

—Estás llena de barro —dije, mientras esquivaba las huellas que iba dejando por toda la cocina.

—Ah, ya. Ahora lo limpio. ¡No lo limpies! Te conozco. Siéntate en el sofá del porche y espera a que me duche.

—¿En qué sofá, Odette? Está todo lleno de agua.

Noté las olas en mi interior, golpeando. Y lo había notado desde el momento en que la había visto correr bajo la lluvia, reír, sin preocuparse por nada.

—¿Qué has hecho hoy? ¿Salir a correr por la pradera y hacer baratijas? Tienes al menos dos ventanas rotas en casa y está diluviando, por si no te has dado cuenta —dije, mientras añadía una risa que me sonó forzada hasta a mí.

Odette sonrió, aunque pareció más bien que le hubieran pegado una patada en el estómago.

—Mejor cuéntame qué has hecho tú hoy. Ya has adivinado mi día entero —dijo, irónica, apoyándose en la encimera y llenándola también de barro. Me mordí la lengua.

—He tenido que ir a la granja.

—Qué chico más trabajador.

—Sí, algunos necesitamos trabajar.

—Otras trabajamos menos.

—A pesar de no tener dinero ni para arreglar su propia casa. —Noté cómo las palabras de Amandine salían por mi boca—. Tienes la peor casa de todo Maëllys, y no me refiero a que compartas suelo literalmente con cadáveres, lo cual no deja de ser desagradable; hablo de que tienes la casa inundada, de que las malas hierbas se están comiendo la pared de la entrada, creo recordar que tienes la bañera también rota y..., bueno, a lo mejor deberías plantearte arreglarla o buscar otra.

Odette tenía la vista clavada en la mía, fui yo quien la aparté. Pero al momento, volví a sujetarle la mirada.

—Claro que la gente habla de ti, Odette. Pareces una vagabunda y en vez de buscarte la vida, como todos, te dedicas a hablar sola, a pasear entre las tumbas del jardín y... te da igual todo.

Respiré. Sin darme cuenta, me había puesto a fregar las pisadas de barro y el agua que caía de los cubos rebosados.

Se produjo un silencio.

—¿Te molesta que te relacionen conmigo? —dijo ella, en un susurro que quería parecer seguro, pero a mitad de frase se le quebró la voz.

Aquella pregunta me golpeó sin esperármelo.

—Eso..., eso no es lo que quería decir.

—Pues es como ha sonado —dijo ella—. Y qué quieres que te diga, Gael, van a hablar de mí de todas maneras. Por eso me da igual. —Elevó los hombros—. Y con respecto al resto: me gusta mi casa y me gusta el lugar donde está. No había pensado en los desperfectos. Hay cosas que me importan más. Tampoco me falta dinero. Si no, buscaría otro trabajo. Pero con el dinero que gano en casa de los Clearwater y en el mercadillo me vale. Esta es mi vida, Gael, no necesito nada más.

—Tienes que mantener unos mínimos... —comenté, en voz baja, cada vez menos seguro de por qué estaba discutiendo con ella.

—¿Por qué?

—Por ti —dije. El enfado ahora había evolucionado a otro sentimiento. La marea bajaba—. Porque tienes que pensar en ti.

—Llevar la vida que llevo es la mejor apuesta *por mí* que he hecho nunca —me dijo, segura—. Me da igual qué digan, Gael. —Una sombra cruzó su mirada. Entrecruzó los dedos de sus manos—. Me gusta lo que hago, soy feliz, y también me gusta ser tu amiga. Pero si a ti te importa más lo que diga la gente, entonces puedes marcharte, por mí no hay problema.

Dicho esto, cogió una manzana de un cesto y mientras la mordía cruzó la cocina, llenando el suelo limpio de barro otra vez. Subió al piso de arriba.

—¡Solo digo que deberías arreglar un poco tu vida, tus formas, tu...!

—¡¿Arreglar *qué*?! —estalló ella, desde arriba—. ¿Te piensas que no hablarían de ti si no estuvieras cerca de mí? El chico que juega a salvar animales de granja en un maldito pueblo lechero. Ah, no. Pero Gael cambiará por ellos y dejará de ser él mismo. Y se pensará que el asunto está «arreglado».

—Solo quiero ayudarte a...

—Lo que necesitas es ayudarte a ti mismo —escuché; después un portazo.

Apreté los labios.

Atravesé los charcos de la cocina y salí de la casa, pegué un portazo también. Möira comenzó a ladrar y rodeó la casa para llegar hasta mí. Había comenzado a llover de nuevo, el cielo estaba oscuro y apenas se veía nada en aquel lugar sin faroles. Abrí la puerta de mi coche, pero un ruido me obligó a parar antes de entrar.

—Sshh, chica —susurré a mi perra.

Arrugué el entrecejo, mirando la verja.

No vi qué era. Un estallido contra la pared de la casa me hizo volverme. Risas. Un cristal roto. Otro. ¿Estaban tirando piedras? Distinguí una botella de cristal hecha añicos en el suelo, cerca de la ventana de la cocina.

Había una panda de niños riéndose al otro lado de la valla. No me habían visto, hasta que Möira comenzó a ladrar, alterada por el ruido. Se puso a la defensiva. Salí por la verja.

—¡¿Qué hacéis?! —grité, mientras uno de ellos lanzaba otra piedra y acertaba al jarrón que yo había colocado momentos antes entre la ventana y la pila de la cocina. Todos me enfrentaron, riéndose y bromeando sin miedo, con la seguridad que da ir en un grupo de adolescentes sin escrúpulos.

—¿Está la Criadora de Malvas?

—Queremos verla, dile que salga un momentito —se carcajeó otro.

—¿Eres su novio? —preguntó una chica, de manera descarada—. ¿O solo la pagas para que...?

—Fuera de aquí —dije, adelantándome. Solo un par se echaron hacia atrás, el resto tenía más miedo de Möira.

Recordé la herida en la pata de Cheshire, la que provocó que conociera a Odette. Recordé el pedazo de cristal que le saqué de la pata, como el de los cristales rotos que en aquel momento cubrían el empedrado alrededor de la casa. Se terminaron marchando, entre risas e insultos. Yo volví al interior, encendido, después de comprobar que no volvían. Entré por el patio interior y maldije. Odette no podía dejar aquella puerta abierta, maldita sea, ¿en qué pensaba?

Me metí de nuevo en la cocina, evitando las goteras.

Cerré los ojos e intenté controlar mi respiración. Volví a cerrar la ventana de la cocina con fuerza, aquella vez se encajó bien. Recogí los trozos del jarrón de cerámica que se había roto en la pila, aparté la roca que le había asestado el golpe mortal.

«Respira, Gael».

Cuando terminé, me senté en la mesa de la cocina, a oscuras. La lluvia repiqueteaba contra la casa.

«Lo que necesitas es ayudarte a ti mismo».

Odette era la persona que me había abierto las alas. La que se había lanzado a volar conmigo. La persona con la que era yo mismo, más que con ninguna otra. ¿Por qué había dicho todas esas cosas? ¿Cómo podía cagarla tanto en tan poco tiempo?

Escuché ruido sobre el techo de la cocina. Me levanté y subí al piso de arriba, pero Odette ya se había encerrado en el baño. Pegué la frente a la puerta de madera blanca.

—Odette.

Escuché un sollozo.

—¿Se han ido?

—Sí.

—Gracias. —El sollozo se incrementó, hasta convertirse en llanto—. Vete. Tienes razón, es mejor que no te vean conmigo.

Nunca la había escuchado llorar. Se me desencajó algo en el pecho. ¿Cuánto tiempo llevaba sola? No podía dejarla. Yo no.

Odette no dijo nada en un rato largo. Escuché que abría el agua. Me di la vuelta y apoyé la espalda en la puerta. No me quería marchar de su vida. No había dicho eso. Solo...

—Me da envidia verte siempre tan tranquila y feliz. Haciendo las cosas que te gustan durante el día, afrontando todo con una sonrisa. Llevo intentando llegar a ese punto treinta años, Odette, y no llego. No lo consigo. Y no sé por qué... me enfada ver que pasas por la vida sin que nada te importe. O, al menos, eso es lo que parece —añadí.

La ducha se apagó unos instantes. Me escuchaba.

—Eres todo lo contrario a lo que me han enseñado siempre. Pero en el buen sentido —añadí—. Es verdad, Odette. Por eso me choca tanto.

Nos quedamos en silencio, mientras ella seguía duchándose. Al cabo de un rato, Odette cerró el grifo de nuevo y escuché que hablaba.

—Bueno, yo ya no tengo nadie alrededor que me marque el camino. Antes sí. Yo también me sentí como tú, Gael. Sé cómo es. —Fui a responder, pero encendió el secador y mis palabras se perdieron. Después de un buen rato, lo apagó, y su voz volvió a asomar, pero esta vez menos rota—. Yo también te envidio, de alguna manera.

Abrió la puerta del baño y por poco me caigo de espaldas.

—¿Por qué?

Odette, envuelta en una toalla gigante, acarició con sus dedos mi frente, con una sonrisa.

—Tienes claras más cosas de las que piensas. Tienes una familia que te quiere. Y tú también los quieres a ellos, por eso te cuesta tanto cambiar y llevar la vida que realmente quieres. No quieres decepcionarlos. Solo tienes que aprender a soltar un poco. Ah, y eres mucho más organizado que yo. —Miró a su alrededor, como si viera su casa por primera vez—. Es verdad que tengo todo hecho un desastre. El pobre Ches está enterrado en mantas en la cama y ahora me doy cuenta de que no sale por toda la humedad. Y sí, es verdad que ahora no pasa nada porque la lluvia entre en casa. Es verano y no hace mucho frío. Pero en invierno, será distinto. Tendría que arreglar las ventanas y las goteras. También cerrar las puertas mejor. —Alzó las cejas.

No pude evitar sonreír.

—Te prometo que esos imbéciles no volverán.

—No creo que lo hagan. Es la primera vez que alguien les planta cara.

Nos miramos en silencio, ambos sintiendo el velo de tranquilidad que por fin se posaba sobre nosotros.

—Te puedo ayudar a arreglar la casa. Déjame hacerlo —pedí, antes de que se lanzara a protestar—. Igual que tú me ayudas a mí.

—Vale.

La fui a abrazar, pero noté que no estaba vestida, así que en lugar de eso dejé que se metiera en la habitación para cambiarse.

—¿Me perdonas por ser un imbécil? —susurré una vez que me permitió entrar.

—Claro. Pero, Gael —Odette me cogió de la mano. Levanté la vista—, no me vuelvas a hablar como esta noche.

Asentí.

—Perdón.

—Ya estás perdonado. Solo no lo vuelvas a hacer.

Bajamos al piso de abajo y recogimos toda el agua como pudimos, pusimos barreños más grandes bajo las goteras e intentamos cerrar las ventanas que quedaban abiertas. Cuando terminamos era tarde, pero decidí quedarme un rato más con ella. No le importó. Llamé a Möi con un silbido para que subiera con nosotros a la habitación, el único cuarto seco de la casa.

Erian llamó mientras Odette revolvía el cuarto en busca de algún trasto. Se me había olvidado avisarle sobre el plan de Saint-Malo. Aunque no importó, pues me dijo que lo habían cancelado por la lluvia. No obstante, habían quedado en cenar al día siguiente todos en casa.

—A eso seguro que me apunto. ¿Os importa que se lo diga a Odette?

Hubo un silencio en el que pude ver a mi hermano sonreír como un estúpido.

—No, claro. Que se venga.

Cuando colgué, Odette se subió en la cama con el viejo portátil y unas tijeras en la mano.

—Extraña combinación —murmuré, estirándome. Me ignoró y encendió el ordenador.

—No te duermas. Quiero enseñarte lo que he hecho hoy.

Aquella noche nos quedamos despiertos hasta tarde, y me recordó a la noche en que Amapola llegó.

Yo estaba tirado en la cama, comiendo sobras de verduras que había encontrado en la nevera, y con el ordenador en el regazo. Debía tener los ojos abiertos como platos desde hacía horas, pero no había manera de que pudiera cerrarlos. Odette me había vuelto a sorprender. Pregunté, por quinta vez:

—¿Has hecho una página web en una sola mañana?

—Ya sabes, *baratijas*.

—¿De verdad he dicho eso?

Ella me sacó la lengua, restando importancia, pero volví a sentirme mal.

No podía dejar de recorrer la página de arriba abajo con el ratón. Era moderna, bonita, con tonos marrones y verdes. El menú tenía las siguientes opciones: habitantes, valores, ayudas y donaciones, emplazamiento, contacto y redes.

Había espacios para fotografías y para textos, pero lo básico estaba hecho. Odette había creado una web que podía pasar por una más de los santuarios que conocíamos. Y no solo eso, sino que había creado cuentas en las principales redes sociales.

—Sanctuaire Celtique.

El logo era un árbol de la vida, como el que yo tenía tatuado en la pierna, con una vaca tumbada a su pie, sobre la vaca había una gallina, sobre las ramas había un gatito e incorporado en el tronco, reconocí la figura en miniatura de un zorro intentando alcanzar al gato.

—¿Te gusta? —me preguntó. Estaba mirándose frente a un espejo, tijeras en mano, cortándose el pelo—. Pensé que te define bien. Además, estamos al lado del *mer Celtique*.

—Me encanta, Odette. Es... increíble.

—Me gustaría hacer fotos de la zona: del bosque, de la playa... y también de cada animal. Pero necesitamos una cámara profesional, o al menos un móvil con mejor cámara que el mío. Y he pensado que tendríamos que ponernos en contacto con los santuarios más cercanos, aunque estén lejos. Seguro que nos ayudan a darnos a conocer por la zona y en redes, entonces será cuando comience el trabajo de verdad. Llegarán rescates. ¿Crees que me quedaría bien el flequillo?

—Estoy sin palabras. Gracias. Eh..., no sé —me mordí el labio, mirándola—. No te imagino. ¿Por qué no vas mañana a la peluquería?

—No he ido a la peluquería en cinco años —murmuró mientras probaba a colocarse el pelo de manera que pareciera que tenía flequillo.

—¿Por qué no has puesto tu contacto también? Estamos juntos en esto.

—Sabes que no me gusta aparecer en las redes. Te apoyaré en todo, de verdad, pero desde las sombras —dijo esto último con voz tenebrosa y enseñándome las tijeras.

—Odette, estás haciendo tanto trabajo, debería salir tu nombre aunque sea como socia, como trabajadora...

—¿Tú reconoces mi trabajo?

—Tú eres mi socia.

—Pues con eso me basta. ¿Me cortas el flequillo? No sé si lo voy a hacer bien.

Se acercó a mí y me dio las tijeras. La miré horrorizado.

—Ve a la peluquería, Od. No quiero hacerte un trasquilón. —Se las devolví—. No seré partícipe de esta desgracia.

—¡Si queda mal, ya lo arreglaré! —exclamó, poniéndose en pie sobre la cama y saltando, haciendo botar a Ches.

Intentó convencerme, pero no lo logró. Así que terminó cortándose el flequillo a sí misma: un flequillo dividido en dos, desfilado desde el centro de la frente hacia los lados.

—¿Y bien?

—Un poco desigual, pero mejor de lo que me esperaba.

—Esperas muy poco de mí.

—Estás guapa —dije, y noté que se sonrojaba—. ¿Desde cuándo sabes crear páginas web?

—¿Por qué no iba a saber?

—La mayoría de las personas no sabemos.

—Bueno, pertenezco a la minoría que sí sabe, entonces.

—No te pega.

—Lo que te digo: esperas muy poco de mí.

—Ahora me espero cualquier cosa —dije, riéndome.

Me lanzó una almohada.

—Tengo sueño, Gael. Me voy a dormir. Puedes quedarte todo el tiempo que quieras, ya sabes.

Asentí, mientras se metía a mi lado en la cama. Yo aproveché para llenar los espacios de la página web: redacté la misión del santuario, redacté la historia de Amapola, de Dagda, de Meg, Beth, Amy y Jo, y de Vespyr. Lo único que no añadí, por el momento, fue mi biografía. Quería intentar convencer a Odette de que escribiéramos una conjunta, de que ambos apareciéramos en la fotografía. Sabía que me diría que no. Que cambiaría de tema sin darle más importancia, como había hecho con lo de la página web.

Cuando se me cansaron los ojos, apagué el ordenador. Me asomé a la ventana. Seguía lloviendo.

—¿Odette? —susurré.

—Mmm.

—¿Te importa que me quede a dormir?

—Mm-mm.

—Gracias. Me bajo.

—El sofá estará mojado. Quédate aquí —farfulló sin apenas abrir la boca.

Me tumbé a su lado, sintiendo que mi corazón se aceleraba, sin sentido.

—Mañana no hay mercado.

—Hhmm —confirmó.

—Quiero llevarte a un sitio, si no llueve.

Giró la cabeza.

—Genial.

—Perdón otra vez, Odette.

—No pasa nada. Buenas noches.

Se durmió nada más pronunciar «noches».

Yo me quedé un tiempo observando su rostro lleno de pecas, tranquilo, con el nuevo flequillo cayendo encima de sus ojos.

Pensé en una vida sin Odette y se me comprimió el pecho.

A veces nos encontramos personas valiosas en donde menos lo esperamos. Recordé la cantidad de veces que había leído, curioso, los mensajes de mi familia y mis amigos sobre la Criadora de Malvas, la chica que se había mudado a la casa del cementerio. Allí solo, en París, nunca me podría haber imaginado que la conocería. Menos todavía que se convertiría en mi amiga. Menos que terminaría a su lado en una cama.

Me dormí estudiando cada milímetro de su rostro.

E incluso dormido, me encontré con ella.

Soñé con una finca grande llena de espigas y malvas, donde Tulipán cuidaba de su hija y yo caminaba de la mano con Odette. Después —de la manera extraña en la que trascurren los sueños— me convertí en un niño que caminaba de la mano de su padre, junto con su hermano, por la playa.

«¿Veis?», nos decía Lou, señalando los cangrejos en las rocas. «Cuando baja la marea, salen a tomar el sol. Ellos están bien. No os preocupéis».

Y tenía razón. Parecían tranquilos.

Capítulo 20

ODETTE

Me desperté en cuanto el primer rayo de sol se coló por la ventana. Rodé para incorporarme, pero escuché un quejido leve.

—Gael —me sorprendí, rodando hacia el otro lado al instante. Me llevé por delante a Cheshire, que bufó y saltó, pasando por encima de mi amigo. Pero Gael volvía a roncar, con la almohada por encima de la cabeza. Reprimí la risa.

Bajé a la cocina saltando los escalones de dos en dos, puse la cafetera en el fogón y mientras esperaba a escuchar el habitual soniquete que me indicaba que estaba listo, comencé a repartir los desayunos a los animales.

—Vespyr. —Me agaché contenta al ver al zorro metido en su casita. Estaba empapado, la tormenta de la noche anterior debió pillarle en el bosque. Busqué un par de toallas y traté de secarle, aunque no tuve mucho éxito: no dejaba de intentar morderme. Quería dormir, así que le dejé las toallas alrededor del cuerpo. Sus ojos ya estaban curados y por fin se podía distinguir su color dorado.

Ches pareció perdonarme el brusco despertar en cuanto le di su ración de pienso. Después de comer, saltó por la ventana de la cocina, esquivando los cristales rotos de la noche anterior, y desapareció entre las malvas.

La tormenta había dado paso a un cielo azul sin una sola nube, y el calor del sol era agradable. Quité el café del fuego y me serví una taza. Crucé el porche y salí. Lo primero que hice fue recoger los cristales, no quería que ninguno de los animales pudiera hacerse daño. Cuando terminé, me descalcé en la hierba. La tierra estaba mojada y se deshacía con cada pisada. El cementerio era un campo morado. Las malvas me llegaban por la rodilla y estaban mojadas y frías. Decidí caminar detrás de Ches, café en mano, persiguiendo su cola gris y estirada, que asomaba entre las hierbas como el periscopio de un submarino. Cuando vi a dónde se dirigía, suspiré. Miré por encima del hombro, hacia la verja del cementerio. Por suerte, era muy temprano y aún no la habían abierto.

Ches se subió al sepulcro más grande del cementerio y se quedó agazapado, observando la cruz de piedra levantada encima de él. Era una cruz antigua, así como el sepulcro, y estaba algo comida por la hiedra. Allí vivía una gran familia de lagartijas.

—Mejor nos vamos de aquí, ¿eh?

En cuanto fui a cogerle, me esquivó y salió corriendo hacia casa.

—¡Cheshire!

Cruzó el campo entero detrás de una lagartija, apartó de un zarpazo a un pobre abejorro que se cruzó en su camino y aplastó una mariposa, hasta llegar a su dulce víctima. Suspiré cuando la cogió entre sus dientes.

«Asesino», pensé. Como si me leyera el pensamiento, me trajo la lagartija a modo de ofrenda. ¿Le concedería el perdón?

—Gracias, Ches —le acaricié y ronroneó.

A veces me sentía como la abuelita de los Looney Tunes, siempre mimando a Silvestre.

Me senté en las escaleras del porche para terminarme el café con tranquilidad. Entonces me acordé de Gael y de la discusión. Arranqué una malva y la hice girar en mis dedos, mientras Ches la observaba atento.

—¿No es irónico, Ches? La gente sabe más de lo que piensa, eso es lo peor de todo.

Cuando me terminé el café, lancé lejos la flor y me metí en casa. Me puse los auriculares, vacié los cubos de agua y fregué antes de que Gael se levantara. Como parecía ir para largo, me dio tiempo a visitar a Paule y Richard y a dar de comer a las gallinas. Cuando volví, Gael se había despertado y estaba trasteando en la cocina.

—*Bonjour*.

—*Bonjour* —me respondió, con el cabello negro enredado y legañas en los ojos—. Voy a hacer la comida para hoy.

—¿Quieres que te ayude?

Negó, dando un trago de café negro.

—¿Puedo ponerme con mis *baratijas* entonces?

Me lanzó una mirada lastimera y supe que comenzaría a pedirme perdón de nuevo.

—Ya paro —me adelanté, riéndome. Me senté en la mesa de trabajo para terminar unos cuantos pares de pendientes: eran de madera con cuentas de colores y motivos celtas; los estaba creando para venderlos en el Día de Maëlle.

A la hora de comer salimos a la pradera, seguidos de Amapola y Möira. Yo llevé a Cheshire en brazos y Gael llevó una bandeja con la comida que había preparado. Tuvimos que llegar hasta el final y sentarnos bajo la alargada sombra de un ciprés para conseguir algo de frescor, y para que los visitantes del cementerio no se ofendieran. En domingo, era habitual que hubiera más personas de lo usual.

—Tendríamos que buscar otro lugar para Amapola... —le comenté a Gael, observando a una mujer mayor depositando flores sobre una lápida—. He recibido ya varias quejas por Amapola y he tenido una visita de la policía. —El día que apareció un coche de la policía en casa, a punto estuve de entrar en crisis—. Intento mantenerla en mi patio cuando hay más gente, pero es pequeño y se agobia. Necesita un espacio más grande.

—Sí... y necesita a otras vacas. No ha conocido a ningún semejante.

Nos sumimos en un silencio. La cuestión del dinero hacía que las palabras escasearan.

Comimos crepes rellenas de verduras y guacamole, un híbrido entre la comida francesa y la mexicana.

—Está muy rico.

—No está mal.

Serví sidra en los dos vasos desparejos que habíamos traído y le pasé uno a Gael, que bebió con ganas.

—¿Y después a dónde vamos?

Gael puso una mano frente a sus ojos para cubrirse del sol.

—¿Conoces muchos lugares de Bretaña?

—Algunos pueblos.

—¿Rotheneuf?

—No. ¿Es bonito?

—El pueblo es parecido a Maëllys, pero lo interesante son Les Rochers Sculptés.

Se me debió iluminar el rostro, porque Gael sonrió de oreja a oreja.

Después de pasar un buen rato con Amapola, nos dio pena meterla en el patio. La hierba de la pradera, por la lluvia de la noche, estaba fresca, y no se cansaba de comer. Gael decidió llamar a Erian para que se pasara a echarle un ojo.

—Tío, estoy con Elliot —escuché que decía, molesto, a través del teléfono—. Estamos cocinando la cena de esta noche. Espero que te acuerdes de que dijiste que venías con Odette.

Elevé una ceja y Gael puso cara de circunstancias.

Negué con la cabeza, hice una gran equis con mis brazos, abrí mucho los ojos para que Gael entendiera.

—Sí, ahí estaremos —dijo, dubitativo. Yo puse los ojos en blanco—. Oye Eri, solo un rato. Por favor. Me debes una por contárselo al grupo. Odette dice que podéis usar su cocina, si queréis. Así podréis vigilar desde la ventana —añadió.

Levanté los brazos, indignada, mientras él gesticulaba con la mano para restarle importancia.

—¡Eres increíble, Gael Tremille! —exclamé cuando colgó.

—Venga, si te lo vas a pasar bien. Mis amigos quieren conocerte, les vas a caer genial.

Erian y Elliot llegaron a regañadientes, pero cuando vieron a Amapola, se derritieron. Ya no era una ternera pequeña, aunque se ganaba corazones igual, con sus ojos grandes y brillantes que tocaban el alma; y sus ganas de caricias y compañía. Erian le gustó, porque no dejó de seguirle por toda la pradera.

Elliot, el novio de Erian, era un muchacho alto y tímido. Le costó hablar de manera suelta con nosotros, sobre todo con Gael, pero en seguida supo conectar con Amapola.

—Möi se queda con vosotros, ¿vale? Os ayudará a vigilar.

Como confirmación, soltó un ladrido. Su cola se movía para todos los lados.

Gael y yo nos marchamos, sin poder evitar lanzar miradas por encima de nuestros hombros y sonreír. Supe detectar algo de tranquilidad en la mirada de Gael. Su hermano había aceptado a Amapola, aunque ambos sabíamos que para él no sería problema.

Me subí de un salto al asiento delantero de su cuatro por cuatro. Él entró como si nada, fue entonces cuando volví a fijarme en lo alto que era. ¿Cómo se me vería a su lado?

Se puso el cinturón y se recogió el cabello.

Gael no conducía rápido, pero sí con maniobras seguras cuando era necesario. Nunca excedía la velocidad marcada ni se saltaba una sola señal. Me mordí el interior de la mejilla para no reír cuando permanecimos parados en un semáforo en rojo sin ningún coche o peatón alrededor. Era algo bueno, de verdad lo pensaba, pero contribuía a mi imagen recta, organizada en exceso y cumplidora de Gael.

Cuando llegamos, nos unimos a la muchedumbre de veraneantes que se dirigían a la costa. Me dediqué a llevarle de un lado a otro corriendo para visitar todas las esculturas: grandes rocas de granito esculpidas a mano. Representaban cabezas que observaban el mar; una aldea de seres que surgían de la roca para espiar a los humanos; hombres que se abrazaban las rodillas y te observaban desde extraños recovecos...

—Esta se parece a Amapola —comenté, señalando la cabeza de una vaca dormida, aunque el cuerpo parecía de lagarto.

Gael lanzó una carcajada, pero poco después le cogí de la mano para llevarle a la siguiente escultura.

—Me recuerda al jardín de Jean-Pierre, aunque en granito en vez de árboles.

—Y con unos cuantos años más.

Las esculturas eran obra de un abad de finales del siglo XIX. Se habían desmejorado, debido a su cercanía al mar. Aun así, me parecía impresionante que se mantuvieran en pie.

—¿Crees que mis esculturas podrían durar tanto? —pregunté más tarde, ya alejados del centro turístico, mientras descendíamos a una cala vacía. Era pequeña, rodeada de bosque y con la arena muy blanca. Las nubes habían cubierto el sol y los turistas parecían haberse escondido de vuelta en los hoteles.

—Las que hagas en metal sí, digo yo. La madera no dura tanto, ¿verdad?

—Si la conservas bien, sí. Pero desde luego hay que

protegerla de la lluvia si está fuera. Los troncos talla-
dos de Jean-Pierre se llenan de musgo, es romántico,
pero habrá que ver en unos años como se quedan.

Nos sentamos en la arena fría. Me quité los zapa-
tos y me tiré hacia atrás. La arena blanda era cómoda.

—Ojalá dentro de mil años el jardín de Jean se
mantenga en pie. ¿Te imaginas si se asilvestra? Querría ser la primera persona en entrar y encontrarme
hadas y faunos entre las enredaderas. ¿Qué?

Gael sonreía de manera extraña.

—Nada.

Entrecerré los ojos.

Permanecimos durante un rato escuchando las
olas romper contra la arena. La cala hacía efecto de
eco, y si cerraba los ojos, me podía imaginar de manera perfecta en un barco en mitad de la tormenta. O en
un pequeño peñón, en la entrada de un faro, viendo las
olas romper delante de mí. Me estremecí. Cuando
abrí los ojos, vi que Gael estaba mirando el móvil.

Me incorporé con la intención de arrebatárselo,
pero me quedé congelada cuando vi su pantalla.

El tiempo se paró de manera brusca.

Las olas que había pintado en mi imaginación se
acercaron demasiado, sobrepasaron el faro, me cala-
ron, me agarraron, me engulleron.

—¿Le conoces? ¿Odette?

Cuando me di cuenta de que Gael me hablaba, cerré los ojos y sacudí la cabeza. Me estaba enseñando
la fotografía que le había saltado en alguna red social:
un joven de tez morena, pelo rapado y ojos castaños.

—¿Odette?

—No, no. Creí..., le he confundido con otra persona. Se parece mucho, pero... no, no es —dije, cogiendo el móvil entre las manos y acercándomelo al
rostro. De repente, estaba haciendo esfuerzos por
retener las lágrimas. Por parar el temblor de mis manos—. ¿Quién es? ¿Un amigo?

Le devolví el móvil intentando parecer desinteresada.

—Sí, se llama Pablo. Le conocí en un campamento hace años. Es español —añadió, y me obligué a mostrarme sorprendida.

—¿Y habláis mucho? Parece simpático —añadí para que no pareciera un interrogatorio. Me entretuve en trenzarme el pelo y tener así una excusa para mantener la vista alejada de Gael.

—En realidad hace años que no hablamos. Ya sabes, gente de campamentos. La relación dura dos años como mucho, luego cada uno sigue su vida. La última vez que le vi fue en una reunión que hicimos en un festival aquí cerca.

—¿El Día de Maëlle? —pregunté, por hacerme la tonta. Sabía de qué festival hablaba.

—No, otro. Cerca de Bayona, en el sur, muy pegado a España.

—¿Y no habéis vuelto a hablar desde entonces?

Me giré al no escuchar respuesta, vi que negaba con la cabeza. ¿Me pareció ver también un rayo de recelo en su mirada? No quise amedrentarme.

—Qué pena —dije, sin más.

—Ya, tal vez algún día le vuelva a hablar, por ver qué tal. Solo me acuerdo de él cuando me aparece por aquí.

Sonreí.

—Esta es su novia —señaló una chica en la foto—. Creo que también estuvo en el festival, aunque no recuerdo bien. Vinieron muchos españoles, fue hace mucho tiempo. —Si no hubiera estado tan nerviosa, se me habría escapado una carcajada—. Fue genial. Hubo hogueras, música, cerveza... En aquella época aún podía tocar varias canciones con la flauta. Ahora no sé ni dónde la tengo.

Giré de nuevo la cabeza. Las lágrimas se arremolinaban en mis ojos. Me obligué a controlar el ritmo de mi respiración. Me tenía que ir. Lejos. Joder, ¿cómo seguía allí, sentada, al lado de él? ¿Tan cerca? ¿Arriesgándome tanto? ¿Qué narices me pasaba?

—¿No te agobia? —solté. El corazón me iba muy rápido y no sabía cómo pararlo.

—¿El qué? —me preguntó, confundido.

—Todo. El trabajo —improvisé—. Fingir delante de tu familia que estás bien. Mirar el móvil cada poco tiempo para ver cuánto dinero te queda en la cuenta. Dejar de ser tú.

—Odette... —se acercó a mí al ver mis ojos llorosos, pero yo seguí hablando.

—Lo siento —dejé escapar todo. Puse las manos contra mi cara y lloré. Después de unos minutos, retomé el control de mí misma—. Cuando has dicho..., cuando te has referido a la persona que eras, como si ya no lo fueras..., me has recordado a mí, solo es eso.

—¿En qué?

—Durante un período de mi vida tuve que recoger todo mi ser en una caja de cartón. Colocar todas mis aficiones de manera ordenada: los libros, las historias, la madera, la música..., todo lo que me hacía pensar como pensaba. Metí allí también mi manera de ver el mundo. Y luego abandoné la caja en un rincón. Me quedé vacía. Guardé la caja, me prometí que algún día lo recuperaría todo. Pensaba que lo que hacía tenía sentido. Que lograría una vida mejor y tendría tiempo de recuperar todo aquello. Pero pasaron los años y la caja cogía polvo en el rincón. Los recuerdos se quedaron obsoletos; la tinta de los libros se borró; la madera cogió humedad y los discos de música se rayaron. ¿Y mis aficiones? Se evaporaron. Como tú y la flauta. Como tú y los animales. De repente no recordaba nada. Comencé a preguntarme por qué todas esas cosas habían significado tanto para mí en un primer momento. Seguía vacía, teniendo pesadillas con la dichosa caja. No sabía cuánto tiempo más tendría que esperar para poder abrirla. Así que, al cabo de los años, decidí recuperarme. Perdí ese futuro prometedor, claro. Pero, Gael, no me importa.

Gael apartó la mirada.

—No todos podemos mandar todo a la mierda y reabrir la caja, Odette.

—Se puede, pero da miedo. Siempre da miedo.

Me levanté y corrí hacia el mar. Metí los pies en el agua congelada. Tenía ganas de rugir más alto que las olas, de gritar que no se atrevieran a llevarme por delante. El agua fría calmó mi angustia.

Supe que Gael estaba a mi lado sin mirar. Su aroma apareció y se mezcló con la sal. Llevaba una roca plana en las manos, la lanzó contra las olas. ¿Batallaría él también con el mar?

—¡¿Qué hay en tu caja?! —grité para hacerme oír por encima del rugido del mar.

Gael sonrió. Esa sonrisa que de nuevo me dejó confusa.

—Flautas; mi favorita está en clave de re. Bailes folklóricos con muchas personas. Escalar árboles; perderme en el bosque. La lengua bretona. Siempre me prometí que lograría mantener una conversación con mi abuelo en bretón; no me dio tiempo. Tatuajes. Correr. Y animales.

—Me acordaré de todo, Gael Tremille.

Intentó reprimir una sonrisa.

Sus ojos grises brillaron más que nunca.

Capítulo 21
ODETTE

Cuando volvimos a Maëllys, lloviznaba. El cielo se cubrió de nubes, igual que yo intenté cubrir mi mente para que no recordara, mientras me abrazaba a mí misma en el asiento del copiloto. Incluso con la sudadera de Gael, seguía tiritando.

Al silencio solo le acompañó el sonido del limpiaparabrisas arrastrándose por el cristal a velocidad doble. Gael me lanzaba alguna que otra mirada y yo fingía no darme cuenta, aunque lo veía de reojo. A veces abría la boca para decir algo, pero poco después la volvía a cerrar. Centraba sus ojos en la carretera, se apartaba un mechón de pelo de la cara y a los pocos segundos este se volvía a deslizar desde su oreja.

Yo de vez en cuando lanzaba miradas furtivas a su teléfono móvil, asomando en su bolsillo, como si en cualquier momento fuera a sonar. Como si en cualquier momento fuera a gritar, a señalarme.

«Odette, ni se te ocurra».

Cuando llegamos a casa, recordé de súbito al ver las luces encendidas de la cocina que mi día no había acabado. Erian y Elliot ya habían terminado de cocinar, así que en seguida se marcharon a casa de los Tremille, donde al parecer sus amigas ya estaban preparando la mesa.

—Yo también voy a casa, debería ducharme —me

dijo Gael cuando nos despedimos de su hermano—. Odette, ven. Por favor. No me harás venir a recogerte, ¿verdad?

Suspiré, aún agitada en mi interior. Vi su móvil asomarse en el bolsillo del pantalón.

—Iré. No te preocupes.

Me fui a quitar la sudadera, pero me frenó. Noté el calor de su mano a milímetros de mi estómago y sentí cosquillas.

—Quédatela, ahora me la traes.

Asentí.

Una vez que el silencio de la casa me rodeó, me metí en la ducha. Abrí el grifo del agua caliente y me senté en la bañera, evitando los azulejos rotos. Permanecí así, abrazada a mis rodillas y con el agua lamiendo todo mi cuerpo, durante un buen rato. No sabría decir hacia dónde viajó mi mente. No había nadie delante para impedir que surgiera la cascada de recuerdos, de llantos, de vacío, de polvo... Tampoco nadie frenaba los regueros calientes de risa, las bromas, las caricias. Esas eran las que más se clavaban en la piel, las que me torturaban y dejaban marcas rojizas entre las pecas de mis hombros.

Me sequé el cabello y rebusqué en mi armario, necesitaba ropa caliente. Saqué un peto vaquero y una sudadera grande de color verde oscuro. Me subí la cremallera del cuello hasta la barbilla. Di unos mimos a Cheshire, maldiciendo que ronroneara justo cuando ya me había mentalizado de que tenía que ir a la cena. Pero el recuerdo de aquella fotografía me impulsó a salir de casa y a no volver a bajar la guardia.

Cuando la puerta de la casa de los Tremille se abrió, agradecí que fuera Gael quien apareció detrás.

—¿Llego muy tarde?

—No, de hecho, están preparando el postre.

—¿No lo tenían ya todo?

—No, el postre le tocaba a Monique y al parecer no le ha dado tiempo —me respondió, aguantando la risa e instándome a que entrase al salón. Por un momento sentí que no pintaba nada allí, con aquel grupo al que siempre había visto de lejos en la playa o en las calles de Maëllys. No obstante, en cuanto me asomé por el salón, todos se giraron hacia mí y me saludaron como si fuera una más. La chica morena, que conocía como Amandine, se acercó a mí y me plantó dos besos en cada mejilla.

—Odette, ¿verdad? Qué bien que hayas venido. Gael habla mucho de ti, estábamos deseando conocerte.

Hablaba de manera tan cálida que no pude evitar sonreír como una idiota. Le agradecí la bienvenida, mientras me llevaba a la mesa con ella para tomar asiento.

El salón de los Tremille era rústico. La mesa, grande y de madera, tenía un mantel a cuadros. Era una combinación dulce para los sentidos: el salón entero olía a comida; el mantel era suave y los platos de vidrio marrón encajaban a la perfección; de fondo se escuchaban pedazos de conversaciones y risas. Gael y otro chico alto y bronceado bromeaban con la chica que cocinaba el postre. Se había puesto perdida de harina. Mientras, Erian y Elliot hablaban con otro chico moreno, ya sentados en la mesa.

Amandine me preguntó si me gustaba Maëllys, y cómo fue que decidí mudarme allí. Su tono era amistoso y en seguida me encontré hablando con ella como si nos conociéramos desde hacía más tiempo. También hablamos de cómo se habían conocido todos.

—En el colegio. En Maëllys solo hay uno y no van muchos niños. Ahora tiene más, pero entonces éramos pocos y los más mayores íbamos a clase con los más pequeños, teníamos que enseñarles y esas cosas

—dijo, sacudiendo la mano—. Gael y yo somos de la misma edad. Monique, Erian y Youenn son cuatro años más pequeños.

Sonreí al imaginarme la pandilla recorriendo las calles, sobre todo al imaginarme a Gael haciendo de papá junto a Amandine. Me mordí el interior de la mejilla.

—Él es Smael, mi prometido —dijo señalando al chico que conversaba con Erian y Elliot. Les di la enhorabuena y comencé a preguntar cosas de la boda, a lo que Smael se unió y al final terminamos hablando los cinco del evento que querían celebrar en otoño.

Cuando sirvieron la cena, tuve la oportunidad de hablar con Monique y Youenn, pero sobre todo me gustó quedarme en las sombras mientras los escuchaba bromear, contar historias del pasado y cantar.

—¿*Chouchenn*? —me preguntó Erian, que estaba sentado frente a mí.

—Sí, por favor —dije, saliendo de mi estado observador—. Nunca lo he probado y eso que llevo un tiempo en Bretaña.

Erian negó con la cabeza, incrédulo. Era una bebida alcohólica típica de la zona. Tenía un sabor dulce que me gustó.

—Odette, ¿tú también eres vegana? —me preguntó Youenn, el chico bronceado. El cabello rubio le caía encima de los hombros.

Sentí todas las miradas puestas en mí.

—Eh..., bueno, no. Realmente tampoco sabría decir si soy vegetariana cien por cien. A veces tomo pescado, como hoy —dije, señalando mi plato—. Aunque ya no como carne casi, e intento reducir mi consumo de productos de industrias que me parecen crueles, como la láctea. Lo que me cuenta Gael parece distópico, que tengan que embarazar tantas veces a las vacas. Y los huevos o la miel, bueno, intento comprarlos en el mercado. Hay una pareja que tiene gallinas y las cuidan bien...

—Sigue siendo explotación —comentó Gael, metiéndose un trozo de manzana asada en la boca.

Puse los ojos en blanco durante un momento. Era uno de los puntos en los que no llegábamos a tener un acuerdo, pero que al mismo tiempo nos gustaba debatir.

—Yo considero que están bien cuidadas y no las estresan para producir. Como las hermanas March. —Hice una pausa para explicar que así llamábamos a las gallinas que habíamos rescatado, que ponían huevos cuando lo necesitaban y nada más. Esos huevos se los quedaban Paule y Richard—. Además, creo que nunca lograremos ser perfectos al cien por cien. La vida es violenta. Existir es violento. Y no justifico que haya explotación, estoy totalmente en contra de la industria cárnica y lo sabes —dije antes de que me interrumpiera—. Pienso que cada uno tiene que hacer el menor daño posible. Tú eres vegano, y lo admiro y tomo tu ejemplo para intentarlo. Yo de momento me siento orgullosa de haber reducido la cantidad de carne y productos de origen animal de mi dieta. Creo que también es un paso.

—Lo es —concedió Gael, aunque sabía que nunca estaría de acuerdo conmigo.

—Además, tú mismo me explicaste que si no se criaran animales de granja, dejarían de existir...

—Porque están genéticamente creados para ser domésticos y dependientes. Sí. No son animales salvajes, aunque provengan de animales que una vez sí lo fueron. Los animales de granja no tendrían «sentido» porque son un medio de producción, y si no producen, nadie los cuida. Y si nadie los cuida, se mueren. —Se encogió de hombros—. Pero ¿y qué?

Todos callamos, esperando que continuara.

—Estas especies no existirían si el ser humano no

las hubiera creado. Si el único motivo para que existan es que terminen sufriendo o muriendo... —Negó con la cabeza.

—Los animales son animales, tío. Pienso que le dais demasiadas vueltas —dijo Youenn—. Además, es una industria que da dinero. ¿No estás viviendo gracias al salario de la granja de Pinaux? Agradécelo, tío —dijo, rebañando su plato.

—Se crearían otros puestos de trabajo. El actual es un modelo cruel.

—Como ha dicho ella, la vida es cruel.

—No me conformo con esa muletilla de sobremesa.

—Bueno, chicos —cortó Monique—. Otro día seguís. Ahora vamos a recoger, ¿vale?

El tiempo en aquel salón se consumía tan rápido como la comida. Lou y Jacqueline Tremille bajaron a saludar, y me sorprendió la confianza con que, sobre todo Jacques, se comunicaba con los amigos de sus hijos. Era una mujer abierta y risueña que siempre había intentado incluirme en la vida de Maëllys, como Paule. Al fin y al cabo, fue ella quien se interesó por mi puesto desde el primer momento y me había querido echar una mano.

—¡Qué bueno verte aquí con todos estos niños grandes! —exclamó, plantándome otros cuatro besos—. Qué bien te queda el flequillo. ¿Te lo has hecho tú? Si es que sabes hacer de todo —dijo cuando asentí—. A ver si le das un buen corte a ese de allí, que va a la peluquería cada diez años —bromeó, señalando a Gael, que se miró el cabello que caía ya por debajo de sus hombros. Comenzó a contarle a su madre cómo había temido por mi pelo y cómo nunca se sometería a mis tijeras.

Me reí tanto que me dolió la tripa. Al cabo de un rato, se pusieron a jugar a las cartas. Era un juego fácil, pero a mí se me cerraban los ojos así que decidí quedarme de espectadora, junto a Monique, que seguía hablando con Jacques sobre la escuela de Maë-llys. Por lo visto, era profesora de gimnasia allí.

Yo, mientras, sintiéndome al fin libre para obser-var, me quedé mirando a Gael y Amandine. Estaban sentados juntos; Gael había perdido ya y estaba ayu-dando a su amiga. Me imaginé la pareja que debieron hacer de jóvenes y me acordé de las historias que me contó Gael los primeros días, sobre su primera vez y... era fácil ver una pareja en ellos. De pronto me sentí medio enfadada con Gael. Si no hubiera sido tan lan-zando como para pedirle matrimonio, si no la hubie-ra asustado, en aquel momento tal vez serían una bonita pareja. Amandine parecía tranquila y pacien-te, como él.

Sentí el calor crecer en mis mejillas y me obligué a apartar la mirada cuando comenzaron a reírse.

—Si piensas que dan grima ahora, tendrías que haberlos visto cuando eran novios —escuché que me decía Monique. Giré la cabeza hacia ella, se me había olvidado que estaba ahí. Jacques había desaparecido. ¿Cuánto tiempo me habría visto mirándolos? De re-pente, aquel dato tenía mucha importancia para mí.

La chica tenía los ojos azules, un *piercing* en la nariz y el cabello tan rojo que me ponía incómoda. Aquel día todo parecía querer llevarme hacia atrás en el tiem-po. Lancé una mirada a la encimera, donde reposaba el móvil de Gael, olvidado.

—A veces te veo hacer surf en la playa —comenté, por cambiar de tema. Ella me lanzó una sonrisa píca-ra, pero lo aceptó.

—Sí, suelo estar por ahí. ¿Te gusta el surf?

Después de hablar durante un buen rato de mi poca afición por el deporte, me sacó el tema de la gente del pueblo.

—Haces bien en pasar de la gente. Siempre tan a tu bola, sin hacer caso de las viejas, haciendo lo que quieres... Te admiro. Si Gael no te acapara mucho tiempo, podríamos quedar y dar alguna vuelta un día. Podemos ir a la playa.

Otra vez aquella sonrisa pícara al nombrar a Gael.

—Me encantaría —dije, fingiendo que no veía la expresión en su rostro.

Después de unos minutos decidí irme a casa, porque me caía de sueño.

—Voy al baño —dije antes de despedirme. Cuando pasé por la encimera cogí el móvil de Gael. Nadie me vio. Una vez en el baño, me senté en la taza del váter y lo observé, sin desbloquearlo.

Me sabía la combinación.

La había visto cientos de veces.

Cerré los ojos.

No estaba bien coger el móvil de otra persona.

Pero entonces recordé la foto que había visto en la playa; aquel chico de rostro moreno y pelo rapado.

El cabo suelto que me impidió acercarme a Gael en un primer momento.

El cabo que ignoré hacía unos meses, ahora estaba a simple vista, y sería muy fácil para Gael tirar de él.

Abrí los ojos, respiré y desbloqueé el móvil.

Cuando me despedí de Gael, que seguía inmerso en el juego, el móvil volvía a estar sobre la encimera. Dejé que Monique me llevara en coche.

—Vendrás con nosotros al Día M, ¿no?

—No sé. Las muchedumbres me agobian un poco —respondí.

—Venga, ven con nosotros y te cuidaremos, Odette. Será divertido. A Gael le gustará.

—Bueno —respondí, reprimiendo una sonrisa—, está bien.

Aquella noche me costó dormir. La familia y los amigos de Gael me habían hecho pensar en la mía. En lo diferentes que eran, sí. Pero también en los momentos bonitos a su lado. Las visitas a las exposiciones los domingos. El centro de la ciudad y su bullicio, reduciéndose al instante al encontrar la mirada de mi madre entre la muchedumbre.

Me incorporé sobre el colchón y enterré mi rostro entre las manos. Busqué mi móvil entre las mantas. Fui a la agenda de contactos.

Paule.

Lou Tremille.

Erian.

Gael.

Jean-Pierre.

Estos eran todos mis contactos.

Pero no necesitaba un contacto en la agenda para acordarme del teléfono de mis padres.

Aparté el móvil de nuevo, rápido, y me hice un ovillo.

Capítulo 22

GAEL

Los días que anteceden al Día de Maëllys siempre huelen a madera y a sidra. Las olas en la playa se relajan y dejan espacio para los últimos paseos del verano. Se escuchan más risas que nunca y le entran a uno ganas de hablar con cualquier persona de la calle.

Todos compartimos la emoción en el mismo y exacto momento del año, salvo *madame* Paule, que la lleva en brazos durante la mayor parte.

Aquella semana, mientras yo cuidaba de Dea, el hijo menor de los Pinaux, Dom, iba y venía dando órdenes sobre todo lo que necesitaba para el puesto que quería montar en la feria del Día M. Cada vez que pasaba por las cuarentenas, vestido de traje, yo no podía evitar bufar.

—¡Gael!

—Dominique —respondía yo, acariciando el hocico de Dea como si fuera un mantra para mantener la calma, mientras me preguntaba por algo que nada tenía que ver con mi puesto de trabajo.

De lo que no me libraba era del puesto familiar. En los pocos ratos libres que tenía, mi padre insistía en que Erian y yo le ayudáramos con la preparación del puesto de comida del festival. Recordé entonces por primera vez que la semana anterior al Día M también había supuesto estrés para mi familia: daba igual con cuánto tiempo de antelación se organizara mi padre, siempre se agobiaba y volcaba su nerviosismo en todos nosotros.

Cada tarde que permanecía en casa haciendo inventario; atendiendo la tienda o ayudando a mi madre a elaborar decoraciones, pensaba en Odette, sentada en su mesa con los auriculares, tallando madera y envolviendo los paquetes que vendería. Ella también iba a montar un puesto y, por primera vez, iba a ser grande y estaría junto a todos los puestos de artesanía, justo al lado del de Jean-Pierre Bournett, su maestro escultor, de reputada fama en Maëllys.

Solo nos veíamos a mediodía y por la noche, cuando juntos cuidábamos a los animales. Erian, algún día, a sabiendas de mi malestar por no poder pasar más tiempo con ellos, me cubría las espaldas para que pudiera escaparme antes de casa.

A pesar del poco tiempo que nos veíamos, Odette y yo también avanzamos con el proyecto del santuario, aunque fuera cada uno en sus ratos libres y desde los teléfonos. Al parecer, Monique y Odette se llevaron bien, y no pocas veces me encontré a la pelirroja en la casa del cementerio. Fue quien trajo la cámara y ayudó con las fotografías. Hicimos varias a cada animal y también a los alrededores.

En cuanto a la biografía y la foto, no logré convencer a Odette para salir en ella, pero al menos me permitió escribir su nombre como socia. Un santuario de la zona y un refugio en seguida nos promocionaron en sus redes, lo cual hizo que llegaran nuestros primeros seguidores. Eran pocos, pero suficientes para hacernos sentir que ya no estábamos solos cuando jugábamos con Amapola por la pradera, cuando dábamos de comer a las gallinas, o cuando intentábamos que Vespyr explorase más el bosque y menos la casa del cementerio. Las fotos y los vídeos que colgábamos en las redes siempre tenían algún comentario y nuestros seguidores nos ayudaban a compartir el proyecto. Por el momento no había muchas críticas, algo que sabíamos que llegaría más tarde o más temprano, sobre todo por Vespyr. Tener un animal carnívoro al que había que alimentar con otros animales no solía ser plato de buen gusto para algunos animalistas y veganos, que eran nuestros potenciales voluntarios y donantes. Pero Vespyr era de la familia, y aunque lucharíamos porque fuera todo lo salvaje e independiente que debía ser un zorro, éramos conscientes de lo difícil que resultaría que se separara al cien por cien de nosotros después de tanto tiempo. Tampoco nos habíamos promocionado en Maëllys, ni habíamos localizado el santuario en ningún lugar concreto para no atraer la atención. No aún.

La noche antes del Día M lanzamos en la web y en las redes nuestro primer *crowdfunding*, conocedores de que no conseguiríamos nada. Pero había que intentarlo: las quejas por tener a Amapola cerca del cementerio crecían día a día y Paule nos preguntaba cada vez con más frecuencia hasta cuándo teníamos pensado que se quedaran las gallinas en su jardín. Si queríamos rescatar a más animales necesitaríamos un terreno.

La mañana del Día M salí de la cama temprano gracias a Möira, que al ver movimiento en la casa, comenzó a ladrar y quitarme las mantas.

En cuanto se acercó la hora de desayunar, ya había gente en las calles: eso suponía clientes a los que atender. El mercado tenía tantas casetas que me pareció imposible que hubiera tanto espacio en la Place de la Mairie, donde siempre se ponía el mercado de los domingos. Todas tenían una estética común: madera y bombillas de luces en tonos cálidos. Los patios improvisados con mesas y sillas de colores y los pequeños escenarios para las bandas que pasaran a tocar música para los clientes, eran también típicos.

La Rue de la Roche estaba llena de barras para tirar cerveza, sidra, vino o *chouchenn*.

Y, por supuesto, no faltaban las banderas de Bretaña. *Gwenn ha du.* Blanca y negra. Fue lo primero que colgamos en nuestro puesto, mientras la banda de música comenzaba a animar la mañana con canciones folklóricas.

El trabajo comenzó sirviendo sidra tras sidra, y escuchando cómo los amigos de mi padre, siempre anclados a la barra, retaban a Erian a tener una conversación fluida en bretón. A diferencia de mí, él continuó con sus estudios de bretón después del colegio, al meterse en la carrera de historia y geografía. Estaba realizando su tesis sobre la historia bretona y la mitología celta; el bretón era tan fácil para él como el francés.

Sonreí mientras tiraba cervezas. Mi hermano tenía un don natural para ser el protagonista de todas las escenas, y en aquel momento, mientras mi padre, mi madre y yo currábamos por detrás, él se dedicaba a bromear y cantar canciones bretonas. Era el mejor anzuelo para los clientes.

—*Madame* Paule, *monsieur* Richard —saludé. Les serví dos vasos de sidra, mientras Paule se metía en la conversación sobre tipos de cerveza que mantenían en bretón al otro lado de la barra. Había tal cantidad de gente que era imposible no gritar para hacerse oír.

—Gael, hijo, dame algo de comer mientras mi mujer habla. Solo Dios me dará tiempo para almorzar algo antes de que me lleve a otro puesto —dijo Richard.

No pude evitar reírme mientras le servía. Un par de zancudos pasaron por delante tocando el acordeón y el violín. Mientras todos se giraban para saludar, yo me di prisa en recoger platos y jarras vacías.

—¡Bueno! Yo solo me pasaba a hacer un anuncio —exclamó Paule, alegre, con su cabello corto y canoso repeinado—. A la una, todos a la Rue de la Roche.

—¿Qué pasa a la una en la Rue de la Roche?

—Tenéis que ir a verlo, es una inauguración sorpresa. ¡Ah! Si me queda solo una hora. Richard, *mon coeur*, tenemos que irnos. *Allez, allez!*

El hombre, que justo terminaba de comer, asintió con la boca llena.

Antes de irse, Paule me apartó de la muchedumbre un momento.

—En especial, quiero que estés tú. Creo que hay algo que te puede interesar.

Se fue tan rápido que apenas pude preguntar.

Media hora más tarde aparecieron Monique, Youenn y Elliot, después de la actuación de una banda de gaiteros.

—¡No sabéis cómo está todo! —gritó Monique en mi oído—. La feria medieval está llena, en la Place des Platanes están tocando música y la gente no para de bailar. ¡Te encantaría! Tenemos que ir más tarde.

Asentí; me moría de ganas.

Mientras intentaban llegar a mi hermano para saludarle, no pude evitar lanzar una mirada hacia el final del pasillo de tierra. Justo en el lugar donde las casetas de comida terminaban, en frente de un puesto de golosinas gigantes, había un gran arco de madera decorado con enredaderas en el que se podía leer *Quartier des Artisans.*

El puesto de Odette era pequeño e informal comparado con el del profesional Jean-Pierre, pero tenía tanta clientela como cualquier otro. El puesto de madera estaba decorado con macetas de flores y telas de color tierra. Entre el río de personas, logré distinguir cómo Odette enseñaba su gama de pendientes reciclados a un grupo de mujeres. Sonreí. Iba de un lado a otro, cogía un espejo, revolvía toda la mesa buscando los pares que consideraba que les podrían gustar más y, cuando se marchaban, se veía obligada a recolocar todo. Aguanté una carcajada. Llevaba una camiseta de tirantes con el triskel celta dibujado por ella misma. De manera involuntaria, me llevé una mano al colgante que siempre llevaba al cuello. La camiseta dejaba sus hombros y su ombligo al aire, y conjuntaba con los pantalones bombachos que cubrían todas sus piernas. Llevaba el cabello recogido con una diadema de trenzas y flores, y de sus orejas colgaban dos grandes hojas de roble. Las pecas de sus mejillas y su nariz marcaban un recorrido por su cuello hasta llenar también sus hombros...

—¡Gael!

Aparté la vista de golpe.

—*Merde* —susurré. La jarra que estaba tirando se me había desbordado y todo el mundo se me había quedado mirando.

—¡Tu chico necesita un descanso, Lou! —bromearon.

—Sí, necesitas un descanso —me dijo Monique, mirando por encima de su hombro hacia Odette—. Youenn te cubre.

—Em..., sí. Vale. Gracias —dije dando una palmada a mi amigo e ignorando sus quejas.

Cuando llegué al puesto de Odette, estaba hablando en alemán con unos turistas. No pude evitar abrir los ojos como platos. ¿Cuántas cosas sabía hacer? En cuanto terminó y me vio, se le iluminó el rostro. Se me olvidó al momento qué quería preguntar.

—¡Gael! Ven, entra. Estoy vendiendo un montón. Los pendientes largos y las velas van en cabeza. —Se acercó más a mí y me susurró—: Estoy comentando que parte de lo que recaude irá para Sanctuaire Celtique. Ya varias personas se han interesado y nos han seguido en las redes. Pero tranquilo, he intentado seleccionar a quién se lo decía y a quién no.

—Genial, Od —respondí, mientras me sentaba en un taburete que tenía en el interior del puesto—. Nosotros no paramos.

La gente comenzó a apartarse por delante del puesto, como si dejaran paso a algo que venía; me levanté para ver qué era.

—¡Paseo en poni! ¡Diez euros, una hora! ¡Hacia la feria medieval! —Iba gritando una mujer vestida de campesina, agitando una campana. La seguía una línea de ponis con niños subidos a las espaldas. Eran bastante mayores. Aquello siempre me había molestado de este tipo de festivales. Noté la mirada de Odette en mí. Le devolví la mirada y negué con la cabeza.

—Oye, ¿te ha dicho Paule...? —comencé a preguntar cuando pasaron de largo, por no hablar de ello.

—¿A la una en la Rue de la Roche?

—Sí. ¿Sabes qué es?

—Creo que sí. Pero si es lo que creo que es, no me habría insistido tanto. Debe de haber algo más.

—A la una se dan todas las comidas, no voy a poder ir ni de broma —me quejé.

—¿No te puede cubrir alguien?

Suspiré.

—Lo dudo. Todo el mundo querrá ir a ver qué ocurre.

Odette se fue a atender a un par de clientes nuevos que llegaron. Al pasar un rato, decidí que lo mejor sería volver al puesto de comida e intentar negociar con Lou un posible descanso.

Como era de esperar, nadie se libró de servir comidas en el puesto. No solo tuve que quedarme yo, sino que además hizo falta que Monique y Youenn nos ayudaran de tanto trabajo que había. No podía evitar mirar el móvil cada dos por tres, viendo los minutos pasar y recordando las palabras de Paule.

Me asomé por la barra, mientras el alcohol ya comenzaba a hacer mella en un grupo de clientes, que cantaba y reía con sus cervezas en mano, para ver que Odette y Jean-Pierre habían cerrado sus puestos.

Escribí un mensaje rápido a Odette, pero no pareció llegarle. Si normalmente miraba el móvil poco, aquel día era un caso perdido. Tampoco tuve noticias de ella o de los Clearwater en las siguientes horas.

—Chicos, ya está bien por hoy. Id a disfrutar un poco del festival.

Los cinco suspiramos cuando escuchamos las palabras de Lou. Sin perder un segundo, recogimos nuestras pertenencias y salimos del puesto. Eran las cinco de la tarde y tenía que hacer una visita a Amapola y a las gallinas antes que nada. Erian y Elliot me acompañaron hasta casa, mientras que Monique y Youenn se perdieron entre la muchedumbre, deseosos de llegar a la Rue de la Roche y descubrir qué había pasado.

Cuando llegué al cementerio, Amapola se acercó trotando hacia mí, nerviosa, pues escuchaba alboroto en el pueblo y no sabía qué ocurría.

—No pasa nada, chica. Tranquila —le susurré, mientras la sacaba a la pradera del fondo del cementerio.

—¿Gael? —escuché a lo lejos. Antes de poder girarme, Odette llegó y me sorprendió con un abrazo por la espalda. Acababa de llegar también a casa, habría pensado en Amapola. Sonreí.

—¿Qué era...?

—Tenemos que darnos prisa —me cortó atropellada, hablando con emoción—. A las seis cierra el plazo. El ayuntamiento ha convocado una subvención para proyectos de la zona. Hay que presentar propuesta.

La miré sin saber qué decir. Todo iba muy rápido. No entendía nada.

—Odette, pero... ¿qué tipo de proyectos, cuánto...? Me estás agobiando. ¿A las seis?

—Escucha —me dijo, cogiendo mi rostro entre sus manos y obligándome a mirarla—. A la una anunciaron un concurso de proyectos para potenciar el comercio o el turismo en la zona. A las seis acaba el plazo para apuntarte. La propuesta hay que presentarla a lo largo de la semana, tendrás tiempo de pensar más en ello. Ahora deberías ir y apuntar a Sanctuaire Celtique en la lista de participantes. Con el dinero podrías comprar la finca de sobra, Gael.

Respiré hondo. Hacía unos días habíamos decidido llamar al número borroso del cartel. La finca era de una familia que vivía en Cancale. La habían heredado de sus padres y no la querían. Llevaba muchos años en venta, pero no lograban encontrar compradores. Por eso el precio no era alto. Tenían ganas de quitársela de encima. No obstante, tampoco la regalaban. A día de hoy, yo seguía sin tener una cuantía de dinero suficiente como para plantearme siquiera entrar en negociaciones.

—¿Gael?

—Sí —respondí, saliendo de mis recuerdos—. Entendido. Tenemos que darnos prisa —repetí, obligándome a respirar despacio.

Terminamos de acompañar a Amapola y salimos corriendo hacia el centro. Cuando llegamos, todo estaba lleno de gente. En el centro de la plaza habían montado un pequeño pedestal, encima del cual hablaban algunos concejales y otras personas que debían proceder de Rennes. Habían instalado un corcho en la calle con anuncios y con las bases de la subvención.

—Odette —dije, mientras leía por encima—, no sé si considerarán que un santuario de animales puede enriquecer el turismo...

—Claro que puede enriquecerlo. Ya hay gente de otras ciudades que nos sigue. Cuando tengamos una finca, podremos organizar actividades, talleres y visitas.

Asentí, nervioso. Leí el listado de proyectos que se habían apuntado hasta el momento. No había muchos, unos cinco. Una casa guardería; un centro sociocultural; un proyecto sobre formación profesional en turismo centrado en Bretaña; una repostería...

—Odette.

Dirigió la mirada al lugar que apunté.

—Lácteos Gérard Pinaux —leyó—. ¿La granja se presenta?

—Seguro que ha sido idea de Dominique. Hay una cosa más.

—¿Qué?

—En todos aparece el nombre de la persona o personas que lo presentan...

—¿Y?

—Que entonces mi entorno cercano lo sabrá, Odette. Y encima los Pinaux serán los primeros en enterarse.

Nos miramos. Odette se encogió de hombros y se mordió el labio. Adiviné lo que pensaba. «Es tu decisión, Gael».

Cerré los ojos. Noté que Odette me cogía de la mano, mientras mi mente era un torbellino de posibles decisiones y consecuencias. Mi familia lo vería. Mi jefe lo vería. Este proyecto que parecía nada, que para los que me rodeaban era un sinsentido, pero que a mí me llenaba el alma.

—Gael..., son menos cinco. Están empezando a recoger —escuché que me susurraba Odette.

Mi mayor problema era la falta de dinero. Por eso este proyecto era *nada*. Pero esta oportunidad podría impulsarlo. Recordé la finca e imaginé a Amapola pastando, en un lugar donde no tuviera que estar encerrada en ningún patio. Recordé las personas que nos seguían. Si yo no apostaba por Sanctuaire Celtique, ¿cómo podría pedir a otras personas que lo hicieran?

Abrí los ojos y di un beso en la frente a Odette. Después salí corriendo hacia la mesa, a la que los organizadores me vieron llegar con ojos curiosos.

—¿Da tiempo a apuntar un proyecto más?

Capítulo 23
ODETTE

Cuando Gael bajó del pedestal, al cabo de un buen rato, aportando datos, le abracé.

—Estoy orgullosa de ti, Tremille.

Aún le temblaban las manos cuando nos dirigimos a la Place des Platanes, donde se encontraban nuestros amigos sentados en el césped, en círculo. Nos hicieron un hueco, mientras Monique y Amandine se peleaban por tirar la última carta del juego que los mantenía ocupados.

La Place des Platanes estaba justo detrás de la casa de Paule. Había cuatro árboles centenarios, y entre ellos habían construido un escenario donde un grupo tocaba música celta. Estaba llena de familias y grupos de gente que bebían, bailaban o charlaban a la luz del atardecer.

—Gael, ¿te pasa algo? Estás pálido —comentó Amandine, preocupada.

Él alzó la cabeza, revolvió las manos nervioso y me miró. Asentí y sonreí, infundiéndole valor. Y entonces, se lanzó a explicar lo que acababa de hacer. Cuando acabó, la mayoría le felicitaron. Montamos tanto alboroto, que la gente comenzó a mirarnos, divertida y curiosa por saber qué ocurría.

—Seguro que ganas, Gael.

—No sé...

—Nadie más que tú infunde tanto amor por un proyecto. Tienen que verlo, tienen que ver que nace de lo más profundo de ti. Tenemos confianza —comentó Amandine, en nombre de todos, que asintieron para confirmar sus palabras.

—*Merci*.

—Tío, es una locura —dijo Youenn—, Maëllys es un pueblo ganadero. Se te van a echar encima, lo sabes, ¿no?

—Cuento con ello.

—Es una estupidez. ¿Ahora vamos a ir en contra de la ganadería? Muchas de nuestras familias viven de ello.

—No pretendo hundir la ganadería, Youenn, solo ofrecer un modelo complementario. Una manera de hacer las cosas distinta...

—¡Son animales! —exclamó, serio, como si explicara algo obvio—. Ellos no te tratarían a ti mejor.

—Trabajo con ellos, Youenn. Un animal siente dolor, hambre, frío; disfruta de los rayos del sol y de las caricias, sin necesidad de ser una persona. Y cuando están asustados, son incapaces de esconder el miedo o el dolor, se paralizan, como lo haríamos cualquiera de nosotros, y se defienden como pueden. Ellos viven gracias a su instinto, sí. La diferencia es que yo, como persona, además de instinto, también razono. Y por ello soy capaz de elegir no hacer daño si me doy cuenta de que lo hago, y de que es innecesario. De que existen otras vías.

—Me parece un sentimentalismo excesivo.

—Para mí es normal no querer causar daño. —Gael se encogió de hombros. Su tono de voz era conciliador. El chico rubio bufó, se levantó y se fue a por una cerveza—. Youenn... —le llamó, pero el chico ya se había mezclado entre la muchedumbre.

—No te preocupes por él, Gael. Se le pasará.

—No siempre vas a ser aceptado por todo el mundo —añadí yo.

Gael asintió, aún con la mirada dirigida hacia su amigo. Entonces, Erian preguntó lo que yo más temía:

—Y..., bueno, ¿se lo vas a contar a papá?

Vi cómo Gael se tensaba al escuchar la pregunta. Comenzó a juguetear con su pelo, trenzándolo.

—Si no se lo digo yo, se acabará enterando. Al fin y al cabo, esas listas van a ser públicas durante toda la semana en *La Roche*. Pero no sé cuándo, ni cómo.

—En realidad, podrías esperar a contarlo cuando se resuelva la convocatoria —dije yo—. Al fin y al cabo, no estarás mintiendo, solo ocultando.

Me puse roja cuando varios de ellos se rieron.

—Perdón, pero es que Gael no es de las personas que *ocultan* por mucho tiempo —dijo Amandine, con una sonrisa tierna en el rostro—. Ya me sorprende que lleves medio año sin decir nada.

Creo que nunca antes había visto a Gael tan rojo. Sacudió la cabeza y pidió una cerveza. Se bebió la mitad del botellín casi de un trago.

—Pensaré en eso mañana, ¿vale?

—Vale. Pero antes de cerrar el caso —dijo Monique, levantando su botellín e instando a los demás a hacer lo mismo—: A tu salud, Gael. Y por ti, Odette. Y por Sanctuaire Celtique, que ya está entre nosotros y va a salir adelante, de una manera u otra.

Brindamos y en seguida propusieron continuar jugando a las cartas. Pasamos el atardecer allí, entre música y cervezas. Vimos a Paule y Richard a lo lejos, me levanté para saludarlos.

—*Petit cygne!*

Los abracé.

—¿Os habéis apuntado, entonces? —me preguntó Paule, echando una mirada a Gael, en el corro.

Asentí, emocionada.

—Gracias, Paule. Está muy contento y agradecido.

—Se ve, *ma petite*. Y tú estás contenta por él. —Asentí de nuevo, mientras Paule suspiraba—. Menuda es la que vais a liar. En fin, ¿has visto el encargo que le hice a Jean-Pierre?

Me giré para mirar el lugar adonde apuntaba. Mi maestro me había comentado que desde el ayuntamiento le habían encargado una escultura para conmemorar a Maëlle, la princesa celta de las leyendas sobre Maëllys. Pero, si era sincera, no tenía la más mínima idea de quién había sido o cuáles eran esas leyendas. Me encontré con una escultura de madera coloreada. Representaba a una mujer de largos cabellos rojizos, con una túnica verde oscuro y una corona de flores.

Me acerqué para observarla mejor, mientras la pareja de ancianos se perdía entre la muchedumbre. Era preciosa. Di un trago más a mi botellín. Cuando me acerqué a mis amigos, procuré sentarme cerca de Erian, al que ya se le habían subido los colores por la cerveza. Me toqué la cara, sintiéndola caliente. Yo también sentía la ligereza del alcohol.

—Eri, ¿qué me puedes contar sobre las leyendas de Maëlle?

—Te puedo contar lo mínimo cinco leyendas distintas. Seis. O incluso diez —dijo dándose aires de importancia—. Para ahorrarte tiempo, contaré la más famosa —dio un trago largo a su botellín, terminándolo—. Pero primero, necesito otro de estos.

Se levantó y en el tiempo que tardó, nos pusimos todos cómodos en aquel círculo. Cuando llegó, traía cerveza para todos. Me abrí otro botellín con gusto; hacía tiempo que no bebía.

—Maëlle era la hija pequeña del líder del clan celta más importante de Escocia. Tenía una hermana mayor, la princesa Emmerald. Aquel clan era fuerte y respetado. Emmerald era una joven recta y que siempre había seguido a sus padres, aprendiendo de las alianzas de su pueblo, las negociaciones y los escudos familiares. Ella sería la que heredaría el clan y su gobernanza, al fin y al cabo. Mientras tanto, Maëlle se dedicaba a aprender de la naturaleza, de las personas y los animales. No tenía problemas en integrarse con el pueblo. Se llevaba bien con su hermana mayor, a pesar de ser tan diferentes. Habían crecido juntas, y lo que nadie sabía es que eran íntimas. Maëlle contaba todo lo que descubría a Emmerald, para que ella se ganara la voluntad del pueblo que un día sería suyo y al que no tenía tiempo suficiente para prestar atención. Emmerald le contaba todo lo que aprendía sobre negocios, sobre las diferentes familias y clanes, puesto que, si algún día le ocurría algo, quería que Maëlle fuera su sucesora. Ella no quería casarse, ni tener descendencia. —Erian eructó, sacándonos por un momento a todos de la historia—. La cosa es que no todo sale como uno espera y, por supuesto, Emmerald tuvo que casarse pasados los años con un joven de un clan aliado, quedándose embarazada. Necesitaban apoyos, y la recta reina tomó la decisión que había que tomar. Por entonces, el druida del clan, Lumanor, estaba en contra de aliarse con otro clan y compartir su sabiduría. Así que, aprovechando su cercanía a Maëlle, comenzó a sembrar en ella las dudas, al mismo tiempo que le comía la oreja comentando que ella debería ser la verdadera reina, la reina del pueblo, pues era el rostro conocido. Maëlle, que veía las intenciones de este druida, pretendió seguirle el juego. Fue lo único que escondió a su hermana, pues quería asegurarse de las intenciones del druida, con gran dolor, dado que él había sido siempre cercano a ella. Cuando supo que Lumanor planeaba una revuelta para derrocar a Emmerald y el clan vecino, Maëlle fue corriendo a contárselo a su hermana. Pero ella ya se había enterado por otras fuentes y ahora desconfiaba de su hermana. Los encerró a ambos. El clan vio a su reina fuerte, y aceptaron que la hermana de la reina y el druida, ambos poderosos, habían pretendido derrocar a una buena reina y una buena alianza. Las personas rechazaron no solo a Lumanor, sino a su princesa también. Así, Maëlle, para despejar todas las sospechas y alejarse de ese dolor, se ofreció a marcharse del clan para siempre, llevándose al druida. De aquella manera, nadie moriría, y ella podría empezar de cero otra vida, alejada del dolor de haber traicionado la confianza de su familia. Los metieron en una embarcación, solos, sin comida ni bebida, casi más como un sacrificio a los dioses del mar. La embarcación, tras meses y meses a la deriva, llegó a la costa de Francia, y ambos consiguieron llegar vivos. Sus caminos se separaron. Lumanor se convirtió en druida de un reino vecino, al que tardó poco tiempo en corromper y someter a sus antojos. La dama Maëlle, como la llamaban, vivía en los bosques: en el mismo bosque de Maëllys. Cuando el reino de Lumanor comenzó a sangrar en guerras y traiciones, la gente empezó a refugiarse en los bosques, donde Maëlle los ayudaba. Así, se fue creando una comuna de personas a su alrededor, y sin ella quererlo, terminó convirtiéndose en su líder, esa figura que juró que jamás sería. El día que Lumanor apareció por allí con el fin de engañar a la gente e intentar derrocarla, como había hecho con su hermana Emmerald, todos salieron a defenderla. Querían a su líder, no porque tuviera sangre de reinas, sino porque era una persona buena y justa, que tan solo quería vivir y apartarse de todos los problemas. Al final, el reino quedó abandonado y la mayor parte de sus habitantes pasaron a formar parte de este nuevo clan, que ajustició a Lumanor por intentar dañar a Maëlle. Por tanto, fue el primer clan celta que tuvo Bretaña. O eso dicen. Es un debate.

Nos quedamos en silencio un buen rato.

—Pues bueno. Me imaginaba algo más épico —dije, con la cabeza dándome vueltas y la vejiga llena.

—¿Más épico? ¿Te parece poco épico? —murmuró Erian, algo molesto.

—¿Nunca quiso volver con su familia? —preguntó Gael.

—No —dijo Erian encogiéndose de hombros—. A ver, hay muchas versiones. Hay gente que dice que las hermanas se reencontraron años más tarde, cada una como líder de su clan. Pero ¿dónde? ¿Escocia? ¿Bretaña? Otras versiones dicen que devora el corazón de Lumanor y se vuelve hechicera.

—Esa me gusta más —comentó Monique, riendo.

—Su familia la echó, al fin y al cabo. Estaría más a gusto sola —susurré, levantándome del suelo—. Voy a buscar un baño.

Caminé sola hacia el mercado, donde los puestos estaban a punto de cerrar. Pasé por delante de un establo donde un par de ponis y un burro descansaban. Me entretuve un poco acariciándolos, hasta que mi vejiga se quejó.

—Voy, voy. No te pongas así. Estoy saludando a estos amigos —le hablé a mi pantalón, riéndome después. Entré en un baño móvil. Estaba hecho de madera y paja. Cuando terminé, eché varias paladas de paja nueva sobre mi orina. Al salir, me tambaleé un poco.

—... qué animales más tontos. ¿Hacen algo?

Me di cuenta de que unos chavales se habían acercado a los animales.

—... lanza una piedra, a ver si así se mueve del sitio.

—Atrévete y la siguiente que recibe una pedrada es tu cara —dije, sin darme cuenta.

Sus amigos comenzaron a reírse, pero el chico que había hablado me lanzó una mirada iracunda.

—Fuera, bruja.

—A lo mejor nos interesa que se quede, dicen que es más que bruja...

Me obligué a respirar hondo y dije, con voz calmada:

—Iros de aquí. El espectáculo de la playa va a empezar ya, será más interesante que esto.

—¿Te vienes con nosotros, Criadora de Malvas? ¿O quieres sacrificar a estos animalillos para tus ritos? ¿Crecerán malvas sobre ellos cuando estén bajo tierra?

Levanté las cejas.

—Habéis visto muchas pelis, ¿eh?

—No hace falta ver pelis para saber que estás como una regadera. Mi madre dice que has montado una granja en el cementerio. ¿Sabes que ya han presentado una demanda y que esta semana mismo podrías meterte en un buen lío, bruja? Te tendrían que sacar de allí. Ahí están mis abuelos, ¿sabes? Y merecen un respeto.

Di un paso hacia atrás. Recordé al agente que había venido a casa para pedir que sacara a Amapola del cementerio. La próxima vez no sería tan amable. Pero ¿más policía? ¿Un juicio? ¿Sería verdad lo de la demanda? No podía exponerme a aquello.

—Ya no eres tan valiente. Vuélveme a amenazar y la próxima pedrada va contra las ventanas de tu casa. O contra esa vaca estúpida que tienes por mascota.

Aquello me enfadó. No sé de dónde saqué la fuerza, pero me lancé contra aquel imbécil y le tiré al suelo, mientras sus amigos gritaban y reían de manera estúpida. Le pegué un puñetazo en la boca, mientras que él me deshizo el peinado y tiró de mi cabello. Rodamos por aquella explanada sin dejar de insultarnos. Tenía los ojos llorosos. Mordí y arañé como si me hubiera poseído el demonio. Por todos los insultos que había recibido desde que llegué, por toda la mierda que tenía que soportar, porque solo de imaginar que alguien hacía daño a Amapola, a Cheshire o a Vespyr, que en su inocencia se acercaban a cualquier persona sin esperar mal alguno, me hervía la sangre.

—¡Eh! ¡Ya, vosotros!

Era la voz de un hombre mayor. Los amigos del chico intentaron sacarle de la pelea, pero yo no tenía intención de soltarlo. Cuando unos brazos me levantaron a mí también del suelo, consiguieron separarnos.

—¿Qué ha pasado? —escuché la voz de Monique alarmada, mientras me separaba.

—¡Fuera de aquí, malcriados! Ya os he dicho que aquí no se puede estar —escuché que decía el hombre que acababa de aparecer.

—Uf, déjame que te mire...

Me aparté de manera brusca de Monique y caminé hasta el establo. Me apoyé en él y cerré los ojos. ¿Qué se me había pasado por la cabeza?

—Gracias —escuché a mi lado. Abrí los ojos y dirigí mi mirada hacia el anciano—. Llevan molestando a mis animales toda la tarde, no sé qué les ha dado. Cada vez que me alejo, vuelven. Pero no creo que vuelvan más después de esto. Vi cómo los defendías.

Asentí, pensando que no volverían al establo, pero sí lo harían a la casa del cementerio. Aquella pelea tendría consecuencias, seguro.

—¿Por qué no se los lleva a casa? Será mejor —comenté.

—En realidad, mío es solo el asno, Merlín. Los ponis son de otra señora. No puedo llevarlo a casa, porque ya no tengo casa. Vivo en la residencia del pueblo, junto con mi hermana. Así que se lo cedí a esta señora, pero no lo cuida bien. Solo hay que ver la poca vigilancia que les da.

—¿Ha oído hablar de Sanctuaire Celtique?

El hombre negó.

—Mi amigo ha fundado un santuario. Un hogar para animales, donde se les cuida. Le encantaría hacerse cargo de Merlín, estaría muy bien atendido. Se lo aseguro, trabajo con él. —Acaricié el morro del burro.

—¿Así que por eso tienes animales en el cementerio?

Asentí, mientras Monique me esperaba.

—Se ha presentado al concurso de proyectos de Maëlle. Pronto podremos comprar un terreno apropiado. ¿Tiene papel y boli?

El hombre sacó una pequeña libreta del bolsillo de su camisa. Apunté los datos de Gael y le pedí que llamara sin compromiso. El hombre me lo agradeció, y cuando nos fuimos, se quedó un rato más acariciando a su asno y hablándole con cariño. En ese momento pensé que todo había merecido la pena.

—¡Menuda tía! —exclamó Monique, menos preocupada, mientras caminábamos de vuelta. Ya se había hecho de noche—. Vine a buscarte porque tardabas mucho. Menos mal, si no, te faltaría un ojo. Tienes la mejilla hinchada y una mordedura en la mandíbula. Qué bestias... Cuando te vea Gael, va a querer buscar a ese gilipollas. Aunque parece que tú también le diste bien...

—No le digas nada a Gael —dije, abrazándome a mí misma. ¿Qué pensaría él? Siempre tan recto y educado. Le había dicho que no me importaba lo que dijeran de mí, pero me había metido en una pelea de lleno en cuanto me habían insultado.

—Odette, lo va a ver él mismo.

Y como si le hubieran invocado, apareció, junto con el resto del grupo.

—¿Por qué tardáis tanto? El teatro en la *plage* va a empezar... —dijo Erian, antes de verme y callarse de golpe—. ¿Qué ha pasado?

—¿Qué ha pasado? —repitió Gael sin darme tiempo a responder, acercándose a mí y cogiendo mi cara con cuidado. Me separé de manera instintiva.

—Nada, un pique con un niñato. Nada serio.

—Si te sirve de consuelo, Gael, el niñato ha quedado peor —rio Monique, quitándole hierro al asunto.

Monique comentó por encima lo que había visto. Todos comenzaron a reírse y a hacer bromas, mientras retomábamos la marcha. Gael me cogió de la mano para frenarme, mientras el resto avanzaba.

—¿Por qué? —Noté el olor de la cerveza. Sus ojos grises recorrían mi rostro rápido, buscando cualquier herida grave, como hacía con los animales cuando llegaban heridos. Su mirada se debió topar con la mordedura, que sangraba un poco. La rozó con los dedos—. ¿Y quién?

El tono con el que lo pronunció hizo que un remolino se formase en mi estómago.

—Por nada y con nadie. Es el alcohol. No debería beber. —Le adelanté y seguí a nuestros amigos, que ya se alejaban. Cuando le noté a mi lado de nuevo y escuché su respiración calmada, comenté—: Amenazaron con hacer daño a Amapola y con echarme de la casa del cementerio. Gael, me dijo que los vecinos han puesto una demanda. No sé si lo ha dicho solo para asustarme, pero...

—Deberíamos sacarla de allí cuanto antes —concluyó él—. Si me dices quiénes han sido...

—Es cosa mía, Gael. Déjalo. No quiero empeorar las cosas.

Cuando llegamos a la playa, la brisa marina nos azotó y nos espabiló. Aunque a mí ya me habían espabilado los golpes, que después del momento de adrenalina, comenzaban a doler.

Muchas personas se congregaban para ver el último evento del Día de Maëlle: un espectáculo con las estrellas de la noche y el mar de fondo.

Nos metimos entre la muchedumbre y paseamos entre las hogueras en la playa. A todos se les olvidó rápido lo que había pasado, lo cual agradecí, y en seguida comenzamos a bailar con más personas alrededor de una hoguera, mientras un grupo de jóvenes tocaba la guitarra y cantaba. Bailé con Monique y Erian, mientras el resto nos miraba desde el suelo. Me solté el pelo y lo desenredé, cerré los ojos y me concentré en los sonidos: en las personas hablando, en la música, en la risa de mis amigos y en el romper de las olas de fondo.

Cuando escuchamos ruidos de micrófono, todos nos dirigimos al centro de la playa. Allí, varios actores se movían por la playa, discutiendo y hablando sobre cómo llegar a las estrellas. Hacían bromas; se escucharon risas al unísono. Yo apenas podía ver nada con tanta gente, pero escuchaba y me reía igual.

Cuando una pareja de astrónomos decidió explorar las estrellas con sus telescopios y sus excéntricas batas, una joven surgió colgada de una grúa por un hilo invisible, dentro de una esfera de plástico transparente. La mujer era bailarina, y giraba dentro de aquella esfera, pasando por encima de las cabezas de los presentes, obligándonos a todos a mirar hacia el cielo negro, y a disfrutar de su danza con las estrellas.

Yo observé desde tierra cómo las personas alzaban los brazos al cielo con el objetivo de tocar la esfera una vez que pasara por encima de ellos. La perdí de vista. Me puse de puntillas.

De repente, sentí que mis pies dejaban de tocar el suelo y mi cuerpo se iba hacia delante. Lancé un grito de sorpresa. Gael me había levantado sobre sus hombros y en aquel momento conseguí sobresalir entre la muchedumbre. Vi el mar a lo lejos, las personas por debajo de mí y a la bailarina cerca, a mi mismo nivel. Extendí los brazos al cielo. Y por un momento pensé que lo tocaba. Se me llenaron los ojos de lágrimas. Me reí, mientras Erian y Youenn se ponían a mi alrededor temiendo una posible caída, y se agarraban de la camiseta de Gael para no perderse entre el mar de gente.

Gael me sujetaba con fuerza. Me sentí segura, por primera vez en mucho tiempo, en mitad de la muchedumbre. Una punzada de calor nació desde mi entrepierna y escaló hasta mi pecho. Cuando todo terminó,

Gael se agachó para bajarme. Quedamos frente a frente durante unos escasos segundos.

—Gracias. Ha sido increíble.

Él acarició mi rostro. Me miró a los ojos y por un momento todas las personas desaparecieron a nuestro alrededor. Sentí el calor de su mano contra mi mejilla, y mi cabeza se lanzó a analizar el recuerdo de sus manos sujetando mis piernas. De nuevo esa dichosa punzada de calor, escalando dentro de mí.

—¡Vamos al bosque, la playa tardará años en despejarse!

La voz de Monique me hizo darme cuenta de que no estábamos solos. Me separé de él y ambos comenzamos a caminar con el grupo, que iba comentando la función.

—Ha sido precioso —añadí yo—. ¿Habéis visto cómo flotaba esa chica? No parecía tener miedo, como si bailara con las estrellas todas las noches.

—No todos hemos tenido vistas privilegiadas como tú —bromeó Erian. Sonreí, feliz.

Una vez que llegamos a la pequeña plataforma del río, en el bosque frente al cementerio, notamos el silencio. Por allí no había gente. Estaba oscuro, ya era muy tarde, pero nosotros nos tumbamos en la plataforma, mientras Elliot tocaba la guitarra y Youenn volvía a sacar las cartas. No obstante, al poco tiempo, la mayoría se habían quedado dormidos escuchando la música y el sonido del río. Elliot y Erian se besaban, alejados de la plataforma, y reían de manera tierna.

Yo estaba tumbada, con los ojos cerrados, escuchando el sonido del agua y de las hojas de los árboles agitarse por la brisa nocturna. Noté una ráfaga de olor a cerveza y medicina cerca de mí.

—Gael —susurré, mientras mi amigo se tumbaba a mi lado.

—¿No tienes sueño? —susurró también él, procurando no despertar al resto.

—Un poco. Pero no creo que me pueda dormir en mucho rato. Muchos estímulos. Necesito relajarme.

Sin embargo, mi corazón acababa de acelerarse, por lo que no podría relajarme después de todo. ¿Qué le pasaba hoy?

—Entonces puedes volver a cerrar los ojos. ¿Te molesta que me quede aquí?

Negué. Respiré hondo y volví a cerrar los ojos. Pero notaba su mirada clavada en mí, incluso así. Los volví a abrir.

—¿Te lo has pasado bien hoy?

Asintió.

—No estás muy hablador.

Se le elevaron solas las comisuras de los labios. Se había hecho un par de trenzas a cada lado del rostro. Le quedaban bien, a pesar de tener el cabello alborotado. Me giré sobre el costado para encararle. Me dediqué a hacer lo mismo que hacía él: observar. Recorrí la línea de su rostro, su barba de pocos días, sus cejas... Dejé sus ojos para el final, igual que sabía que él estaba haciendo. Me sentía observada. Me miraba. Las manos, los brazos, el pecho, el cuello, los labios.

Cuando nuestros ojos se encontraron, ya no se volvieron a separar. Sus ojos eran gris oscuro, pero ahora mismo, con la oscuridad, su pupila estaba dilatada. No me di cuenta de lo mucho que se acercaban. Del calor de su cuerpo pegándose al mío. Se inclinó sobre mi rostro y cerré los ojos, entrando en una especie de trance del que no sabía cómo salir, con el corazón a punto de salirse de mi pecho. ¿Quería salir?

—Joder, ¿os habéis quedado todos dormidos?

Nos sobresaltamos con la voz de Erian. Gael y yo, pegados, nos miramos como si alguien hubiera roto un hechizo. ¿Por qué estábamos tan cerca? Me levanté, al mismo tiempo que Monique y Youenn se desperezaban.

—Menuda sobada... —susurró Monique, mientras

se frotaba el rostro. Le ayudé a levantarse—. ¿Qué hora es?

—Las cinco de la mañana —dijo Erian, sorprendido por la luz intensa del móvil—. Buena hora para volver a la madriguera, chicos.

Nos despedimos todos de manera rápida. Monique y Youenn desaparecieron en seguida. Elliot y Erian se quedaron esperando a Gael.

—¿Quieres que te acompañe a casa? —me preguntó en un susurro, después de darme un abrazo de despedida.

—No —dije rápidamente, negando con la cabeza—. Es tarde, ve a casa.

—No me importa.

—No, de verdad. Está aquí al lado. Estaré bien. Mañana doy de comer a Amapola, no te preocupes. Duerme, ¿vale? Nos vemos.

Me alejé, evitando su mirada con todas mis fuerzas. Me di media vuelta y desaparecí lo más rápido que pude entre los árboles. Crucé la carretera, por la que no pasaba ni un alma, y me metí en casa.

Subí las escaleras de dos en dos, rápido. Me quité la ropa y me metí en la bañera sin siquiera encender la luz del cuarto de baño. El agua caliente barrió el sudor del día y la tierra de la pelea. Pero tras quince minutos bajo el agua ardiendo, mi piel seguía erizada.

No podía apartar su imagen de mi mente. Sus ojos grises y la manera en que me habían recorrido. Recordé el calor de sus manos contra mi piel. Su voz al preguntar quién me había hecho daño. Y supe que no podría dormir. Que si no lo sacaba de mi interior, no lograría dormir.

Deslicé una mano tímida por mi vientre hasta llegar a mi entrepierna.

Después de unos minutos, cuando el placer estalló y escaló por mi cuerpo, me quedé dormida en la bañera.

Capítulo 24
GAEL

Cuando los primeros rayos del sol entraron por la ventana y me despertaron, me giré sobre mí mismo y enterré mi cabeza en la almohada.

—Erian..., la ventana.

Mi hermano y Elliot dormían en un colchón en el suelo de la caseta. No habíamos querido despertar a mis padres la noche anterior entrando en casa de madrugada. Además, Erian seguía empeñado en no contar nada sobre su pareja a mis padres.

—Ya la cierro yo —comentó Elliot cuando vio que Erian no respondía. Se lo agradecí con un gruñido. Escuché cómo se despedía y salía de casa, antes de que mis padres pudieran verlo. ¿Qué hora sería? Después de girar sobre el colchón sin encontrar la postura que me sumiera de nuevo en un sueño profundo, decidí levantarme. Al fin y al cabo, debía despejarme. Por la tarde tenía que ir a trabajar a la granja. Me senté en la cama y me arrepentí al momento.

—Uf... —murmuré, llevándome las manos a la cabeza. Sentí como si me hubieran golpeado con un mazo. Me daba tantas vueltas que me volví a tumbar, quejándome. Cuando escuché otro quejido, supe que mi hermano acababa de hacer lo mismo que yo.

—Creo que voy a potar.

—Fuera de la caseta —me apresuré a añadir.

—No voy a llegar.

—¡Erian!

Me levanté, notando de nuevo el golpe de la resaca. Agarré a mi hermano por las axilas y le obligué a salir al jardín, donde vomitó entre los rosales. Yo, mientras tanto, me cubrí los ojos con las manos. El sol me deslumbraba demasiado.

Cuando entramos —arrastrándonos— a la cocina de casa, mi madre bajó el periódico que estaba leyendo mientras desayunaba.

—¡¿Estáis borrachos?! —exclamó.

Mi hermano y yo nos dejamos caer en las sillas de la cocina, quejándonos por cada movimiento que hacía que nuestro cerebro rebotara en la cabeza.

—*Estábamos* borrachos —puntualizó mi hermano.

Mi madre comenzó a soltarnos la perorata usual después de cada fiesta. Ya se me había olvidado esta tradición. Me serví un café negro. Me planteé echar leche de avena. Pero debía levantarme para cogerla. Decidí abandonar esa idea y tomarme el café solo. En cuanto di el primer trago, noté también ganas de vomitar, pero me obligué a aguantar. Cerré los ojos.

—Anda, que ya tenéis una edad para volver así de mal, ¿no creéis? —escuché que intervenía mi padre, que acababa de entrar. Nos dio una palmada en el hombro a cada uno, ambos soltamos un gruñido—. Por cierto, Gael, ¿qué brillante idea es esta?

Respiré hondo. La cabeza me daba vueltas. Me esforcé por abrir los ojos y ver a qué se refería, aunque ya lo sabía. El santuario. En efecto, mi padre había plantado el periódico del día frente a mí, donde aparecían los proyectos presentados y mi nombre bien grande.

—Ahora mismo no es el mejor momento —comenté, mientras me deshacía las trenzas del día anterior y maldecía por cada pequeño tirón de pelo.

—Sería un buen momento si no estuvieras con resaca.

Alcé la mirada.

—Me tengo que ir. Tengo que trabajar —mentí—. Más tarde...

—Más tarde no, Gael Tremille. Tienes treinta años y en vez de esforzarte por encontrar un buen trabajo, sigues con gilipolleces de estas.

—Louis... —escuché que intervenía mi madre.

—Tal vez si sigo empeñado en llevar a cabo una gilipollez durante casi diez años, deberías dejarme hacerlo tranquilo —escupí, como si así pudiera también deshacerme del dolor de cabeza. Pero no, se volvía más intenso.

—¿Y dónde vas a dormir mientras desarrollas esa gilipollez? ¿Dónde vas a comer? ¿Te piensas que pagarnos un alquiler sirve de algo? Lo que queremos es que tengas una vida ya, joder.

Me levanté de la mesa.

—Me buscaré algo fuera de aquí, tranquilo.

—Chicos, ya. Gael, no tienes que irte a ningún sitio. Tu padre solo quiere...

—Me da igual lo que quiera. Nunca está contento —exploté. Me giré hacia mi padre—. Nunca. Da igual que haga todo lo que me dices, que te haga caso y me meta a hacer las estupideces que tú piensas que me van a dar una vida. Dos negocios y siete años he vivido fuera de esta casa. Pero lo único con lo que te quedas es con el fracaso. No vas a estar contento nunca conmigo, Lou. No soy un gran veterinario, no regento un gran negocio, no tengo una casa de dos plantas, ni una familia y nadie me respeta como a ti.

—Gael...

—Por eso esta vez voy a hacer las cosas a mi manera. Y elijo hacer esto, y si fracaso también, pues...

—Pues será lo único que te ponga los pies en la tierra. Solo espero que no te lleve mucho tiempo darte cuenta de la pérdida de tiempo que es.

—Es un buen proyecto —se metió Erian—. Va a salir adelante. Confío en él.

Mi padre lanzó una carcajada, mi madre se levantó y se puso entre mi padre y nosotros, pidiendo calma.

—Haz lo que quieras, chico —dijo mi padre, cortando la conversación—. Solo procura no ser desagradecido y que no te echen de la granja. Desde luego no da buena imagen que un empleado compita contra ellos en este concurso. Es que no piensas ni un poquito, ¿escuchas?

Me mordí la lengua para no seguir discutiendo. Salí de la cocina y me dirigí al baño, lo cerré de un portazo. La cabeza me iba a explotar. Me miré al espejo, a los ojos. Era la primera vez que discutía con mi padre y le decía lo que pensaba. La primera vez que le decía que, a pesar de su poca confianza y sus burlas, no me echaría atrás. Que pretendía seguir adelante. Y ahora no podía fallar.

Salí de casa nada más ducharme, porque no quería volver a encontrarme con mi padre. Agradecí a Erian que me hubiera defendido, y mi madre me hizo prometerle que hablaría con ella con tranquilidad de todo esto, en otro momento.

Me quedaban aún tres horas para entrar a trabajar, así que fui al único lugar al que podía ir: a casa de Odette. Decidí ir caminando con Möira, porque aunque el dolor de cabeza se me había bajado con la ducha, aún no confiaba mucho en mis sentidos.

Cuando llegué, Odette estaba en la pradera con Amapola y Ches. Möira salió corriendo hacia ellas, ladrando, lo cual anunció mi llegada.

—*Bonjour*.

—*Bonjour*. ¿Qué tal la noche? —me preguntó Odette mientras me acercaba.

—Corta. ¿La tuya?

—Igual. E incómoda. Me quedé dormida en la bañera.

Solté una carcajada. Después nos quedamos en silencio, observando a los animales.

—Hoy discutí con Lou.

Odette me miró, preocupada.

—¿Por el concurso?

Asentí.

—Pero me planté, Od. Me da igual lo que piense. Voy a seguir.

Su sonrisa iluminó el día. Tenía el cabello suelto y los ojos cansados, pero seguía estando preciosa. Me apartó la mirada.

—¿Vas a ponerte entonces a elaborar la propuesta?

—Sí. Aunque por la tarde tengo que trabajar; creo que lo mejor será comenzar ahora.

—Puedes hacerlo aquí, así no te molestarán y podrás echar un ojo a Amapola. Puedes comer lo que quieras, ya sabes.

—Gracias —dije, aunque dudoso—. ¿Tú no vas a estar?

Negó con la cabeza, mientras se metía en casa para coger su bolsa de tela, donde había metido algunas de sus herramientas. La seguí, mientras ella iba de un lado para otro recogiendo. ¿Odette, recogiendo?

—Voy a pasar la tarde en casa de Jean-Pierre —dijo, mientras se recogía el cabello con un palo de madera—. Además, voy a irme unos días. A visitar a una amiga.

—Vale. Entonces, eh, ¿nos vemos a la vuelta?

Ella asintió. Cogió las llaves del coche.

—¿Podrás cuidar tú solo de Amapola y los demás? Ches se vendrá conmigo; está acostumbrado a viajar. Siento dejarte solo, pero mi amiga… está pasando por un mal momento.

—Sí, claro, sin problema. Hablaré con estos para que me ayuden. —¿Por qué evitaba mi mirada? ¿De qué amiga hablaba? Nunca me había dicho que tuviera amigas cerca—. Odette, ¿esto es por la pelea con aquel chaval? ¿Por la amenaza? Si alguien viene, voy a estar aquí, no voy a dejar que te hagan daño. ¿Quieres que vayamos a poner una denuncia?

Me acerqué a ella para obligarla a concentrar su atención en mí. Ella me miró y sonrió, pero de nuevo volvió a apartar la mirada rápido.

—No es por eso, Gael, de verdad. Tranquilo. Y gracias. Si necesitas cualquier cosa con la propuesta, llámame y te ayudo, ¿vale?

Asentí, sintiendo una especie de compresión en el pecho. La vi salir de casa y meterse en el coche. Suspiré. Y entonces me acordé de la noche anterior. De la manera en que me pegué a ella. De la manera en que mis labios buscaron los suyos. Recordé mi enfado al escuchar la voz de Erian rompiendo aquel momento. Y también los ojos sorprendidos de Odette, apartándose de mí.

Me senté en las escaleras del porche, solo. Maldije. No me había querido mirar y apenas me había dejado acercarme. Y por primera vez en medio año, se marchaba de Maëllys. Sería un par de días, sí, pero... Me revolví, nervioso. Me sentí triste. Primero, porque recordé que no sabía tanto de Odette como me gustaría, como podría presumir siendo su mejor amigo. Y segundo, porque no quería que mi relación con ella cambiara. Tenía miedo de haberla cagado. De haberme lanzado, para variar.

Pero su manera de rehuirme me dejaba una cosa clara, algo que dolía. Cerré los ojos y enterré mi rostro entre las manos, por enésima vez aquella mañana.

Dediqué toda la mañana a redactar la propuesta de proyecto del santuario, incluyendo fotos, la página web, las redes sociales... Redactando las ventajas que podría traer a Maëllys; la necesidad de tener un lugar así en la zona de Bretaña. Me cociné lo primero que pillé y, cuando me dispuse a continuar, mi teléfono sonó. Era un número desconocido.

—*Allô?*

—¿Hablo con Gael Tremille? —Escuché al otro lado del teléfono. El hombre que habló me explicó que había conocido a Odette en el festival y que le había dado mi contacto. Quería saber si podríamos cuidar de su burro, Merlín. Me contó cómo Odette lo defendió de los chicos, antes de la pelea.

«Así que había más», sonreí para mis adentros, orgulloso de mi amiga.

—Merlín es viejo y está cansado, pero tiene ganas de vivir. Y es cariñoso, en seguida devuelve todo el amor que uno le da.

—Por supuesto, tendrá un lugar en Sanctuaire Celtique. Gracias por confiar en nosotros, estará en buenas manos, y podrá visitarlo siempre que quiera.

—Gracias. A ti y a tu amiga. He visto que os habéis presentado al concurso del ayuntamiento. Correré la voz para daros a conocer. Hay que apoyar estas iniciativas.

—Eso será de mucha ayuda, mil gracias, *monsieur*. Puede traerlo a la explanada del cementerio hoy mismo, si quiere. —Suspiré al acordarme de la demanda que querían ponerle a Odette, y de que ya no teníamos más espacio físico. Pero no tenía otro lugar donde tener a los animales—. Le prometo que estos días encontraremos un lugar más apropiado.

El hombre quedó en traerlo cuando Odette estuviera de vuelta para darnos algo de tiempo para encontrar una finca. Se lo agradecí.

En cuanto colgué, una riada de notificaciones bombardeó la pantalla de mi teléfono, que vibraba como loco. Lo solté sobre la mesa, donde se desplazó, vibrando, hasta calmarse. Arrugué el entrecejo. Me lancé a mirar qué pasaba. Resoplé, mientras me cubría los ojos con una mano.

Insultos. Socios de la reserva defendiéndome. Debates. Imágenes de granjas. Personas de Maëllys diciendo que me marchara, si tan poco me gustaba la industria. Críticas no solo a mí, sino también a mi familia. Al apellido de mi padre. Por supuesto, insultos a la Criadora de Malvas. Denuncias al ayuntamiento para que la desahuciaran del cementerio. Mi respiración se aceleró. Aparté el teléfono, me levanté y salí al patio. Me agaché junto a la caseta de Vespyr: el mundo me daba vueltas.

«No sé si voy a poder con esto».

Pegué un pequeño salto cuando noté algo tocarme la cabeza. Era Amapola, dándome con el morro. Mugió, como si quisiera comprobar que estaba bien. No pude evitar sonreír, que se me llenaran los ojos de lágrimas.

—Podré, Amapola. Seguiremos adelante. ¿A que sí? Por Tulipán. Por Ónice. Y por todos los que faltan. —Permanecí un buen rato con la frente apoyada en la suya, acariciándola. Me transmitió la paz que necesitaba.

Cogí el móvil de nuevo y, uno por uno, fui bloqueando cuentas y agradeciendo a las personas que defendían el santuario. Al fin y al cabo, no estaba solo. Tenía que mantenerme fuerte.

Cuando terminé con el teléfono, me dispuse a buscar por internet algún banco al que pudiera pedir un préstamo. Necesitaba la finca ya. Pero el hecho de haber perdido dinero dos veces antes en mi vida y haber tenido que cerrar dos negocios, no era una buena carta de presentación.

Me fui al trabajo dando vueltas a aquello.

Capítulo 25
GAEL

La tarde en la granja fue tensa. Nadie comentó que seríamos competidores en el concurso, pero se podía leer en cada encuentro, como si un libro abierto nos siguiera a todos allí dentro, flotando y obligándonos a leer sus páginas. Intenté evitar el tema por todas las vías posibles, de verdad. Las palabras de mi padre resonaban en mi cabeza. «Solo procura que no te echen».

Pero Dea, la vaca enferma, aunque recuperada, se había quedado muy débil. Cuando Pinaux dijo que el matadero pasaría a recogerla a la hora de cierre, no pude evitar saltar.

—Dádmela, por favor.

—¿Te atreves a pedirme que te regale otra vaca, Tremille? ¿Cómo se te ocurre presentar esa ridiculez de proyecto? *Santuario de animales* —escupió—. Como si nosotros, las granjas, fuéramos el demonio.

—Si tan ridículo te parece, no sé por qué te molesta tanto. ¿Acaso lo ves como una amenaza? —Sonreí de medio lado, aunque no era sensato si quería mantener mi trabajo.

—Eres un crío, Tremille. Mantén esa lengua a raya si no quieres quedarte en la calle. Me eres útil, pero no imprescindible. La vaca va al matadero, como irán todas las descartadas, como se ha hecho siempre. Y no quiero volver a escuchar más sobre este tema.

Ni siquiera me dejaron despedirme de Dea, de quien había cuidado todo el verano. Cuando llegué a casa, tenía un sabor amargo en la boca. Me senté en la cocina de casa para cenar. Mi madre apareció y me dio un beso en la cabeza. Permanecimos en silencio, comiendo. Al cabo de un rato, mi madre me abrazó.

—Te conozco, cielo.

Comencé a llorar, y le conté todo lo que pasaba por mi cabeza, como había hecho siempre con ella. Cómo estaba ilusionado por el santuario, pero lo duro que era. Todo lo que Odette me había ayudado. La llegada de Amapola. Las gallinas. La web. Los ataques, los insultos. Pinaux. La falta de espacio, las amenazas a Odette. El miedo de que no me dieran un préstamo. Cuando terminé de hablar, seguía llorando.

—Hay algo más, mi niño. ¿Me equivoco?

La miré a los ojos.

—Odette —susurré. Mi madre sonrió de la manera en que lo hacen todas las madres cuando saben algo desde hace mucho tiempo y por fin lo confirman. Después de aquello, se me acabaron las lágrimas. Sentí el pecho ligero. Permanecimos en silencio durante un buen rato.

—Déjame ayudarte, ¿vale?

Negué.

—Ya me estás ayudando bastante...

—Pienso como tu hermano. Es un buen proyecto y se nota que le estás poniendo energía e ilusión. Me da igual si ganas o no ganas ese dichoso concurso. Necesitas un espacio, es lo más urgente.

Sacó un sobre y me lo dio.

—Toma el dinero que me has estado dando cada mes. Te ayudará.

—Mamá...

—Y, además, no tienes que pedir nada a un banco. Yo te prestaré lo que necesites, ya me lo devolverás.

Negué con la cabeza y me levanté de la silla.

—No. Lo que le faltaba escuchar a papá; lo que me faltaba a mí ya. No solo arruinarme yo, sino arrastrar además a toda mi familia.

—Gael. Lo primero, no tienes por qué decírselo a tu padre. Es mi dinero, no el suyo. Segundo, creo en ese proyecto. Creo en mi hijo y le quiero ayudar, igual que le aportan otras personas de la calle. ¿Cómo no voy a aportar yo, cielo? Soy tu madre. Y es un préstamo. Es mejor que te lo dé yo a que te lo dé un banco. Y esto de aquí, es tuyo —dijo, señalando el sobre—. ¿Cuánto necesitas?

Volví a negar.

—Cielo. Tienes una manera particular de alterar este pueblo y ser objeto de cotilleo. Cuando le pediste matrimonio a Amandine, hace doce años; después cuando dejaste la primera explotación y te marchaste a Cancale, y ahora esto. Te fuiste de Maëllys. No quiero que termines yéndote otra vez, Gael. Saca este proyecto adelante, como sea.

«Al final Odette y yo somos más parecidos de lo que pensaba, entonces», fue lo primero que se me vino a la mente.

Cerré los ojos y suspiré. Me resigné. Le conté lo que valía la finca.

—Cariño, está muy bien de precio. Además, el terreno está cerca y me dices que está bien de amplitud. Es perfecto. Llama mañana, lo primero, ¿vale?

—Gracias —susurré, abrazándola—. Gracias, gracias, gracias.

—Nada. Siempre has sido trabajador, Gael. Y eso también lo sabe tu padre. Sacaste la carrera siendo uno de los mejores de tu promoción. En seguida te lanzaste a trabajar en aquella granja. Luego con tu primer negocio, y no tiraste la toalla cuando te fue mal. Si tu padre discute así contigo, no me quiero imaginar cuando le toque a Erian, que encima es el doble de respondón —resopló y no pude evitar sonreír.

—Tranquila. A Erian le gusta el puesto de comida y la tienda desde siempre. Trabajará con él y heredará la tienda. No me cabe duda y a papá tampoco.

—Sea como sea, tu padre quiere lo mejor para vosotros. Se preocupa. No quiere veros mal y la única manera que conoce de tener éxito es la que siguió él. El resto de las ideas le dan vértigo. Pero no dejes que el enfado te dure mucho, Gael. Sé que te apoyará si la cosa se pone seria.

Era tarde cuando me metí en la cama, pero ya no sentía el corazón pesado. Al final del día, a pesar de las discusiones, mi familia era un flotador en mitad de la tormenta. Tenía suerte de tenerlos.

Capítulo 26
ODETTE

Cuando cumplí veintidós años, todo a mi alrededor fue un caos.

Me hubiera tirado al mar de tenerlo cerca. Me habría dejado caer desde un acantilado en mitad de la noche. Habría dejado que el agua congelada me obligara a dejar de pensar. Habría dejado que la sal entrara por todas mis heridas, que hubieran ardido todas mis grietas.

Y no habría lanzado un solo grito.

Quería que mi cuerpo se alejara de la costa, que el oleaje se lo llevara océano adentro. Pero no me atrevía. Tenía miedo, en el fondo.

Aquella noche, me insulté. Solía hacerlo en los últimos tiempos. No entendía por qué lo hacía: me burlaba de mi cara roja y escocida de llorar, de mi nariz mocosa y de mi pelo descuidado. Me metía con mi debilidad, con mi asquerosa debilidad. Por lo fácil que me dejaba moldear por la gente de mi alrededor. Y me culpaba, también: por no ser la persona que todos querían que fuera; o por serlo demasiado, y traicionarme a mí misma.

Levanté la vista. En aquel acantilado, el viento empujaba las gotas del mar hasta mi rostro.

Llevaba tres días fuera de Maëllys y ninguno de ellos había pasado sin que pensara en Gael. Había visitado tres nuevos pueblos por Bretaña y Normandía, pero sabía que no podía elegir un lugar tan cercano a Maëllys. Debería marcharme a la otra punta de Francia. O incluso tal vez fuera hora de cruzar a Alemania.

Al pensar esto, me abracé las piernas con fuerza. Lloré cuando noté algo desencajarse en mi pecho. Y maldije aquel día que apagué las alarmas. Maldije el día en que me acerqué a Gael Tremille.

La mañana siguiente al Día M, amanecí en la bañera y dolorida. Salí, me vestí, puse la cafetera, como todas las mañanas, pero su recuerdo seguía persiguiéndome. Las malvas de mi jardín se reían de mí, se enganchaban en mis piernas, como si fueran una maldición.

Había ido demasiado lejos. Había tirado demasiado de aquel hilo suelto.

Un maullido de mi gato me distrajo. Había salido de su transportín para acercarse cauto a mí, enterrando una pata entre la hierba y la arena de playa y luego otra, hasta colarse entre mis brazos. Volvió a maullar y sonreí. Le acaricié.

Una opción era contarle todo a Gael. Cerré los ojos. Un remordimiento comenzó a revolverse en mi estómago. ¿De qué me serviría contarle cuentos del pasado? Yo no era mi pasado. Estaba enterrado. Por mucho que las malvas del cementerio salieran de la tumba. ¿Acaso las personas no tenemos poder sobre quienes somos? ¿No podemos decidir? Llevaba tanto tiempo segura.

«Sí, pero ahora el más mínimo desliz haría saltar todo, Odette. Estar enamorada cambia las cosas».

El viento era frío. El verano terminaba.

—Cheshire, ¿estás preparado para volver a la carretera? —dije, aguantando las lágrimas. Pensé en

Amapola, en Vespyr y en Möira. ¿Iba a arrancar a mi pequeño de su hogar? A lo mejor podía dejarlo con Gael. Pedir que cuidara de Ches y marcharme.

El teléfono sonó.

Gael.

Maldije.

—*Allô*.

—Odette. —Adiviné su sonrisa por el tono de su voz—. ¿Cómo va todo? ¿Cuándo vuelves? Tengo varias cosas que enseñarte. ¿Od? —repitió, cuando vio que no respondía.

—¿Qué es? —respondí, con la voz entrecortada.

—Es una sorpresa. ¿Estás bien?

—Sí.

—¿Cuándo vuelves?

Miré al horizonte, cogí aire. Lo solté, despacio.

—Volveré esta tarde.

—¿Antes de que se ponga el sol?

—Claro.

—Te esperaré en casa.

—Vale —susurré, asintiendo para mí misma.

Un silencio se produjo entre los dos.

—Estás en el mar —dijo él, tranquilo—. Se escuchan las olas de fondo.

—Sí.

Me acordé de todas las veces que habíamos estado juntos observando el mar.

—Odette, lo siento —dijo, después de un rato, en un murmullo.

—¿Por qué? —pregunté.

Noté su vacilación. Me imaginé de manera perfecta cómo fruncía el ceño. Cómo dirigía su mirada a cualquier lado. Cómo se levantaba para comenzar a ordenar cualquier cosa a su alrededor, con tal de mantenerse ocupado mientras encontraba las mejores palabras.

No las encontró.

—Estaré aquí, ¿vale? Como siempre.

Asentí. Colgué, mientras mi cuerpo se levantaba solo del suelo y echaba a caminar hacia el coche.

Tenía poder sobre quien era. Y no dejaría que nada me asustara en esta vida, porque para eso la elegí. Para utilizar mis alas. No sería yo quien me las cortara. Y en aquel momento, querían volar hacia él.

Cuando llegué a casa, algo había cambiado. Me metí corriendo en casa y fui al patio.

No estaban.

Amapola y Vespyr.

Habían desaparecido sus cosas.

Recordé al chico de la pelea. Recordé las visitas de la policía. Me había marchado y los había dejado solos.

«No, solos no. Gael».

Cogí el teléfono y marqué su número, pero antes siquiera de escuchar el primer pitido, me choqué de frente con él, en la puerta de entrada. Ambos nos sobresaltamos.

—Pues sí que has llegado rápido —me dijo, riéndose y estrechándome entre sus brazos. Estaba feliz, lo noté en su voz.

—¿Dónde están?

Notó mi voz nerviosa, pero sonrió de medio lado.

—Nadie puso ninguna demanda, Od. Mi madre me dijo que hizo un poco de investigación entre los comercios y aquel chaval se inventó todo. No hay de qué preocuparse. Ven conmigo. ¿Y Ches?

Sacamos a Cheshire de mi coche y lo metimos en su cuatro por cuatro. Me subí de un salto en su asiento, con una sonrisa escalando por mi rostro.

—Gael, ¿has comprado la finca?

Mi amigo no dijo nada, pero sonrió de oreja a oreja sin apartar la mirada de la carretera.

Cuando nos metimos por el camino que recorrimos aquella tarde de primavera y aparcamos frente a la verja, donde ya no había ningún cartel de *SE VENDE*, me lancé fuera del coche. Ni siquiera esperé a que Gael abriera la cancela: salté por el hueco por el que nos colamos aquella otra vez.

—Sí. Debería arreglar eso lo primero —escuché que murmuraba Gael. Corrí hacia la pradera, y en cuanto me vio, Amapola se acercó trotando. Un burro nos observó de lejos, algo más desconfiado. Era Merlín.

—¡Mírate, chica! —exclamé, acariciando su cabeza—. ¡Toda esta pradera para ti!

Después me acerqué de manera lenta hacia Merlín, con la mano extendida y baja para que pudiera olerme antes de acercarme más.

—Hola, Merlín. Tú y yo ya nos conocemos, ¿verdad? —susurré, mientras se dejaba acariciar.

Observé la pradera, el mar a lo lejos y el bosque a mi espalda, donde Vespyr estaría correteando. No cabía en mí de emoción. Vi la casa de piedra derruida. Cerca de ella había una pila de palés. Me di la vuelta para buscar a Gael con la mirada. Se acercaba caminando, tranquilo, con una sonrisa amplia. Corrí hacia él.

—¿Cómo ha pasado? —demandé, pegando saltos a su alrededor—. ¡Es genial! Es perfecta. Es...

—Su hogar.

—Sí.

Mientras caminábamos por la pradera —seguidos de cerca por Amapola y Merlín—, Gael me contó todo lo que había pasado en estos escasos días que yo no había estado.

—Tu madre te dejó el dinero —dije, casi sin creérmelo—. ¿Qué piensa tu padre?

—No he hablado con él de ello. Pero ya ha aceptado que esto es lo que quiero, aunque no está de acuerdo y le asusta que pueda perder el trabajo. Antes de enviar la propuesta, se la leí a los tres: a mi madre, a mi padre y a Erian. Me dieron el visto bueno antes de presentarla. Ya está hecho. Solo queda esperar.

Suspiré.

—Tu familia... es increíble.

—Tenemos nuestros roces. Pero sí, lo es.

—¿Qué tienes pensado hacer a partir de ahora?

Nos sentamos en la pradera y me puso al día. Lo primero que quería era construir un pequeño granero para las gallinas y separar zonas para cada tipo de animal.

—Sobre todo para Vespyr. Mientras esté libre por toda la finca, no puedo traer a las hermanas March. Siguen en casa de Paule. Quiero vallar la zona del bosque para que no se meta en la zona de los herbívoros.

—¿Por eso los palés?

Asintió.

—Voy a necesitar tu ayuda para construir alguna estructura. De momento cosas fáciles. Cuando se acerque el invierno pensaré en algo más sólido.

—¿Me puedo llevar unos cuantos al cementerio? Así les daré una vuelta y veo qué puedo hacer.

—Claro.

Mientras llevábamos varios palés al coche, Gael me preguntó por mi viaje y por mi amiga.

—Está bien —mentí—. Confundida. Se va a mudar.

—¿A dónde?

—No sabe. Estuvimos visitando varios pueblos de la zona, pero no se decidió. Ya volveré a verla.

Gael se encogió de hombros.

—Podrías decirle que se venga a Maëllys. Así estáis cerca.

Dejé que la conversación se desvaneciera.

Cuando llegamos a la casa del cementerio, comenzamos a descargar palés. Hablamos sobre la web del santuario y sobre visitar a *madame* Paule.

—¿Por qué me da la sensación de que hay más palés ahora que antes? —Resoplé, y Gael rio.

—Porque estás cansada. No te he dejado parar ni un segundo, acabas de llegar de viaje. Si quieres siéntate, ya los descargo yo.

Se lo agradecí y me senté en el sofá del porche. El sol se puso y solo quedó la luz rosada del atardecer. El viento era frío y arrastraba las primeras hojas caídas de los árboles.

Cuando Gael terminó de meter todos los palés, me levanté para ayudarle a colocarlos en un lugar donde no molestaran mucho. Maldije para mis adentros cuando volví a sentir una punzada de calor recorriendo mi cuerpo. ¿No iba a poder acercarme más a Gael sin sentir que algo se deshacía dentro de mí?

—Ya está todo. Mañana trabajo todo el día, cuando salga iré a la finca. ¿Nos vemos allí?

—¿Entonces ya no te pasarás por aquí todos los días? —me salió preguntar. Gael se quedó en frente de mí y sonrió de medio lado, otra vez.

—Si me lo pides, me tienes aquí cuando quieras.

Apartó la mirada ante mi silencio y se alejó un paso.

—Perdón.

Le agarré y le acerqué de manera instintiva. Se quedó a tan solo unos centímetros. Sus ojos grises se clavaron en mí, preguntando sin palabras. Apretó los labios, como solía hacer cuando me quería decir algo, pero no se atrevía por cómo pudiera tomármelo. No aparté la mirada, como los días anteriores. Me volví valiente durante unos segundos. Su cabello negro le caía sobre el rostro, así que me tomé la libertad de apartarlo con mis manos. No retiré la mirada de sus ojos en ningún momento y él tampoco lo hizo.

Nunca antes le había apartado la mirada, más que cuando me admití a mí misma que estaba enamorada de él, al día siguiente del Día M. Cuando aquel sentimiento escondido brotó dentro de mí como la hiedra, cubriéndome el corazón. Aquel día habría construido tres murallas entre su mirada y la mía con tal de no cerciorarme de que el ritmo de mi corazón iba más rápido en su presencia. Pero en aquel momento ya era tarde para construir las murallas. Me había atrapado. Me permití explorar la línea de su rostro con mis manos, como si estuviera allí solo para complacer mis deseos.

Gael me observaba como si pudiera leer todas las cavilaciones de mi mente, y estuviera esperando a que tomara una decisión, divertido ante mis caricias. La sonrisa se convirtió en perplejidad cuando guie su mano por debajo de mi jersey, hacia mi cintura. Aquello era un deseo básico: sentir el calor de sus manos contra mi piel.

Gael se sonrojaba pocas veces, y aquella vez fue una de ellas. Lo disfruté. Sus pupilas se agrandaron un poco, cogiendo terreno de aquel gris que tanto me gustaba. Entendió lo que yo quería. Comenzó a acariciar mi cintura, rozando casi de manera superficial. Trazó la línea de mi columna de abajo arriba, algo que hizo que mi estómago subiera detrás. Noté cómo mi corazón entraba en pánico, preguntándome qué narices estaba pasando fuera de la piel. Qué era aquello que revolucionaba todos mis sentidos.

Gael apenas respiraba. Debía verme como algún animalillo asustadizo que, al menor movimiento brusco, se retiraría. Acarició mi vientre con apenas dos dedos. En ningún momento dejamos de mirarnos. Ninguno decía nada, no con palabras al menos. Yo intentaba leer sus ojos. ¿Estaría sintiendo electricidad por sus dedos, como yo en la piel? Necesitaba saber qué estaba pensando.

Justo en ese momento, su labio tembló. Y supe por qué. Había escalado de manera juguetona con sus dedos por mi costado, hasta acariciar mi pecho. Cuando vio que no retiraba su mano, sino que me bullían las mejillas, recuperó la respiración de golpe. Esta vez era fuerte. Como si le costara. Como si necesitara aire y sus pulmones hubieran dejado de funcionar. Yo disfrutaba de su calor. El vello se me había erizado hacía ya tiempo. No quería perderme ni un solo detalle, ni una sola reacción.

—Odette —susurró, con la voz más grave que jamás había escuchado en él. No dijo nada más. Solo elevó la otra mano para recorrer mi cuello, después mi mandíbula, hasta llegar a mis labios. Posó su frente sobre la mía.

Me pegué a sus labios. Solo pensaba rozarlos, pero en cuanto sentí cerca el calor de su rostro, el olor a madera, a bosque, a sal, a medicina..., no pude apartarme. Fue como si una fuente apareciera en mitad del desierto por el que llevaba vagando durante días. Sus manos me apretaron de repente, abandonando toda delicadeza. Sentí sus dedos presionados contra mi espalda, acercándome. La mano que había posado en mi rostro ahora estaba enredada en mi cabello, atrayéndome hacia él.

Nos besamos como si aquello fuera a impedir que la casa del cementerio se cayera a pedazos sobre nosotros. Si nos separábamos dos segundos para respirar, en seguida nos volvíamos a unir, sin apenas pensar en hablar, o en mirarnos. No, los ojos estaban cerrados. Que cliché. Pero cuando quieres concentrar todo tu ser en dar y en recoger amor, entonces no hay hueco para nada más que no sean los labios; que no sea el tacto. Tantos días me había preguntado cómo sabrían los labios de Gael, tanta imaginación había echado a cada reproducción del beso en mi mente, que apenas me creía que supieran mejor que cada una de esas imaginaciones. No, aquello lo superaba con creces.

Me dejé llevar cuando me presionó contra la cris-

talera del porche. Tal vez debería haberme recordado
que estábamos en la casa del guardián del cementerio, que tal vez aún quedaran personas haciendo una
visita tardía a sus seres queridos y no querrían ver tal
escena nada más entrar por la verja. Pero no iba a in-
terrumpirla por nada en el mundo.

Le mordí el labio, como clara queja por su aprisio-
namiento contra la pared. Gimió y sentí que todo mi
ser se derretía en sus manos. Que me desharía entre
la ropa y caería al suelo como agua. Abrí los ojos en
una pausa para respirar y vi que él hacía lo mismo.
Temblaba. Me miré las manos y vi que yo también lo
hacía. ¿Cómo pueden temblar dos personas de aquella manera solo por el hecho de juntarse en un beso?
¿De rozarse piel con piel? ¿No es mágico el poder que
tenemos los unos sobre los otros? En eso pensaba
cuando Gael se pegó de nuevo a mí, cuando volvió a
meter ambas manos por debajo de mi jersey para
acariciar, esta vez con ansia, mi vientre, mi cintura,
mi espalda. Cogió el jersey y decidió que no quería
que se interpusiera en su camino. Un solo movimiento suyo me lo quitó. No vestía nada más que el jersey,
así que me quedé desnuda frente a él. Me recorrió con
la mirada, con las pupilas cada vez más dilatadas y la
respiración cada vez más fuerte. Vi que le gustaba.
Con un movimiento más suave, me deshizo el recogido del pelo, lo poco que quedaba por deshacer. Me
quitó el lápiz que me sujetaba el cabello y lo dejó caer
al suelo. Recorrió mi cabello con las manos. No reconocía a este Gael. No digo que no me gustara. Gael era
cuidadoso en exceso. En circunstancias normales,
habría buscado el estuche exacto al que ese lápiz per-
tenecía. Habría tenido cuidado de dejar mi jersey
colgado de una silla, jamás en el suelo. Me gustaba
ver esta nueva faceta de él.

Por un instante, un pensamiento de rechazo cruzó mi mente. Es curioso cómo las mujeres nos auto-

boicoteamos los momentos de placer. No era la primera vez que me pasaba.

«Estás siendo fácil. Está acariciando todo tu cuerpo y tú le dejas hacer a su antojo».

Siempre había pensado eso cuando un chico me besaba: que podía haber alargado el momento de espera. Que podía haberle hecho desesperar más. Que podía haber conservado mi honor de mujer cauta durante unos minutos más. Que, si le daba lo que buscaba tan rápido, se iría rápido. ¿Por qué? Me entraron ganas de gritarme a mí misma.

Dejé la mente en blanco.

Gael me besó un hombro, recorriendo todas mis pecas, mi clavícula y mi cuello. Me abandoné a sus caricias, a sus besos, a sus mordiscos suaves. Escuché con atención su respiración, intentando discernir si estaba soñando otra vez despierta o aquello era real. Entonces llegó a mi oído y me susurró, con la misma voz grave:

—Te deseo. —Hizo una pausa larga. Tal vez esperara una respuesta, pero yo me había quedado con la boca seca y el corazón dando saltos. Si abría la boca para hablar tal vez se escaparía. Pero antes de que eso pasara, siguió—: Odette, te quiero.

Aquellas últimas palabras se deslizaron desde mi nuca, por toda la columna, hasta situarse entre mis piernas. Aquel «te quiero» implicaba mucho. Lo primero: Gael estaba enamorado de mí. Lo sabía, de alguna manera. Lo había sabido, tal vez incluso antes de que él mismo se diera cuenta. Lo segundo: quería mi cuerpo.

Gael continuó hablando, esta vez alejándose un poco de mí, como si quisiera recuperar el control perdido, aunque no quitó sus manos de mi cintura.

—¿Quieres lo mismo?

Sus ojos se clavaron en mi mirada, intentando leerme la mente de la misma manera en que yo había intentado leer la suya momentos antes.

—Ni se te ocurra separarte un centímetro más, Gael Tremille.

Le pegué de nuevo contra mí, y pude ver la sonrisa amplia que surgió en su preciosa cara antes de hacerlo. Al igual que él había hecho minutos antes, le quité la camiseta, y admiré su cuerpo. Todo en él era perfecto: sus brazos anchos, su pecho, su espalda, su abdomen..., el triskel de plata que colgaba de su cuello, su melena negra suelta por debajo de los hombros. Besé todo su cuerpo, notando los latidos de su corazón, un corazón grande, como todo él.

Capítulo 27
GAEL

Aquello fue todo lo que necesitaba oír. Me quería. Odette me quería.

La levanté del suelo y ella no tardó en enroscar sus piernas alrededor de mi cintura, dispuesta a cumplir su promesa de no alejarse de mí. Cerré la puerta de cristal de un portazo antes de entrar en casa, cruzar la cocina y subir las estrechas escaleras de madera. La tiré en la cama y ella me miró como si mirara un gigante desde el suelo. Me relamí por todas las situaciones pasadas en las que, tal vez, se hubiera tumbado allí, en aquella misma cama, después de estar conmigo. Y hubiera pensado en mí.

Desabroché sus vaqueros, deseando revelar toda su figura. A veces tenía que recordarme que debía respirar. Odette se incorporó, ya desnuda, a mi lado. Me lanzó una mirada desafiante que me dejó sin respiración otra vez.

«Respira, joder».

Odette estaba disfrutando de ello. Sabía que lo producía ella. Me arrastró a la cama y me quitó los pantalones. Me examinó con la mirada. Alguna otra vez me habría sentido incómodo al sentirme observado, desnudo. Me habría dado vergüenza.

No con ella.

Ella era la persona con la que podía ser yo mismo.

A la que confiaría mi vida.

La atraje con cuidado y la senté a horcajadas encima de mí. Volví a besar sus labios con cuidado, pero
en seguida volví a sentir el acelerón del deseo.

La tumbé sobre la cama.

Capítulo 28
ODETTE

Vi cómo sus ojos buscaban alrededor de la habitación: mesilla, cajones, estanterías..., sonreí. Giré sobre mí misma y abrí el cajón de la mesilla de noche, donde había recopilado algunos preservativos que me habían dado a la salida del hospital las veces que había acompañado a *monsieur* Clearwater. Cuando los acepté, nunca pensé que les fuera a dar uso. Saqué uno y se lo extendí, pero antes de que lo cogiera, lo alejé de nuevo. ¿Por qué hice aquello? Tenía la respuesta clara en mi mente: el sexo con Gael tenía que ser diferente al sexo con otros hombres. Porque le quería. Y porque yo había dejado toda mi vida anterior de lado. Había dejado de lado las penetraciones dolorosas. Los orgasmos fingidos. La preocupación por satisfacerle a él. Con Gael debía ser diferente, porque también me quería a mí misma tanto como para preocuparme por mi placer.

Vi la confusión en sus ojos.

—Esta parte la dejamos para más tarde, si te parece —susurré, con miedo de que aquello cortara la magia que estábamos viviendo. Con miedo a que Gael resultara ser esa clase de tíos que solo se preocupan por ellos. Aunque sabía que no era así. Me relajé cuando comprobé la amplia sonrisa que le inundó la cara.

—Como *madame* Guillory desee —dijo, divertido, antes de comenzar a besarme la tripa, el ombligo y llegar a acariciar mi entrepierna. Gemí.

—Un poco más arriba —susurré, e hizo caso con diligencia. Reí de puro placer y aquello le hizo reír a él también. Disfruté cada minuto. Aunque de nuevo mi mente comenzó a atacar ese dulce momento: «¿No estoy acaparando demasiado tiempo en mí?».

—Gael —susurré. Levantó la mirada. «Qué guapo es»—. ¿Estás cansado?

—¿Cómo me podría cansar de esto, Od?

Me pilló desprevenida. Sonreí con la respuesta. Continuó hasta que noté electricidad surgiendo entre mis piernas, escalando como un huracán en miniatura hasta mi estómago, erizando toda mi piel, llegando a mi cabeza.

Antes de que se desvaneciera del todo aquella sensación, le lancé el preservativo.

—Entra —le supliqué.

Y entró.

Sentí todo su cuerpo contra el mío, aunque intentaba no dejarse caer por completo sobre mí. Se agarró al cabecero de la cama. Cada embestida era lenta, acompañada de un beso suave.

Decidí de nuevo que quería tomar el control. Me gustaba la manera en que Gael sonreía cuando lo hacía, como si no hubiera esperado otra cosa de mí. Rodé hasta quedarme encima, sentada sobre su cuerpo. Me moví, intentando no quedarme embobada admirando su cara de placer. Volví a dirigir sus dedos hacia el clítoris. Le guie, mientras yo me seguía moviendo. Hasta que me pidió que fuera más rápido. Recoloqué sus manos sobre mis caderas para que acompañara mi movimiento. Gimió; el placer cruzó su rostro. Me permití observarle, atenta, hasta que cerró los ojos y su respiración fue adoptando un ritmo normal.

Después me tumbé sobre su pecho. Le besé.

La noche había caído. Era tarde. Me levanté para cerrar la ventana y noté su mirada recorriendo de nuevo todo mi cuerpo.

Entre beso y beso nos quedamos dormidos.

Me sentí la persona más afortunada del mundo.

Y supe que por nada en la vida me marcharía de su lado.

¿Por nada?

Tercera parte

Automne

Capítulo 29
GAEL

El aroma a café era lo primero que me despertaba en casa de Odette. Después, el castañeo de la cafetera avisando de que ya estaba a punto de desbordarse. Antes de abrir los ojos, esperaba a escuchar sus pasos acelerados entrar en la cocina y apagar el fuego. Siempre llegaba al límite, en el último segundo antes de que el café rebosara. Sonreí.

Se hacía difícil descifrar cuántos días habían pasado. A veces me despertaba y me encontraba en la primera mañana que amanecí a su lado. Recordaba cada palabra de la conversación que tuvimos, después de un largo rato mirándonos a los ojos, como si nos acabáramos de descubrir en aquel mismo instante, y no siete meses antes bajo la lluvia de Maëllys; ni en nuestra primera y lejana discusión; ni la noche anterior, encajando de todas las maneras posibles nuestros cuerpos desnudos.

—*Bonjour* —susurró ella.

—Me quieres —susurré yo, ensimismado. Ni siquiera supe bien si era una afirmación o una pregunta.

Odette se acercó y me besó en los labios. Aquella vez fue suave. Se quedó varios segundos con el rostro pegado al mío.

—Te quiero. Con todo mi corazón, Gael.

Cerré los ojos para concentrarme en la alegría que me inundó. La cogí de la cintura y la puse sobre mi pecho, la besé entre sonrisa y sonrisa.

—¿Y tú? ¿Me quieres? —preguntó ella, juguetona.

—Sabes que sí. Que estoy enamorado de ti. Que no esperaba que alguien con tanta luz pudiera entrar en mi vida, revolver tantas cosas y hacerme tan feliz. Eres la suerte que nunca esperé que fuera a tener, Odette Guillory. —Me incorporé y aparté un mechón dorado de su cara. Besé su pecho, su cuello y su mandíbula, lo que la hizo reír—. Quiero pasar mi vida a tu lado.

Odette puso una mano en mi pecho y se separó de mí. Una sonrisa pícara escaló por su rostro.

—¿Me estás pidiendo salir?

—¿Quieres que sea más concreto?

—Sé que puedes serlo. Pero no me pidas matrimonio, por favor —añadió rápidamente.

La volví a tumbar sobre la cama y comencé a besarla por todo el cuerpo, mientras ella reía a carcajadas.

—¿Quieres ser mi novia, Odette? ¿Mi compañera de vida?

Después de un breve silencio, respondió.

—Sí.

Me pasé el brazo sobre los ojos para cubrirme de un rayo de sol. Escuché a Odette subir por las escaleras. Llevábamos semanas concentrados en el santuario, en las nuevas personas que llegaban a las redes, en construir casetas, en colaborar con otros santuarios y reservas o contactar con ganaderos que tuvieran bebederos viejos que pudieran donarnos.

Odette salía a cuidar de Paule y Richard, y aunque tendría que haber visitado a Jean-Pierre más a menudo, prefería ir solo un par de horas a la semana y pedirle que le pusiera tarea para hacer en casa, a mi lado. Yo estaba saturado de trabajo: la granja no me regalaba ni un minuto; hacer contactos con los donantes y con otros compañeros de profesión era reconfortante, pero trabajoso; y visitar la finca para tener bien atendidos a los pocos habitantes de nuestro santuario era casi un reto.

No obstante, me sentía feliz. El poco tiempo libre que tenía lo pasaba al lado de Odette. Recuperábamos juntos las horas que nos faltaban de sueño, o perdíamos todavía más. Cuando la tenía entre mis brazos, o cuando hacíamos el amor, cuando escuchábamos nuestros gemidos y reptábamos el uno hacia los labios del otro, se me olvidaba el sentido de todo. No existía nada más allá de nosotros y no entendía por qué la vida era tan complicada cuando la felicidad se conseguía con algo tan sencillo. Cuando aceptábamos, entre suspiros, que teníamos que trabajar, nos sentábamos juntos en la mesa de la cocina. Mientras yo atendía la web, Odette fabricaba sus artesanías para vender en el mercado de los domingos y, aunque le pedía que reservara dinero para ella, se empeñaba en ceder la mayor parte a la reserva. Decía que ella se apañaba con el dinero que le pagaban los Clearwater, lo cual me extrañaba. Pero Odette nunca daba más explicaciones. En eso, no había cambiado.

Me incorporé en la cama cuando escuché que Odette llegaba al cuarto. Eché un vistazo al rincón donde tenía mi montón de pertenencias tirado. El poco tiempo que teníamos lo pasábamos juntos, y eso incluía las noches. Hacía casi un mes que no dormía en la vieja caseta del jardín de mis padres. No obstante, aún no sabía si podía considerar que estábamos viviendo juntos o no. Hablar con Odette del futuro era un caso perdido. No pensaba más allá del día siguiente.

—¿Has descansado?

Miré hacia la puerta de la habitación, donde la encontré apoyada en el marco, con una taza de café en las manos.

Asentí y alargué mi mano hacia ella, pidiéndole que se acercara. Lo hizo y se sentó en mi regazo.

—Puedes quedarte más tiempo durmiendo, Gael. El domingo es el único día que puedes dormir un poco más.

—Quiero ayudar en el mercado.

Odette me dio un suave beso en el pómulo.

—Puedes ayudarme a partir de las doce. Por cierto, fui esta mañana a dar las comidas a los animales. Vespyr ha cazado esta noche —dijo orgullosa. A mí se me aceleró el corazón—. Tranquilo, cazó en el bosque. Las hermanas March están bien. Las vallas que hemos puesto aguantan.

Suspiré. Vespyr era un eslabón suelto en mis planes. Pero ya había discutido el tema con Odette. Un animal carnívoro necesita carne, y la naturaleza es así. Nosotros podemos elegir, ellos no. De todas maneras, prefería tenerle aislado en el bosque y revisar las vallas a menudo. Su vista se había recuperado y agudizado, y cada vez se volvía más pícaro. Había que tener los cinco sentidos alerta para garantizar que no se colara en la zona de las gallinas.

—Esta semana llegarán conejos del laboratorio de Saint-Coulomb. Tendré que buscarles un lugar alejado del bosque.

Odette asintió y se levantó.

—Me voy ya o Erian y Lou me regañarán por llegar tarde. Duerme. Ven descansado y tranquilo. Pase lo que pase esta tarde, hemos avanzado mucho en el último mes. Hemos ganado, aunque no nos den la subvención.

Asentí, mientras ella salía por la puerta. Aquella tarde resolvían el concurso de proyectos y no debía de haber ocultado bien mi nerviosismo. Pero Odette tenía razón: solo participar en el concurso nos había dado bastante a conocer. La eché de menos en cuanto la perdí de vista, pero agradecí poder dormir alguna hora más.

Cuando llegué al mercado, me encontré la Place de la Mairie menos bulliciosa que en los días de verano. Se notaba que septiembre llegaba a su fin, y las nubes, el viento y una molesta llovizna que duraría todo el otoño quitaba las ganas de salir a la gente.

Me senté bajo el tejadillo del puesto de mi padre y este me dio una palmada en la espalda a modo de saludo.

—¿Quieres algo de comer?

Mis tripas respondieron por mí.

—¿Dónde están Erian y Odette?

—Se fueron a dar una vuelta. No hay mucha gente hoy, como ves —dijo, mientras nos servía a ambos un plato de comida. Aproveché para hablar sobre la semana con mi padre, dado que ya apenas tenía tiempo de pasar por casa. Ninguno mencionó el evento que tendría lugar en el ayuntamiento por la tarde.

Cuando terminé de comer, vi que mi hermano y Odette se acercaban junto con Monique y Amandine. Nos saludamos. Atraje a Odette por la cintura y la besé. No había pasado el tiempo suficiente como para que la gente a nuestro alrededor no hiciera comentarios o pusiera ojitos cada vez que nos veían juntos.

Por la tarde hubo pocos clientes, así que pudimos desmontar los puestos a tiempo para acercarnos al ayuntamiento, como hacía la mitad del pueblo.

El corrillo de mis amigos montaba tanto ruido, que parecía que estuvieran más nerviosos ellos que yo. Abracé a Odette por la espalda y nos cogimos de la mano. En el escenario, los organizadores iban de un lado para otro, preparando micrófonos y cartelería. Distinguí a Paule ayudando.

—Suerte, Tremille —escuché una voz conocida y una palmada en la espalda. Me giré para encarar a Adrien Pinaux. Sonreí.

—Suerte a ti también, Adrien.

Después de aquello, solo nos quedó esperar con paciencia. Apoyé mi mentón con cuidado sobre la cabeza de Odette.

Por alguna extraña razón, cuando la alcaldesa de Maëllys exclamó que el ganador de la subvención era el centro sociocultural de Maëllys, no me extrañó. Sabía por otros compañeros que la administración rara vez financiaba proyectos de conservación de animales que, precisamente, habían sido criados para ser explotados.

Mis amigos me abrazaron y consolaron, pero no dejé que aquello se volviera un drama. Al fin y al cabo, Odette tenía razón. Nos iba bien. Dinero siempre faltaba, eso era verdad. Trabajábamos mucho y la mayor parte del dinero se volcaba en el proyecto. Nuestros salarios se gastaban en adquirir comida y bienes básicos para nosotros; el resto era para comida, medicamentos para los animales y para devolver el préstamo a mi madre. Sin embargo, nos las estábamos apañando, y de momento, aquello era suficiente.

Capítulo 30

GAEL

—Entonces estas pastillas son para desparasitar...
¿Son mejores que las que teníamos antes?

—Sí, son más efectivas —comenté, mientras hacía
el chequeo diario a dos terneras que habían nacido
apenas una semana antes. Había aprendido a neutrali-
zar mis pensamientos cuando estaba en la granja,
al menos la mayor parte del tiempo—. Con dárselas
una vez al mes vale.

Adrien asintió y sacó otro medicamento del botiquín.

—¿Y esto? ¿Necesitamos más?

—Eso es clorhexidina, Adrien.

—Ah. Entonces siempre viene bien más.

Sonreí. Mi compañero cada vez se interesaba más
por aprender algo de veterinaria. Sabía ya mucho, por
supuesto. Trabajar en una granja desde joven suponía aprender rápido sobre el cuidado de los animales.
En aquel momento me ayudaba a hacer inventario de
medicamentos.

Cuando terminé con las terneras, me puse a ayudarle, aunque cada vez que el teléfono me vibraba en
el bolsillo, me escaqueaba para cogerlo. La comuni-
dad que se había creado alrededor de Sanctuaire Celtique era como una familia, pero también era muy
demandante y eso me hacía pasar mucho más tiempo

del que me habría gustado atendiendo las redes sociales. Además, junto con dos reservas más, estábamos organizando un rescate conjunto de animales de laboratorio. Gracias al cielo, no tenía que encargarme de todos los trámites judiciales, sino que lo hacía Lucille, una compañera.

Cuando leí su mensaje, me alegré. La sentencia contra el laboratorio había salido a nuestro favor, por fin, y el viernes podríamos ir a por los animales. Suspiré. Después de meses peleando, estaba seguro de que la empresa encima tendría la cara dura de hacerse publicidad con ello como un gran acto animalista.

—Gael. No me estás haciendo caso.

—Perdón.

Guardé el móvil de inmediato y volví al trabajo.

—Ten cuidado. Ya sabes que mi padre está buscando cualquier excusa...

—Para echarme. Lo sé.

Maëllys se hacía eco de todas las noticias: las buenas y las malas. Odette no era la única de la que cotilleaban —y ahora, al ser su pareja, también de mí—. Cada vez que un nuevo comercio o similar abría, los habitantes de Maëllys pululaban como abejas alrededor, apoyando o pisoteando. El santuario tenía más apoyos fuera de Maëllys que dentro. El hecho de que fuera un pueblo que dependía mucho de la ganadería y la industria láctea, no ayudaba. Había personas que sentían curiosidad y se acercaban a fisgonear a la finca. Otras, como el dueño de Merlín, u Ophélie, la niña que nos donó a las hermanas March, así como la gente de su entorno, ayudaban con todo lo que estaba en sus manos. Para bien o para mal, las noticias volaban y hacían ruido. Y Gérard Pinaux estaba harto de escuchar hablar del santuario, sobre todo, del rumor que contaba que una de sus vacas había sido el origen de la idea. Que, en vez de ser sacrificada, había sido salvada por uno de sus empleados.

Adrien me miró con pena.

—Oye, vete ya a casa. Te estarán esperando para comer, ya termino yo esto por ti.

—Tú mismo has dicho que Pinaux me echará a la mínima. No voy a saltarme el horario...

—Gael, es tu cumple. Y quedan quince minutos. Mi padre se ha ido a casa y ya no volverá hasta la tarde. Ve.

—Gracias.

Los primeros días de octubre siempre eran fríos, pero soleados. El jardín de los Clearwater era el mejor lugar para tomar un poco el sol a mediodía, aunque en seguida hubiera que ponerse abrigo y bufanda.

El tiempo aguantó lo justo para comer. Mi familia, mis amigos y los Clearwater eran la combinación perfecta para hacer que me sintiera agradecido con la vida. El recuerdo de un cumpleaños solitario en París me alcanzó. Había pasado un año, pero parecían siglos. Me alegré del cambio que había tenido lugar en mi vida.

—Es hora de irnos —anunció Odette levantándose de un salto.

—¿A dónde me llevas?

—Aún tengo que pensarlo.

—¿Puede venir Möira?

—Claro que puede.

Nos despedimos de todos y fuimos hacia mi coche.

—Conduzco yo.

—Ni hablar —contesté, corriendo hacia el asiento del conductor. Pero Odette me adelantó y se deslizó por la puerta.

—No sabes a dónde vamos.

—Tú tampoco —reí—, y además conduces muy deprisa.

—Y tú muy despacio. Vamos, sube.

Me resigné.

Conduje por la carretera de la costa. Cuando frenó y aparcó el coche en el arcén de un camino, le pregunté con la mirada. Era la cala donde la llevé el día siguiente a nuestro enfado, aquel día de verano, el de Les Rochers Sculptés.

El día estaba gris, así que tuvimos la cala para nosotros solos. Odette me sorprendió cuando sacó una mochila grande.

—¿Vamos a acampar? —pregunté.

—No, pero hace frío, así que vamos a buscar un hueco entre las rocas.

Encontramos una pequeña cueva. Odette, con varillas de metal, un plástico viejo y cuerda, montó una especie de tienda de campaña que resguardaba del viento.

—Nunca dejas de sorprenderme.

Mi perra fue la primera en entrar y hacerse hueco. Una vez instalados, Odette se lanzó encima de mí y me besó. Pasó un rato hasta que nos separamos.

—Feliz cumpleaños. Te quiero. Tengo algo para ti.

Sacó de la mochila dos paquetes.

—Odette, no hace falta que me regales nada.

—Ya sé que no hace falta. Tenía muchas ganas de hacerte un regalo.

Volví a inclinarme sobre ella.

—Ábrelo primero —rio, apartándome.

Los abrí. Sentí los ojos acuosos.

—Una flauta —susurré, acariciando el instrumento de madera. Estaba tallado con mucho cuidado, con motivos florales y celtas. Me la llevé a los labios y toqué la primera melodía que recordé—. ¡Y en clave de re! —exclamé, maravillado de que se hubiera acordado—. ¿La has hecho tú, Odette? —pregunté, pasando los dedos por cada detalle.

—Sí. Con ayuda de Jean-Pierre —añadió—. Es lo

más difícil que hemos hecho. Tallar es una cosa, que suene bien es otra.

—Suena genial. Es increíble.

Odette me besó en la mejilla. El segundo regalo era un librito con historias populares en bretón. También se había acordado de aquello.

—Gracias. Te quiero.

Esta vez dejó que la abrazara.

—¿Te acuerdas de alguna canción?

—De alguna sencilla, a lo mejor. Tendría que buscar mis cuadernos de música. No sé si sabías lo que estabas haciendo al regalarme una flauta, no vas a volver a escuchar el silencio en tu vida.

Odette rio.

—Tocas bien. Escucharte es un placer.

Fruncí el ceño.

—Nunca he tocado la flauta delante de ti.

—Me lo puedo imaginar —dijo ella, después de un pequeño silencio.

Toqué una cancioncilla que me enseñó mi abuelo cuando era niño. Era la que mejor recordaba. Tenía ganas de enseñarles la flauta a mis padres, supe que les haría ilusión. Odette cerró los ojos mientras escuchaba. Cuando terminé, alegre, Odette tenía la mirada perdida.

La abracé.

—¿Tan mal toco?

Ella negó, con una risa casi como un suspiro.

—Me transportaste a otro lugar. Estoy deseando que recuerdes más canciones.

Su mirada seguía perdida. Me intranquilizó un poco. ¿Qué estaría pensando?

—¿Quieres que intente leer un cuento en bretón? Te hará reír.

Y en efecto, lo hizo.

Permanecimos abrazados, observando el mar, hasta que se hizo de noche.

—Odette.

—¿Sí?

—No sé cuándo es tu cumple.

Noté cómo suspiraba.

—El diez de marzo.

—El diez de marzo ya te conocía. ¿Por qué no me lo dijiste?

—Apenas hablábamos, Gael. Me daba vergüenza.

Nos quedamos en silencio, pero un silencio cómodo.

—Cuéntame cuál es el regalo que más ilusión te hizo de pequeña.

Odette tenía los ojos cerrados. Se quedó un rato pensativa.

—Una libreta —dijo al cabo de un rato, encogiéndose de hombros—. Fue la primera vez que me atreví a escribir todo lo que pasaba por mi mente. Fue liberador.

—¿Qué pasaba por tu mente?

—Siguiente pregunta.

Le di un pequeño mordisco a modo de queja.

—¿Un cumpleaños que recuerdes bien de tu niñez?

Otro largo silencio.

—Cualquiera con Cheshire.

—Me gustaría pensar que Ches lleva contigo desde la niñez, pero no tiene más de cinco años. Un gato suertudo, de todas maneras —dije, besando su nuca.

—Los anteriores me dan igual, Gael.

Su tono sonó cansado.

—En el mercado te vi hablando alemán —recordé de golpe.

Se giró para preguntarme con la mirada.

—¿Cuántos idiomas sabes?

—Francés, español, inglés y alemán.

—Son muchos —dije, sorprendido—. ¿Tu familia nómada se inspiró en *Capitán Fantástico*? —bromeé.

Puso los ojos en blanco y se volvió a abrazar a mí.

—No te gusta recordar el pasado, por lo que veo.

—No.

—Perdón —susurré, al final—. No ha tenido gracia, no quiero incomodarte.

—Prefiero estar en el presente, Gael. Contigo —dijo, con un tono animado. Se levantó y me ayudó a hacerlo también—. Volvamos, se hace de noche.

Capítulo 31
ODETTE

El viento me levantó el cabello hacia arriba, hacia el cielo, instándole a formar parte de la tormenta. Decidí hacerme una trenza. Merlín me empujó con su hocico para que le diera más comida.

—Ya se me han acabado las zanahorias, chico. ¿Ves? Nada. —Extendí mis manos para que comprobara que no mentía. Se acercó a los bolsillos de mi abrigo. Era un burro listo. Le acaricié—. Voy a ver a los conejos, ¿vale? No me sigas. Ya sabes que son asustadizos.

Me ajusté la bufanda y me metí en la caseta de madera que habíamos emplazado cerca de la reformada casa de piedra en la finca. Allí vivían los cuatro conejos que recibimos del laboratorio de Saint-Coulomb, hacía cosa de dos semanas.

Suspiré.

Tres de ellos se acercaron a mí en cuanto me vieron. Saqué una zanahoria del bolsillo, unas ramitas de tomillo y una bolsa con semillas. En seguida se pusieron las botas. El cuarto seguía acurrucado en una esquina. Matisse.

Seguía asustada. Era una coneja blanca con los ojos rojos, como el resto. Pero ella tenía las patas deformadas y una cicatriz que recorría toda su espalda. Y sufría.

El laboratorio no había hecho las cosas bien. Lucille Vignon, la dueña de la reserva más cercana, lo sabía cuando comenzó a investigarlo por primera vez y Gael lo comprobó cuando el secretismo y la poca transparencia alrededor de las instalaciones se hizo notar.

Gael había estudiado en la carrera qué eran los animalarios de experimentación: grandes edificios blancos, limpios, sin ventanas, sin rincones donde se pudiera acumular suciedad, con jaulas que garantizaran que los animales que allí habitaban estaban en las mejores condiciones sanitarias. Se regulaba la humedad, la luz, el calor, la calidad del aire. Y, por supuesto, no todo el mundo estaba autorizado a entrar. No podían permitir que virus o bacterias del exterior contaminaran a esos animales, que debían estar en las mejores condiciones posibles para la investigación, y también había posibilidades de que las personas que entraran salieran infectadas de virus o intoxicadas por las sustancias con las que se experimentaba en el interior.

Los animales eran criados allí para un fin: la investigación. No conocían otra cosa. Vivían en jaulas pequeñas y sus únicos estímulos eran sus compañeros de celda o las semillas y frutas que pudieran darles los científicos a través de barrotes para ganarse su confianza.

La legislación de la Unión Europea era clara: si se podía, se debía evitar a toda costa la investigación en animales y procurar hacerlo por métodos alternativos, sobre todo si ya se había hecho antes así en un estudio concreto.

El laboratorio frente al que se manifestaron durante varios meses los grupos de animalistas más reconocidos de Francia se había saltado estas normas. Había habido maltrato y prácticas ilegales. Si las condiciones de los animales ya eran penosas por sí solas, los conejos y perros de aquellas celdas además habían sido humillados, golpeados y sometidos a procedimientos dolorosos e inútiles.

Una empleada había dado un chivatazo y había difundido imágenes del interior, a modo de protesta, antes de dimitir. Y aquello había sumido a la región en una oleada de protestas. Lucille Vignon era una tía de armas tomar y no había parado de luchar hasta que la Administración decidió dar por fin audiencia a este caso y se les pudo llevar a juicio. Se decretó que la empresa había incurrido en malas prácticas, que había ido en contra de los códigos éticos sobre trato de animales de investigación.

Cuando Gael me habló de estos códigos, puso una cara tal que pensé que antes se limpiaría el culo con ellos que darles mucha credibilidad.

Lo importante fue que la empresa resultó sancionada y se la obligó a someter a los animales a eutanasia para acabar con su sufrimiento. Entonces fue cuando los santuarios y reservas de animales dimos un paso adelante y reclamamos su custodia, por así decirlo. Mejor que pasaran sus últimos días en un lugar seguro, donde recibieran amor desinteresado y tuvieran la oportunidad de pastar en un prado libre de peligros.

Nos dijeron que no sobrevivirían, que eran animales criados en laboratorio. Que, a la más mínima picadura o infección, morirían. Que no sabrían buscarse alimentos por sí mismos. Insistimos. Gael cada vez se hacía mejor en negociar y hablar, en valorar la situación y tomar decisiones sensatas. No obstante, una parte de él era puro sentimiento.

—Soy veterinario, sé cómo practicar una eutanasia. Lo haré yo mismo si las circunstancias lo requieren.

Gael fue el único autorizado para entrar y sacar en varias tandas a los animales en transportines.

A nuestro santuario, por tener menos recursos, solo llegaron cinco conejos. Pero Gael, tras sacar a todos los animales, volvió con una más. Matisse, la llamó. Le dijeron que aquella coneja tenía una enfermedad que la mataba poco a poco. Que lo más ético era practicarle una eutanasia al momento.

Gael quería probar a curarla antes. Así fue como llegamos al santuario con seis conejos blancos de ojos rojos, asustados a más no poder. Les dimos cobijo en casetas de madera y paja, Gael les puso las vacunas y antiparasitarios necesarios, y una vez al día les abríamos la puerta a un pequeño terreno vallado para que probaran a salir al aire libre. Solo tres de ellos y Matisse, para nuestra sorpresa, se animaron a salir, después de varios días y atraídos por el olor de las verduras y las hierbas aromáticas. Los otros dos estaban aterrados. Tenían heridas y ya no querían comer. Gael solo vio posible poner fin a su vida de sufrimiento. Aquel día fue uno de los más dolorosos de nuestra vida en el santuario. Gael era un buen veterinario, lo sabía desde el primer momento en que le conocí. Era tranquilo, cuidadoso y seguro, y también lo fue al practicar la eutanasia a estos animales, mientras yo me deshacía en lágrimas.

Matisse era nuestra siguiente preocupación. Daba pequeños pasitos que demostraban que quería ser más que una coneja de laboratorio, que le gustaba salir y moverse, a pesar de sus dificultades, aunque siempre lejos de nosotros. Pero cuando salía, se quedaba parada, petrificada. Y cada día se movía más y más lentamente.

—¿Está sufriendo, Gael?

Daba igual cuántas exploraciones le hiciera, los medicamentos que le suministrara..., el virus que había contagiado a Matisse era de laboratorio, creado para simular una enfermedad terminal en humanos, ni siquiera era natural en conejos, y Gael no sabía cómo tratarlo. Probó a llevarla a diferentes clínicas veterinarias, pero la respuesta era la misma. Sin embargo, Matisse comía, bebía, salía, se acurrucaba con sus hermanos..., quería vivir. Así que Gael tampoco se decidía a practicar otra eutanasia.

Abrí la portezuela que llevaba a la pequeña pradera de los conejos e intenté guiar a Matisse, mientras sus compañeros se lanzaban al exterior, animados. Ella me siguió con pasitos cortos y desconfiados. Cuando llegó fuera, se quedó como siempre: quieta, con la mirada perdida.

Yo no podía evitar pensar en las fotos que aquella empleada había publicado en internet para denunciar a la empresa. Conejos encerrados de cuerpo entero en máquinas, con tan solo la cabeza visible. Todo blanco y limpio. ¿Pretendían esconder la podredumbre aparentando limpieza? Me golpeaban las imágenes de su piel arrancada, su cuerpo pintarrajeado con rotulador o las costuras de sus columnas, después de abrirles por quién sabe qué vez.

¿Cómo era posible que las personas se horrorizasen al pensar en semejantes barbaridades hechas sobre humanos, pero tolerasen de manera tan abierta que se hicieran sobre animales, también seres sintientes, asustadizos, sin capacidad para entender el porqué de todo aquello?

Sabía que era un tema complicado. Que, al menos en teoría, se había prohibido en campos que no fueran estrictamente necesarios para la salud humana. Pero, aun así, me parecía cruel.

Matisse miraba a sus compañeros correr de un lado para otro. De vez en cuando, miraba a las gallinas, que se paseaban por fuera de la valla, o a Amapola, que curiosa se acercaba a ver entre los barrotes a sus pequeños amigos. Matisse los veía corretear y pastar de un lado a otro sin miedo, y parecía no entender cómo podían hacerlo sin que su cuerpo doliera, como el suyo. No entendía que no tuvieran miedo de chocarse con cuatro paredes invisibles. No entendía el viento. No entendía los olores, ni los sonidos más allá de los que hicieran sus hermanos.

Era un ser vivo creado para no vivir en absoluto.

—*Bonjour, petit cygne*. ¿Qué tal están mis gallinitas? —preguntó Richard cuando entró en la cocina.

—Bien, están contentas, tienen mucho espacio. Vuelven loco a Dagda, que intenta mantenerlas en grupo. Estoy segura de que te echan de menos.

Richard se rio y encendió su pipa.

—*Mon coeur*, estamos cocinando... —le regañó Paule.

—Ya voy al salón, *cherie*.

Paule abrió la ventana, indignada. Habíamos salido a comprar y en aquel momento estábamos cocinando pasteles de hojaldre con frutas y verduras. Me gustaba cocinar con Paule porque me enseñaba recetas al mismo tiempo que me permitía variarlas y experimentar sin enfadarse.

—¿Qué tal las clases con Jean-Pierre?

—Bien. Estos últimos meses he tenido menos tiempo para ir —admití, amasando con el rodillo—. Aunque ya me está enseñando a moldear metales.

—Odette. No dejes de atender esa pasión tuya, ¿me oyes?

—No la desatiendo, Paule. Mira.

Le enseñé una pequeña flor de hojaldre que me había entretenido en fabricar mientras ella asaba las verduras. Arranqué una sonrisa de sus labios. Se acercó a mí y me quitó algo de harina de la cara, con ternura.

—Bueno. El amor a veces ciega. Cuando Gael y tú no estáis trabajando, estáis en el santuario, y cuando no estáis en el santuario, no salís de ese cascarón viejo que tienes por casa.

—Estamos arreglando desperfectos. Este otoño está lloviendo mucho y le prometí que nos pondríamos a ello. En cuanto tenga días libres, visitaré a Jean-Pierre más de seguido.

Cuando terminamos los pasteles, los metimos al horno. Hicimos pastel de calabaza, de puerro y de manzana, cada uno con diversas formas.

Paule tenía razón. El tiempo separada de Gael se me hacía cuesta arriba. Tenía que estar atenta para no abandonar aquellas cosas que hacían de mí la persona que era. La artesanía y la escultura, mis libretas, mis paseos..., mi soledad. A veces la echaba de menos.

A pesar de ello, con cierto sentimiento de culpa, miré el reloj. Media hora. Sonreí de medio lado y metí varios trozos de pastel en un tarro de cristal.

Solo media hora para verle.

Atravesé corriendo el camino de entrada de la finca. El sol se estaba poniendo entre las nubes, que nunca cesaban su llovizna. A mí no me importaba, me había hecho con un gran chubasquero naranja que me encantaba y que llevaba a todos lados. Además, Gael me había regalado unas botas de goma altas, no solo para la lluvia, sino para poder trabajar en la finca sin embarrarme, como las que él tenía en la granja.

Llegué al granero después de disfrutar del camino entre los manzanos de la entrada, entre la hierba salvaje y verde que crecía frondosa gracias a la lluvia y la niebla que envolvía todo.

Cuando entré, vi que Gael estaba concentrado revisando a Matisse. Se giró al escuchar la puerta cerrarse y me regaló una sonrisa.

—¿Qué tal está? —pregunté.

Gael suspiró. La cogió entre sus brazos y la dejó en

su caseta, junto con sus hermanos. Se acurrucó al instante con ellos.

—Sigue empeorando. Sus movimientos son lentos; y ya no rehúye tanto, pero no es porque confíe en nosotros más, sino porque no puede hacerlo. Pierde fuerza.

Le abracé por la cintura. Nos asomamos a la caseta. Se habían quedado todos dormidos.

Un mugido nos distrajo. Salí hacia la puerta del granero.

—¡Grandullona! —exclamé, al ver a Amapola esperarnos en la puerta del granero. Gael se puso su chubasquero.

—¿Qué huele tan bien? —preguntó, revolviendo en mi mochila. Me recordó a Merlín metiendo su hocico en todas partes en busca de zanahorias.

—Pastel de verduras. Sácalo fuera, yo también quiero.

Salimos a la pradera, bajo la eterna llovizna. Paseamos con Amapola y Merlín de un lado a otro, mientras comíamos.

—Oye, tú, no me ataques...

Me reí a carcajadas cuando Gael salió corriendo y Merlín lo hizo detrás de él, persiguiendo el olor a verduras.

Después de un rato haciendo el tonto, encapuchados con nuestros chubasqueros, decidimos pasar a la zona del bosque. Merlín y Amapola se quedaron en el límite, siguiéndonos con la mirada mientras nos sumergíamos en la espesura de los árboles.

—¿Seremos capaces de encontrar hoy a Vespyr? —preguntó interesado Gael, mirando de un lado a otro.

—Tenemos que hacer menos ruido —susurré, caminando colgada de su mano. Vespyr nos reconocía, pero a veces prefería quedarse en su guarida. La había construido bajo las raíces de uno de los árboles más grandes.

Paseamos durante un buen rato, en silencio, escuchando el repiqueteo de las gotas contra los troncos de los árboles, contra la maleza y las rocas.

—Mira —susurré. Unos ojillos dorados nos observaban entre los arbustos—. Vespyr, precioso —dije, agachándome a su altura y alargando una mano. Nos quedamos quietos por un espacio de tiempo que se nos hizo eterno. El sol ya se había puesto. Vespyr salió, cauto, de su escondite y se acercó a mi mano. Se dejó acariciar, y una vez que cogió algo de seguridad, comenzó a rodearnos y restregarse en nuestras piernas, pidiendo una comida que no teníamos. Pero sabíamos que había vuelto a cazar, sobre todo aves silvestres, como alguna codorniz. No le faltaba alimento.

Cuando la lluvia se volvió más intensa, Vespyr salió corriendo hacia su guarida. Le vimos perderse entre el follaje.

Capítulo 32
GAEL

—Necesito una bisagra nueva, cielo.

—Hmm..., aquí.

—Gracias. Me puedes soltar, no me caigo.

Separé mis manos de Odette, pero me mantuve cerca. Al cabo de unos segundos, resopló.

—Sujeta la contraventana, *s'il te plaît*.

Hice como me pedía, mientras lanzaba una mirada al techo.

—¿Crees que la gotera del baño aguantará?

—Debería..., al menos unos meses. Hice todo lo que me dijo el ferretero —se justificó ella.

Ya habíamos arreglado todo lo más importante de la casa, como las tres goteras y los azulejos rotos de la bañera. Solo quedaba asegurar las contraventanas.

—En cuanto tengamos más dinero deberíamos hacer reformas más serias. O directamente buscar otra casa. No vamos a vivir siempre en el cementerio, ¿no?

—Ya iremos viendo —dijo Odette. Puse los ojos en blanco—. Voy a terminar de ajustar la bisagra en la mesa, aquí es incómodo. Ayúdame a desencajarla del todo.

Hice caso. Mientras ella trabajaba, me pidió que echara un ojo al buzón. También daba pena. Estaba lleno de cartas y publicidad que debían llevar allí desde antes de la llegada de Odette, excepto una. Por un momento, me quedé en blanco, observando las letras doradas. Pero al final, una sonrisa de bobo inundó mi rostro. Me gustaba cómo quedaba mi nombre al lado del de Odette.

—Mira lo que ha llegado —dije al entrar en casa, y posé la carta sobre la mesa de la cocina.

Odette abrió la boca sorprendida y sonrió. Se lanzó a abrirla.

—Nos la han enviado a los dos juntos. Qué detalle.

Para Gael Tremille y Odette Guillory
Quedáis invitados a la boda de Smael Benali
y Amandine Tahri

Odette se levantó y me miró con preocupación.

—¿Estás triste, Gael?

Acaricié sus mejillas y sonreí. Negué con la cabeza.

—En otro momento me habría importado. Pero ya no.

Me dio un beso tierno.

—¿Crees que será una boda muy formal?

—Conociendo a la madre de Amandine, sí, lo será.

—Ugh.

—Lo sé. Tendremos que hacer mucho esfuerzo para no brillar más que los novios.

Odette se rio y me abrazó.

—Voy a seguir con esa contraventana.

—Yo voy haciendo la cena, me muero de hambre.

Mientras hacía una ensalada, seguí hablando con ella.

—¿Crees que la casa de piedra de la finca se podría convertir en una casa habitable?

—Ahí está el granero de las hermanas March.

—Ya, pero bueno, en el futuro podríamos plantearnos moverlo y tal vez reformar la casa. Así no tendríamos que estar yendo y viniendo. Se hace tedioso, y el cementerio es lo más cercano a la finca. Si viviéramos en el centro, sería todavía peor...

Escuché un golpe.

—Mierda.

—¿Qué? —Me giré, sobresaltado.

—Me he cortado.

—Déjame ver. —Me acerqué. Odette se había subido sola a colocar la contraventana—. Odette, es un corte profundo. ¿Cómo te has hecho esto?

—Con la esquina de la contraventana. Al menos ya está colocada. Da igual, no duele.

—¿Cómo no va a doler con todo lo que estás sangrando? Tenemos que ir a urgencias.

Odette negó y apartó el brazo, con un corte desde la muñeca hasta la mitad del antebrazo.

—Me lo puedes curar tú, Gael. Has curado cosas peores.

Dudé.

—Podría. Ven, lávate la herida en la pila. ¿Dónde tienes el botiquín?

Odette se puso roja.

—No tengo botiquín.

—Odette...

—Lo sé, lo siento.

—Espera aquí.

Salí corriendo de casa para coger el botiquín de mi coche. Lo metí en casa y saqué la clorhexidina y gasas.

—Te voy a hacer una chapuza, Odette. Te lo vendo y vamos al hospital.

Una vez que le hube vendado todo el antebrazo, me lancé a estudiar la contraventana. Tenía algo de óxido.

—Te vacunaste de niña del tétanos, ¿no?

—Sí.

—Vale. Vamos al hospital.

—No, Gael, ya está. Ya me cicatrizará.

—No te va a cicatrizar, necesitas puntos.

—¿Tú no puedes hacerlo?

—Soy veterinario, no médico, Od. No tengo los medios y tampoco me quiero arriesgar a hacerte más daño. Es más sencillo que vayas al hospital.

—Pues ya iré mañana. Ahora es tarde, tengo sueño.

Se había puesto tensa.

—¿Te da miedo el médico?

Odette se giró y se fue a comprobar que las contraventanas cerraban bien.

—¿Las agujas?

—No me apetece ir. Quiero ducharme, que te metas en la cama conmigo, hacerte el amor y dormir.

—Odette, tienes una herida abierta. Si no vas al médico, me obligarás a estar toda la noche pendiente de cambiarte la venda.

—No es para tanto, Gael —dijo Odette, con tono cansado, y subió las escaleras. Escuché cómo se metía en la ducha. La seguí.

—¿Puedo ducharme contigo? —pregunté a través de la puerta.

—Si vas a estar pesado con la herida, no.

—No entiendo tu forma de actuar, solo estoy preocupado —dije. Al ver que no me abría la puerta, resoplé. Recordé nuestra primera discusión, que terminó también en esa misma puerta—. Vale. Dejaré el tema.

Después de unos segundos, me abrió la puerta.

Cuando salimos de la ducha, cenamos. Me aseguré de subir el botiquín a la habitación. Odette se acurrucó en mis brazos, en la cama. Me besó durante un rato largo y lento, tanto que casi me hizo olvidar que en realidad estaba molesto. Comenzó a bajar por mi cuello, después por mi pecho, mi abdomen...

—Para, Od —susurré, maldiciendo por dentro.

—Me apetece. Y veo que te apetece.

—Quiero que descanses. Hazme caso en eso al menos.

Se contentó con darme un beso y tumbarse sobre mí. Le acaricié la espalda y el cabello. Se quedó dormida en minutos. Cuando dormía, el mundo se calmaba con ella. Eché un último vistazo a su antebrazo. La venda estaba llena de sangre. Con cuidado de que no se despertara, la cambié. Al menos, la hemorragia parecía haberse cortado un poco. Deseé con todas mis fuerzas que de verdad hubiera exagerado y que la herida no fuera para tanto.

La volví a abrazar cuando terminé, mientras Cheshire se recolocaba a los pies de la cama, molesto por mi continuo movimiento.

Comportamientos como el de hoy me hacían preguntarme por qué sentía que conocía tan poco a Odette. ¿Tenía miedo al médico? No le pegaba. Nunca había reaccionado mal al ver alguna de mis intervenciones a animales. Pero, entonces, ¿por qué la tensión de su voz? Bueno, Odette era bastante dejada en algunas cosas. Y cabezota. Si estaba cansada, entre sus planes no entraría ir al médico. Sería eso.

Me dormí poco convencido.

Capítulo 33

ODETTE

—Ugh... —susurré una vez que me desperté. El brazo me ardía diez veces más que por la noche. Vi que Gael había cambiado la venda. Miré hacia la ventana. Aún era de noche. Gael no estaba a mi lado: se estaría preparando para ir a la finca y después al trabajo, como cada madrugada. Escuchaba ruido en la cocina.

Me quité la venda con menos cuidado del que debería haber tenido. Me quejé lo más bajo que pude. La herida tenía una pinta horrible, y el hecho de que doliera más tampoco indicaba nada bueno.

—Joder —susurré. ¿Por qué no había tenido más cuidado? Volví a vendarme a toda prisa. Escuché sus pasos tranquilos subiendo por la escalera. Me hice la dormida.

Noté su presencia a mi lado. Se agachó con cuidado y cogió mi brazo entre sus manos. Lo aparté, dándome la vuelta en la cama.

—¿Te duele? —me preguntó en voz baja.

—No mucho —mentí, con voz somnolienta.

Escuché cómo suspiraba.

—La última vez que te cambié la venda la herida seguía abierta. Eso no va a cicatrizar solo, y si lo hace, lo hará mal.

—Iré al médico hoy.

—Prométeme que irás.

Giré de nuevo sobre mí misma para encararle. Quise acariciarle el rostro, pero lo habría tenido que hacer con el brazo herido y me dolía demasiado levantarlo.

—Bésame —pedí.

Se inclinó sobre mí.

—Llámame en cuanto salgas del médico, ¿vale? ¿Puedes conducir?

—Sí, tranquilo.

Una vez que se marchó de casa, me levanté y me vestí. Llamé a Paule para avisarla de por qué llegaría más tarde. Después cogí una caja de cartón de entre los libros de mi estantería. Saqué toda la porquería que la cubría: telas, agujas, algún trozo de madera..., y allí, al fondo, escondida, estaba lo que buscaba: mi documentación.

Me subí al coche y, antes de arrancar, comprobé que podía mover el brazo lo suficiente como para al menos poder sujetar el volante. Gruñí. Si tenía que ir caminando al hospital, tardaría mucho más. Me decidí y arranqué. Conduje despacio. En Maëllys, al cruzar una carretera nacional, por las mañanas se solía formar atasco de personas que salían de un pueblo a otro para ir a trabajar. En aquel momento, me benefició.

Una vez que llegué al hospital y aparqué, me quedé unos minutos sentada en el coche. Solía acompañar a Richard Clearwater al hospital, pero yo hacía cinco años que no pisaba uno. Me había puesto enferma, sí, aunque nunca tanto como para acudir al hospital. Nada que un medicamento de farmacia y unos días de reposo en casa no curaran.

El dolor que sentía en el brazo me pidió que saliera ya del coche y fuera directa a urgencias. Para todo había una primera vez.

Me atendieron rápido en cuanto vieron el aspecto de mi brazo. Gael tenía razón: necesitaba puntos.

—¿Qué tal va ese brazo, *cherie*? —me preguntó la doctora. Me habían dejado en una camilla, reposando.

—Aún duele. Pero menos. La medicación está haciendo efecto.

—Genial. Verás, necesitamos tu tarjeta sanitaria para hacerte la factura y poder descontarte...

—No tengo tarjeta sanitaria. Pero resido en Maëllys —le dije, pasándole los únicos documentos que tenía.

—Cielo, la residencia no me sirve de nada si tienes el documento de identidad caducado —dijo al cabo de un rato, después de estudiarlos—. Dos años y medio sin renovar. Te pueden multar por esto, ¿lo sabes?

—¿Tantos años? —Me hice la sorprendida, pidiendo que me mostrara la fecha—. No me había dado cuenta. Apenas lo utilizo para nada.

—¿Tienes un seguro médico?

Me quedé en silencio.

—Con lo que me has aportado no puedo descontarte nada, cielo.

—¿Es muy caro?

—La tarifa para operaciones de este estilo son ciento veinte euros.

—Lo pagaré.

La doctora me lanzó una mirada lastimera.

—Si te renuevas el documento de identidad en este mes, puedes reclamar la cuantía. Y si tienes la residencia, deberías pedir la tarjeta sanitaria. No cuesta nada. Si te pasa algo más grave, tienes que estar asegurada.

—Sí, entiendo.

—Te voy a mandar también un antibiótico por si se te infectara y un antiinflamatorio para el dolor. Pero sin tarjeta, tampoco te lo puedo recetar.

Después, la doctora me pidió que fuera a recepción, donde me harían la factura y tendría que pagar.

Llegué a casa de los Clearwater pasado el mediodía.

—Cielo, ve a casa a descansar —me dijo Paule después de obligarme a enseñarle la herida.

—Paule, puedo trabajar...

Mi amiga me tocó la frente.

—Tienes algo de fiebre. No has faltado ni un día desde que nos conocemos Odette, tómate el día, de verdad.

Me rendí.

—Como quieras. Gracias.

Decidí dejar el coche en casa de los Clearwater e ir andando a casa. Sí me notaba cansada. Cuando llegué, me preparé una infusión, tomé una ración de antibiótico y me subí a la cama. Me entró sueño en seguida.

Me giré y vi que se había caído al suelo la invitación de boda. Me estiré hasta alcanzarla y dediqué unos segundos a leerla de nuevo. Acaricié con las yemas de los dedos las letras doradas. El nombre de Gael, al lado del mío.

Después saqué mi documentación. Sabía que estaba caducada, pero la última vez que fui a una comisaría de policía, tuve que marcharme de la región al día siguiente, así que decidí no hacerlo más.

Mi gato se subió en la cama conmigo. Maulló.

—¿Qué? —respondí a su mirada acusadora—. No ha pasado nada, Ches. No me des lecciones tú también, anda.

Suspiré y le di la espalda. Antes de quedarme dormida, mandé un mensaje a Gael.

«Ya fui al médico y estoy bien. Tenías razón, me tuvieron que dar puntos. Te quiero».

Capítulo 34
GAEL

Hay momentos de la vida en los que da igual que las flores estén a punto de abrirse en mi interior. Segundos antes de que los pétalos se desplieguen con todo su esplendor... el centro amarillo se pudre. Y después toda la flor, el tallo. Y entonces las abejas, que pululaban expectantes en mi estómago, se marchan. Me quedo vacío. Abandonado.

Lo único que siento es un gancho que tira de mi interior, moviéndome como una marioneta a cualquier lugar sin que yo quiera. Me arrastra y me dejo arrastrar, no tengo fuerzas para levantarme y pararlo.

Un día te sientes feliz y, al siguiente, percibes que das pena a todo el mundo. Que notan lo perdido que estás. Que has perdido el ritmo de la vida y no sabes cómo. Que tienes que seguir caminando y, aunque sabes la dirección, hay demasiadas montañas en medio. Montañas que ayer parecían simples colinas, pero que ahora tienen sus picos rocosos, con nieve y todo.

La semana que murieron Matisse y Amy, me sentí así.

Matisse, la coneja, disfrutaba de los amaneceres con poco ruido. Le gustaba salir y quedarse quieta, al sol. Una luz caliente, natural, que no se parecía a la luz pálida de los flexos con los que había crecido. Su vida se fundió como una bombilla. Antes de lo esperado y sin señales previas. Parecía que mejoraba. Los medicamentos para el dolor parecían hacer efecto. Cuando vi su cuerpo escondido entre la paja, en un rincón de su caseta, noté el frío de la muerte y me quedé con la incógnita de qué podría haber hecho mejor. De si prolongué su sufrimiento más de lo debido.

Dos días después, Amy, una de las gallinas, dejó de comer. Era muy mayor, así que no resultaba tan raro. Comencé a alimentarla de mi propia mano. Odette y yo estuvimos siempre cerca. Amy había sido en todo momento la gallina más peleona de las cuatro. En sus últimos momentos, solo buscaba el calor de nuestros brazos. Se quedaba allí horas y horas. Odette propuso acampar en el gallinero cuando vio que se hacía de noche y Amy no se iba a dormir con sus hermanas, sino que se quedaba en sus brazos. Decidimos que no era tan mala idea. De madrugada, Amy se puso a temblar. Mi mente buscó solución médica tras solución, hasta que Odette me dijo que no serviría de nada. Que Amy moría y que había decidido hacerlo entre nuestros brazos, calientes, y lejos de sus hermanas para no preocuparlas. Al día siguiente no dejaron de buscarla por todo el granero y la pradera. Dagda, el gallo, fue el que más desorientado se quedó. Cacareaba y buscaba por todos lados a su cuarta gallina. Al cabo de los días, renunciaron a su búsqueda.

Para añadir más leña al fuego, Pinaux encontró por fin su excusa. Aquella semana rendí menos en la granja. Estuve el doble de distraído. Me despidió. Me pidió que dejara la ropa en la taquilla de la oficina y no volviera al día siguiente. Por lo visto, uno de los veterinarios de Cancale tenía un conocido que necesitaba unas prácticas para poder graduarse, así que mi puesto le venía como anillo al dedo.

—Gracias por la oportunidad que me diste, Pinaux —le dije, antes de irme. Él gruñó. Imaginé que aquello era su manera de aceptar mi agradecimiento.

Adrien se quejó.

—Papá, Gael me está enseñando muchas cosas. Y cuida bien de las vacas, va a costar que se acostumbren a otra persona.

Pero su padre no cedió y yo tampoco habría vuelto si me lo hubiera pedido. Me fui en silencio, después de despedirme de las vacas. Tulipán se quedó mirándome, por primera vez desde hacía mucho tiempo. Me había plantado en la pradera neblinosa frente a ella. Alargué la mano. Ella dudó, pero al final, como si entendiera que sería la última vez que nos veríamos, se acercó y me dio un golpe suave con su cabeza. Sonreí.

—Amapola es tan cabezota como tú. Tu hija está bien. Ojalá algún día puedas volver a verla.

Adrien observó la escena de lejos y, una vez que le alcancé, juraría que había visto sus ojos brillantes por alguna lágrima traicionera.

Después de todo, sentí por primera vez en mucho tiempo el vacío. Por mucho que hubiera trabajado, un pensamiento intrusivo siempre me escupía que no había sido suficiente. Que era patético. Y entonces la vida te empieza a importar un poco menos. Las conversaciones te enfadan porque todas son iguales y superficiales. En la soledad, la culpa te acosa. Y el tiempo que necesitas para sanar, lo tienes alquilado, como si no te perteneciera. A tus padres, que te ayudan en todo lo posible. A tus amigos, que esperan impacientes que remontes.

Y tú no sabes remontar.

Al menos aquella vez no estaba solo. Odette y yo guardábamos cada uno la espalda del otro ante la soledad; ante la dichosa culpa. Como asesinos a sueldo buscábamos en la oscuridad cualquier figura que pudiera hacer daño al otro. Por mí mismo, no tenía fuerzas para luchar. Pero por Odette, habría cazado un millón de sombras con tal de que no la tocaran.

Las noches eran largas. Ninguno lograba dormir. Así que nos dedicábamos a hablar de cualquier cosa, mientras cuidaba de la herida de su brazo, que ya había sanado casi del todo. Cuidar de Odette hacía que al menos tuviera una responsabilidad que de verdad me importara. Esa era la diferencia esencial con otras temporadas malas anteriores. No soportaba ver su mirada vacía, así que me obligaba a levantarme y moverme para evitarlo.

—Gael —me susurró una de esas noches, acariciando con sus dedos la línea de mi mandíbula—. Se pasará. La tristeza se termina pasando. Solo tienes que aguantar.

—¿Qué haces para no pensar en ello, Od?

—Escribo en una libreta cómo me siento.

—¿Me lees algo que hayas escrito?

La lluvia repiqueteaba contra el ventanal. Nos observamos, nuestra vista acostumbrada a la oscuridad y nuestros cuerpos enterrados en mantas.

—Claro.

Y entonces Odette me leía algún pensamiento sobre cristales rotos y nidos de araña en los que una se enredaba más cuanto más se movía para buscar la salida. Nunca adivinaba si su dolor era actual o pasado, pero cada vez me atrevía a preguntar menos.

Cada período de tristeza me enseñaba algo, aunque fuera insignificante. Y esta vez me enseñó que podía tenerlo todo en la palma de la mano y después desaparecer, sin dejar rastro, como la arena de la playa deslizándose por las ranuras de un puño.

Me llevé la mano de Odette a los labios y la besé. Una lágrima se volvió a deslizar por mi rostro.

Odette ya no preguntaba por qué, solo me abrazaba y lloraba conmigo. Me venía bien que no preguntara, porque muchas veces lloraba porque me aterraba que ella también desapareciera. Ya no le hablaba del futuro. Tampoco le preguntaba por su pasado. Cada vez que lo hacía, su mirada se volvía fría y distante. No entendía por qué.

Odette me recordaba cada vez más a un personaje de fantasía, esos que en realidad son la materialización de un hechizo, los mensajeros de una profecía. Cuando terminara su cometido, se consumiría como una nube después de llover. Como una estrella fugaz. Como un castillo de arena en la orilla de la playa.

Me dedicaba a vivir en el presente, con ella, enterrando cada vez más en mi interior los sueños que quería perseguir a su lado. Arañaban y escocían. Pero si los decía en voz alta, Odette se apartaría de mi lado. Me sentía demasiado ligado a ella. Demasiado vulnerable. Me traicionaba a mí mismo pensando que, a lo mejor, ella no me amaba de la manera en que yo lo hacía.

Sin embargo, Odette tenía razón. La tristeza, como todas las emociones, se termina marchando. Y poco a poco, las nubes se alejan y dan paso a un tímido sol de otoño.

Teníamos mucho que hacer por los animales del santuario, y teníamos que aprender que la muerte, como el fracaso, formaba parte de la vida. Lo importante era salir de la cama y ponerse en pie de nuevo.

Capítulo 35
GAEL

El día de la boda nos levantamos temprano. Hicimos dos cafeteras y metimos el café en termos. Desayunamos en la finca, mientras trabajábamos. Después de superar que me hubieran despedido, sentí que me reconciliaba conmigo mismo. Tenía más tiempo para dedicar a mis animales y para atender nuevos casos.

También mantenía la web y creaba contenido para los donantes y seguidores. En aquel momento concentraba mis esfuerzos en impulsar una pequeña tienda benéfica *online*, cuyos productos creaba Odette, en su mayoría. También diseñamos camisetas con el logo.

No obstante, mis ingresos solo provenían de las escasas visitas como veterinario. El resto de las reservas y santuarios me conocían, y yo les ofrecía un precio más asequible que otros veterinarios rurales. No obstante, no era suficiente. Necesitaba que el santuario tuviera su propia fuente de ingresos sólida, y esta la formaban los donantes, las ventas de los domingos y la tienda *online*. Odette y yo estábamos planeando comenzar a organizar talleres o visitas para tener otra fuente de ingresos, pero de momento, no era viable. Odette era la que tenía más habilidades para organizar talleres, era la creativa, pero contaba con poco tiempo. Así que me tocaba aprender de ella, lo que llevaría una temporada.

Una vez que terminamos en la finca, volvimos a casa y nos preparamos. Yo me puse mi esmoquin negro, con una pajarita.

Cuando vi a Odette, sonreí de oreja a oreja. Llevaba un top de croché de colores, junto con una falda verde y larga que cubría sus piernas. Encima se puso una chaqueta vaquera, en la que había cosido parches con flores. Había decidido dejar su melena suelta, decorada con dos finas trenzas, una a cada lado del rostro.

La atraje hacia mí y la besé. Sus labios deshicieron un poco el nudo que tenía en el estómago.

—Eres preciosa.

—Te quiero —dijo, mirándome a los ojos.

La boda tuvo lugar en una masía que parecía un castillo de cuento.

Durante las primeras horas, todo lo que hicimos fue saludar y saludar, mientras los camareros repartían aquí y allá bebidas y aperitivos. Había tanta gente que fue inevitable perdernos. Erian y yo acompañamos durante unas horas a mis padres, que nos presentaban amigos de otras ciudades y con los que se reencontraban aquel día. Notaba a mi hermano nervioso, mirando de reojo entre la muchedumbre.

—¿Aún no les has contado a papá y a mamá que estás con Elliot?

—Ssssh.

Sacudí la cabeza.

—¿De qué tienes miedo? No es la primera vez que tienes novio.

—Quiero asegurar que todo va bien antes de presentarle. Quiero que se lo tomen en serio, Gael.

Nos paramos a hablar un buen rato con otra

pareja. En cuanto continuamos, noté que Erian se volvía a dirigir a mí.

—Tú también miras a todas partes. ¿Estás bien?

—No quiero encontrarme con la madre de Amandine.

Erian rio entre dientes.

—Nunca te llegó a tragar, ¿verdad? Y después de la proposición, ya...

Sonreí de medio lado.

—Consiguió lo que quería. Esta boda lo demuestra. Siempre intentó que Amandine acabara con Smael...

Erian frenó y me agarró del brazo. Me desvió hacia la derecha y nos separamos de nuestros padres, metiéndonos entre el gentío. En el último momento, vi que mis padres se reunían con la protagonista de nuestra conversación. Los vimos girarse y extrañarse de nuestra desaparición.

—Gracias, Eri.

En aquel momento, vi la cabellera larga de Odette ondeando a lo lejos. Antes de perderla, agarré a mi hermano como antes había hecho él, y le arrastré hasta llegar a ella.

Estaba parada ante una explanada de sillas de madera, con un pasillo en medio decorado con elementos otoñales, flores de tonos anaranjados y luces cálidas. Al fondo, estaba montado un altar. Lo observaba, con los ojos abiertos como platos. Se sorprendió cuando la cogí de la mano.

—Te gusta, ¿verdad? —susurré en su oído para que me escuchara.

Ella asintió. Noté mariposas en mi estómago. No había visto a la novia, pero pensé que aquel altar estaba hecho para Odette. Que ninguna mujer en aquella fiesta era más guapa, ni tenía los ojos más brillantes de emoción; que ninguna pegaba allí más que Odette.

Tragué saliva.

—Me gustaría decorar alguna zona del santuario así, Gael. Quedarían unas fotos preciosas. Podría ser la zona de talleres y actividades.

—Claro —dije, con la mente alejada del santuario, como cada vez que me concentraba en ella.

Logramos reunirnos con todos nuestros amigos, al fin. La ceremonia iba a dar comienzo, así que nos sentamos en una de las filas de sillas.

Todas las miradas estaban puestas en Smael, que ya había llegado al altar y esperaba a su prometida. Todas, excepto las de mis amigos. Ellos buscaban a Amandine, esperando que hiciera su entrada, de mano de su madre. Pero cuando por fin lo hizo, entonces noté que también me inspeccionaban a mí. Los odié.

Amandine llevaba un vestido de mangas largas, blanco, con bordados dorados. La cola del vestido era larga. Tirabuzones negros caían sobre su espalda, solo decorados con una tiara dorada.

Sentí que me quedaba sin aire durante unos segundos.

Sí, aquel altar era para ella.

Cuando su mirada se cruzó con la mía, no se apartó, como había esperado que lo hiciera. Sonrió, con nerviosismo. Asentí y le sonreí de vuelta, con los ojos llenos de lágrimas, infundiéndole valor.

Cuando la ceremonia terminó, cuando se intercambiaron las alianzas y se besaron, todos nos levantamos para aplaudir. Yo seguía notando miradas puestas en mí. Odette me rodeó la cintura con cariño.

En el banquete tuve la suerte de sentarme con Odette y Youenn, además de con otros cuatro amigos de Smael. Eran buenos tíos, así que lo pasamos bien. No obstante, no dejábamos de mirar hacia la mesa en la que se sentaban mis padres junto a Erian, Elliot y Monique, entre otras personas.

Elliot hablaba relajado con mis padres. Nunca había visto a Lou reírse tanto y nunca había visto a Erian tan tenso. Me reí.

—Maldita Amandine. Cómo se la ha liado.

—Pobrecillo —dijo Odette, con voz lastimera—. Aún no está preparado para abrirse a tus padres...

—Llevan ya más de un año juntos.

—Cada uno necesita su tiempo para asumir ciertas cosas, Gael.

Me llevé a la boca un trozo del postre vegano que nos habían reservado a mí, a Odette y a un par de amigos de Smael.

Durante el banquete, muchas personas se levantaron para dar discursos a la pareja. Yo había preparado algo, animado por Odette. Pero me daba una vergüenza terrible, así que intenté dejar pasar el tiempo. Od me lanzó una mirada acusatoria.

—Le va a encantar, Gael.

—Me va a mirar todo el mundo —susurré.

—Ya, como a todos los que se han levantado.

—Sabes que no es lo mismo.

—¿Estás aquí por Amandine o por el resto de las personas, Gael?

Suspiré. Tenía razón.

Me levanté, despacio, y golpeé una copa con una cucharilla, como había visto hacer en las películas. Al momento todas las miradas se clavaron en mí. Tuve ganas de meterme debajo de la mesa. Pero la sonrisa de Amandine al verme, me mantuvo allí, de pie. Me concentré solo en ella.

No me salieron las palabras. Así que saqué la flauta de madera del estuche.

—Quiero..., solo quiero dedicarte una canción. Ya la conoces.

Y comencé a tocar. A medida que me dejaba llevar por las notas de aquella melodía, antigua, nostálgica, me fui relajando, como si no hubiera nadie más en la sala. Como si estuviera en la cama de Odette, como las tardes anteriores, practicando delante de ella, Möira y Ches. Todo el salón estaba en silencio, escuchando. Cuando terminé, Amandine tenía el rostro enterrado en sus manos. Estaba emocionada.

—La conoces porque fue un regalo. Tú la inspiraste —me atreví entonces a hablar—. Y siempre será tuya. Gracias por ser una de mis mejores amigas. Aunque la vida nos lleve por caminos diferentes, sé que el tuyo, al lado de Smael, será uno lleno de amor y alegría. Y estoy orgulloso de poder permanecer a tu lado, tiempo después, para ser testigo de ello. Os deseo lo mejor, de corazón.

Me senté, tranquilo, en mi sitio, mientras la gente aplaudía. Odette me abrazó, y me quedé allí, entre sus brazos, un buen rato.

—Lo has hecho genial —susurró. Sonreí, posando mi cabeza sobre la suya.

Después de brindar, abrieron una sala de baile. Allí estuvimos toda la tarde y toda la noche.

Amandine y Smael abrieron el baile, para después terminar cantando a voz en grito junto con nosotros y sus amigos a medida que las horas y las cervezas corrían.

Cuando se hizo muy tarde, algunos de los invitados se marcharon. Yo fui a despedirme de mis padres, con la cabeza dándome alguna vuelta por el alcohol. Intenté que no se notara mucho. Cuando llegué, vi que no se fijaban en mí, sino en algo a mis espaldas. Me giré de manera patosa. Erian y Elliot se besaban en mitad de la pista de baile, abstraídos de su alrededor. «Y borrachos», pensé.

—Bueno. Un misterio menos —bromeé, dando un trago a mi cerveza. Mi padre se rio conmigo y meneó la cabeza.

—Sois una caja de sorpresas. Los dos. Ese tal Elliot es buen crío para tu hermano. Y lo que tú hiciste por

Amandine fue muy bonito, hijo. Estábamos preocupados por ti...

—Todo bien.

—En cuanto a ese Erian...

—No le digáis que lo sabéis —pedí—. No está listo. Pero quiere decíroslo, en algún momento.

Me confirmaron que así harían, y me pidieron que no bebiéramos mucho.

Cuando se fueron, me planteé volver al centro de la sala de baile. Me paré a observar, primero. Odette bailaba con Amandine, despacio. Odette la enseñaba a dejarse llevar por la música. Amandine reía a carcajadas. Cuando apareció Smael por detrás para besarla, vi que hablaban los tres durante un rato. Noté cómo la abrazaba, pasando sus brazos alrededor de su vientre, y cómo sonreían ante ese nuevo futuro juntos.

Y entonces noté la fuerza tirando de mi estómago. Me lancé hacia los pasillos, solo, dando otro trago a mi cerveza. Busqué con la mirada, algo mareado, la puerta del aseo. Cuando la encontré, abrí la puerta de golpe y me apoyé en el lavabo.

Me observé durante unos segundos en el espejo. Tenía el cabello recogido de manera rápida y la camisa abierta. La elegancia del traje se había perdido tiempo atrás. Cerré los ojos.

Cuando Amandine y yo éramos jóvenes, solíamos discutir sobre si tendríamos hijos. Ella no estaba segura. Yo, sí. Siempre lo había estado.

«Podríamos tener uno».

«Uno se aburrirá», decía ella. «Si tenemos uno, ya hay que tener dos».

Nunca llegamos a decidir nada, por supuesto. Pero sí hablábamos sobre ello, como si tuviéramos el control completo de nuestras vidas extendido ante nosotros, como si nada fuera a cambiar en nuestra relación. En aquel momento, ninguno pensaba que acabaría. Por eso planeábamos, de manera inocente.

Una oleada de envidia me llenó el cuerpo.

—Gael.

Me giré. Era Amandine. Entró en el baño y cerró la puerta tras de sí. Ya no llevaba el vestido de novia, sino uno más cómodo de flores. Los tirabuzones estaban algo despeinados, pero aguantaban.

—Te vi marchar hacia el pasillo y pensé que era buen momento para hablar un rato a solas contigo, después de todo el día —sonrió—. Te esperé fuera, pero no salías. ¿Estás bien?

—Sí —susurré, con voz temblorosa.

—No —negó ella.

—No —confirmé, apoyado aún en el lavabo.

—¿Por qué?

Sabía que Amandine no me preguntaba por lo que todos querían saber. ¿Había superado lo nuestro realmente? ¿Estaba celoso de Smael? No, ella ya sabía que no. Amandine me había conocido enamorado, y reconocía de manera clara que lo volvía a estar, pero no de ella.

—Yo también quiero esto, Amandine.

—Gael..., creo que das demasiada importancia al matrimonio...

Reí.

—No es por el matrimonio en sí, Amandine. Eso me da igual.

Amandine se sentó en el lavabo y me dio a entender que siguiera hablando.

—Quisiera poder hablar con Odette de ciertas cosas con la misma facilidad con la que lo hacía contigo. Eso es todo.

—A lo mejor le pasa como a tu hermano, Gael. Necesita tiempo para asumir las cosas.

Aparté la mirada.

—Gael, tú siempre has tenido las cosas más claras que el resto del mundo —me dijo Amandine, obligándome a mirarla.

Puse los ojos en blanco.

—¡Es verdad! —exclamó—. Hay pocas cosas que te hagan cambiar de opinión. Pero el resto de las personas, Gael..., necesitamos más tiempo. Cometer errores. Acertar después. Y reflexionar sobre ello.

Suspiré.

—Gracias por la canción, Gael. Fue bonito escucharla después de tanto tiempo.

—Me alegro de que te gustara. Sé feliz, Amandine.

—Nunca te llegué a pedir perdón por rechazarte. No de manera sincera.

—No tienes que pedir perdón —dije, dando otro trago a mi cerveza y sintiendo de súbito ganas de salir de aquel lugar.

—Sí. Te hice daño y no me atreví a hablar contigo después. Eras la persona que más me quería en el mundo, y, sin embargo, no pude darte lo mismo. Lo siento, de verdad, Gael. Odette tiene suerte de tenerte. Y estoy segura de que ella será mejor para ti de lo que yo fui.

—Momentos diferentes. Personas diferentes. Maneras de amar diferentes. No me tienes que pedir perdón.

La abracé. Permanecimos así durante unos instantes. Cuando salimos de aquel cuarto y volvimos a la pista, bailamos juntos sintiendo nuestros cuerpos algo más ligeros.

Odette me atrapó en un beso largo en cuanto nos reencontramos, dejándome claro que me había echado de menos. Estaba sudada, roja y se le había corrido el maquillaje. Me cogió de la mano y me sacó de la pista. Yo solo pensaba en todo lo que quería decirle.

Capítulo 36
ODETTE

Abrí una de las mil puertas de aquella inmensa masía. Tuve la precaución de subir al piso de arriba para no encontrarnos con otra pareja borracha como nosotros.

Eché un ojo dentro y vi una cama. Todo lo necesario. Le tiré encima y me subí sobre su cuerpo. Comencé a desabrocharle la camisa.

—Vas directa, Guillory.

—Ventajas de que seas mi novio.

Él se rio de manera tonta, mientras se frotaba los ojos. Parecía adormilado, pero me sorprendió con un brusco giro. Me quedé yo debajo, aprisionada. Comenzó a besarme de manera dulce por el cuello. Después me miró a los ojos y sonrió, tierno. Intenté acercar mis labios a los suyos, pero se resistió, sonriendo más y más a medida que notaba mi desesperación por alcanzar su boca.

Con una mano, me acarició los labios. Bajó por la barbilla, por el cuello, cruzó mi pecho, mi vientre... y entonces bajó hasta meterla por debajo de mi falda. Acarició primero mis piernas, hasta llegar, demasiado despacio, demasiado lento, a mi entrepierna.

Gemí y arqueé la espalda. Agarré su camisa para acercarle, pero volvió a resistirse, entre risas. Se lo estaba pasando bien.

—Quiero besarte.

—Ya habrá tiempo.

—Sabes que es lo que más me gusta.

Apoyó su frente en la mía. Acercó sus labios, pero antes de rozarme, habló:

—Odette. Te daría todo lo que estuviera en mi mano.

—Ya me lo das —susurré, con los ojos cerrados, aspirando su aroma mezclado con el sudor y la cerveza.

—¿Y tú? ¿Qué darías por mí?

Exhalé, incapaz de pensar. ¿Qué daría por Gael? En aquel momento habría dicho que todo.

—¿Qué quieres de mí? —se me ocurrió preguntar, sin pensar que caía en la tela de una araña, estirada en la cama, moviéndome a medida que mi cuerpo lo pedía, siguiendo el ritmo de sus dedos, que ya conocían bien cómo darme placer.

Gael volvió a cambiarme de postura. Se sentó, apoyando la espalda sobre el cabecero de la cama, y me sentó entre sus piernas. Se deshizo de la falda. Abrió mis piernas de nuevo con solo acariciar mi vientre.

En aquella posición, mi oído quedaba a la perfecta altura de sus labios. Me besó, con cariño, mientras renovaba su tarea.

—Quiero una vida a tu lado —dijo, con voz ronca—. Una en la que pueda ver el placer en tu rostro cada día. —Me levantó la mirada y abrí los ojos. Había un espejo frente a nosotros. Choqué con mi mirada, y después con la de Gael—. Quiero poder decirle al mundo que te quiero y que me quieres. Hacerte un pasillo de flores y luces. Subirte a un altar, vestida de colores y con el cabello trenzado. Componerte todas las canciones que pueda. —A cada frase, mi corazón latía más y más deprisa. Algo en mi cabeza gritaba, pero preferí ignorarlo. Mi cuerpo disfrutaba de escuchar sus deseos—.

Quiero tener un hogar a tu lado. Verte tallar esculturas increíbles a la luz del sol. Verte crear, porque todo lo que creas es mágico. —Noté las primeras corrientes de calor por mis muslos, escalando, recorriéndolos, ansiosas por llegar—. Y quiero tener una familia contigo, Odette. Lo quiero todo contigo.

Ni siquiera la sorpresa por sus palabras impidió que aquella electricidad estallara dentro de mí. Fue un orgasmo lento, que recorrió todos mis rincones sin prisa, alargando sus raíces. Gemí, mientras él observaba mi rostro a través del espejo.

Me incorporé para besarle. Él buscó mi mirada. Pero yo estaba ocupada pensando en otra cosa. En distraerlo. En distraerme a mí del placer que me habían causado sus palabras. Repté con mis labios por su cuerpo, arranqué su ropa a medida que se interponía en mi camino.

Me concentré en su placer, como él se había concentrado segundos atrás en el mío. Aceleré su respiración. Provoqué que una delicada carcajada escalara por su garganta. Y cuando terminó, sentí que de nuevo se me erizaba la piel, acompañándole.

Nos tiramos, abrazados, en la cama, esta vez desprovistos de toda ropa incómoda.

Gael me observaba, con la cabeza posada sobre su almohada.

—¿Y bien?

—Has hecho trampa —susurré, y él no pudo evitar sonreír.

—Nunca me escuchas cuando te hablo del futuro, Od.

Aparté la mirada. Tenía razón. Gael me giró el rostro de nuevo hacia él con una mano, de manera delicada.

—Necesitaba decírtelo.

—No te puedo garantizar todo lo que me has pedido.

Noté cómo su mirada se apagaba un poco.

—No me importa —susurró, después de un rato—. Esperaré. Hay personas que necesitan más tiempo para asumir ciertas cosas.

No pude evitar sonreír al escuchar esas palabras salir de su boca.

—Gael, a lo mejor no llega nunca —susurré, sintiendo que mi corazón se desencajaba de su sitio.

Se quedó un rato pensativo, recorriendo mi rostro con los dedos.

—Da igual. De todas maneras, si no es contigo, no lo querré con nadie más.

Sabía que lo decía de verdad. Pero sonaba roto. No pude evitar llorar.

—Odette. —Me limpió las lágrimas—. Confía en mí, por favor.

Me quedé rota, con la mirada puesta en su rostro cansado.

Aquella vez fue la última que dormí sobre su pecho. La última vez que sentí la calidez de su mirada. Sus caricias sobre mis mejillas.

Si pudiera volver sobre mis pasos, no creo que hubiera hecho nada distinto.

No porque no quisiera cambiar el resultado de mis malas decisiones.

Sino porque, aun sabiendo el resultado, no me habría atrevido.

Capítulo 37
GAEL

Al día siguiente, llegamos a casa alrededor del mediodía. Después de visitar a los animales, yo volví a casa para ponerme a trabajar. Odette había quedado con Jean-Pierre.

—Volveré por la noche —me dijo, mientras recogía cuadernos y herramientas y las echaba sin ton ni son dentro de su mochila—. ¿Mirarás opciones para la zona de talleres?

Asentí, dando un trago largo a mi café. No entendía cómo Odette conseguía ponerse en funcionamiento tan rápido. A mí el cansancio de la fiesta me seguía pesando.

—¿Quieres que compre cena a la vuelta? —preguntó.

—Puedo cocinar.

—Genial, pues me voy.

—¿Puedo coger tu ordenador? El mío está sin batería.

Odette paró antes de salir.

—¿Y tu cargador?

—Creo que me lo dejé en casa de mis padres, no lo encuentro.

—Bueno, cógelo, está arriba con mis cosas.

Se acercó y me besó. La retuve unos segundos antes de marcharse.

Cuando se fue, subí al cuarto y me lancé a la ardua

tarea de buscar el ordenador entre las cosas de Odette. Mi perra subió conmigo, ladrando, como si me quisiera ayudar.

Dejé la taza en la mesa y revolví por las estanterías. Me fascinaba la cantidad de libros, cuadernos y cajas que tenía. Encontré el viejo ordenador encima de una pila de libros, aunque no vi por ninguna parte el cargador. El ordenador de Odette no funcionaba sin él. Me acerqué a los dos enchufes del cuarto para ver si estaba conectado en alguno de ellos. En efecto, lo encontré bajo la mesa.

Me senté frente a la ventana con vistas al cementerio, y me dediqué a trabajar durante un buen rato, hasta que una notificación me saltó en el móvil. Puse los ojos en blanco. De nuevo, insultos. Las personas tenían mucho tiempo libre, por lo visto, y se dedicaban a crearse cuentas falsas para seguir atacándonos después de haberlos bloqueado. Así que cada cierto tiempo, debía hacer una nueva ronda de bloqueos, tanto en las redes del santuario como en las mías propias.

Mientras llevaba a cabo esta tarea, me acordé de algunas personas con las que me reconcilié durante la boda de Amandine. Uno de mis miedos al asistir era precisamente aquel: encontrarme con medio Maëllys. Después de cruzar palabras con algunas de las personas que no estaban de acuerdo con la idea del santuario y tras compartir puntos de vista, logré reconciliarme con un par. Prometí retomar el contacto con ellos, así que entré en la lista de contactos bloqueados para buscarlos.

Pero me olvidé de aquella labor y me detuve en cuanto me encontré con un nombre. Fruncí el ceño. Entre mis contactos eliminados y bloqueados, vi que estaba el perfil de Pablo Fuentes. ¿Cuándo le había bloqueado? Hacía tiempo que ni siquiera hablaba con él. ¿Lo habría bloqueado sin querer?

Y entonces un recuerdo me golpeó, primero de manera suave.

Cerré los ojos. Noté que mi respiración se aceleraba, nerviosa. Recordé aquel día en la cala, a principios de verano, en que Odette se revolvió cuando sus ojos se encontraron con la foto de mi amigo en el móvil.

Pablo.

«Creía que era una persona que conocía, pero no es él».

Recordé que quise preguntar a quién le había recordado. Cambió de tema.

¿Habría sido Odette quien había cogido mi móvil para bloquearlo?

La última vez que había entrado en su perfil había sido aquella tarde de verano, delante de ella. Pero ¿por qué? ¿Se habrían conocido alguna vez? Desbloqueé el perfil de Pablo y comencé a analizarlo, como si fuera la escena de un crimen. Cualquier foto, cualquier comentario, cualquier pista que pudiera llevarme a Odette. La busqué entre sus amigos, de manera inútil. Recordé que Odette se había borrado de todas las redes sociales, hacía tiempo.

Seguí explorando el perfil de Pablo, pasando años y años, esperando llegar a sus publicaciones más antiguas.

De repente tenía una sensación de irrealidad. ¿Odette me había cogido el móvil? El enfadó me hizo levantarme, con el teléfono aún en la mano. Recé para mis adentros por no encontrar nada. Para demostrarme a mí mismo que eran paranoias mías, que yo había bloqueado a Pablo sin querer, que Odette no atacaría mi privacidad de esa manera. Que no me estaba escondiendo algo.

Mi amigo era un chico bajo, moreno, que solía ir rapado. Pensé que Odette y él no pegaban para nada. ¿Habrían sido pareja? ¿Amigos? No tenía sentido.

—Pero ambos saben español —me dije a mí mismo.

Deslizaba la pantalla rápido, mis ojos recorriendo cada foto, cada comentario, cada reacción. Llegué a una temporada en que Pablo apenas publicó nada.

Y entonces, encontré algo.

Me quedé observando la fotografía.

Cerré los ojos, maldiciendo con todo mi ser.

«Respira, Gael».

Pero ya no era capaz. Todo vibraba a mi alrededor, como si la casa se cayera a pedazos. Y yo no lograba ordenar mis pensamientos ni catalogar cuál de todos ellos me enfurecía más. Dos palabras se repetían en mi mente: mentira y desconfianza.

Me sobresalté cuando el teléfono sonó. Me estaban llamando. Adrien Pinaux.

Colgué. No era un buen momento y ya no trabajaba para él, no me sentía obligado a coger sus llamadas.

Me acerqué a las estanterías y armarios de Odette y, con todo mi enfado y mi rabia, aun a sabiendas de que no era lo correcto, hice lo mismo que ella había hecho: invadir su intimidad.

Porque si uno de los dos tenía razones para hacerlo, ese era yo.

Yo, que no conocía a mi novia. Yo, al que siempre le negaba su historia. Yo, joder, que me sentía un imbécil. Que había depositado mi confianza en ella.

Y me había equivocado.

De nuevo. Otra equivocación. Otro fracaso. Porque ese era mi estilo, al parecer.

Comencé a sacar libros de las estanterías: la mayoría eran libros en español, entre alguno puntual en francés y un par de guías de viaje que tenían aspecto antiguo. Un mapa de carreteras de España, otro de Francia. Odette nunca me hablaba de España, ni de que hubiera vivido allí, pero sus pertenencias parecían desvelar otra cosa.

Cuando terminé con los libros —que yacían tirados por la cama y el suelo— me llamaron la atención dos libretas: una de cubierta negra y otra con un dibujo borroso por el tiempo. Estaban al fondo de una caja cubierta con herramientas y papeles. Encontré incluso un dibujo de Cheshire a acuarela. Pero aquellas libretas... Odette nunca me había leído nada de aquellas. Conocía la libreta con la cubierta azul, de la que me había leído algún extracto la semana que permanecimos en casa, curando nuestra tristeza. En la que la veía escribir de tanto en tanto.

Recordé el día de mi cumple, en la cala. El día que me dijo que el mejor regalo que jamás le hicieron fue una libreta.

«Fue la primera vez que me atreví a escribir todo lo que pasaba por mi mente. Fue liberador».

Aquella libreta con la cubierta borrosa indicaba que era antigua. Que aquellas páginas contenían lágrimas del pasado, habría dicho que incluso de su adolescencia.

La negra también parecía antigua, pero era más elegante. En un cuadrado blanco en la cubierta ponía el nombre de Odette y su fecha de nacimiento. Volqué todo el contenido de la caja sobre la cama, lo que provocó que Cheshire saltara y saliera corriendo, asustado.

Adrien Pinaux me volvió a llamar. Colgué.

Me senté en la cama y abrí la libreta negra, sin ninguna clase de reparo. Pasé una página, luego otra. Hasta llegar a la mitad, donde las páginas se quedaban en blanco. Odette escribía toda su vida como si se tratara de un registro, como si fuera una entrada de *Wikipedia*. Desde su nombre y el significado de este, hasta el nombre de sus padres, su historia..., todo lo que me había contado cuando nos conocimos. Algunas cosas estaban tachadas, como si no le hubiera gustado algún suceso de su vida y hubiera preferido remplazarlo.

—Como si fuera tan fácil —murmuré, apretando

los dientes. La lancé lejos de mí. Pasé a la segunda libreta.

Nada más abrirla, maldije. Estaba todo en español. Pasé las páginas, rápido, sin apenas entender nada, más que alguna fecha: en efecto, era de hacía diez años, al menos. En aquella libreta me sentí un intruso, como si de veras me hubiera sumergido en sus recuerdos, a pesar de no entender nada. El papel tenía un olor que recordaba a tabaco y a habitación cerrada. La letra de Odette era rápida y a veces ilegible. Otras páginas estaban tachadas por completo, rayadas, como si hubiera perdido el control. Los dibujos no eran como los que solía conocer de Odette: eran grises, a bolígrafo, bruscos y extravagantes. Me agobió. Pero necesitaba encontrar un nombre: el de Pablo. El nombre que aparecía en sus redes sociales. No entendía nada, me encontraba perdido entre el papel.

Adrien volvió a llamar. Colgué otra vez.

Recuerdos y recuerdos comenzaron a bombardearme, como si hubieran estado enterrados, esperando con paciencia el hilo que los haría conectarse unos con otros. Había encontrado ese hilo en Pablo. Y ahora sentía ganas de sujetarme la cabeza y obligarme a dejar de pensar, pero no podía.

Pablo. España. Un festival. Una chica con la que apenas hablé. Por eso ella sabía que tocaba la flauta. Por eso sabía que mi sueño era salvar animales. Porque ya me conocía. *Me conocía.* Yo apenas me acordaba, pero ella... ¿Quién era ella? ¿Por qué había aparecido así, en mi vida?

Adrien volvió a llamar al minuto. Dejé que el teléfono sonara, mientras iba al baño. De repente tenía el estómago revuelto.

Cuando volví a la habitación, abrí la libreta de nuevo. Necesitaba información. Un nombre. O tal vez prefería no encontrarlo; tal vez buscaba el vacío.

No entendía nada. Tiré la libreta contra la pared, como si así pudiera obligarle a toser el polvo, las palabras, los nombres que necesitaba que me diera. Möira comenzó a ladrar; Cheshire bufó debajo de la cama. Tiré todas y cada una de las cajas de aquella estantería, vaciando su contenido en la cama, en el suelo.

Encontré el nombre que buscaba, pero no en la libreta.

Un documento de identidad rebotó en el suelo.

Me senté al borde de la cama, enterrando mi rostro entre las manos.

Todo estaba quieto a mi alrededor, aunque yo sentía que la casa vibraba, que se me caía encima. Roca sobre roca. Libros. Cuadernos. Yeso. Cristales. Me sentía en el centro de un huracán.

Adrien volvió a llamar.

—¡¿Qué cojones quieres?! —grité, descolgando el teléfono.

—Por fin, Gael... ¿Estás..., estás bien?

—¿Qué pasa? —pregunté, demostrando mi escasa paciencia.

Noté que a Adrien le costaba encontrar las palabras.

—Mi padre..., mi padre va a descartar a..., a Tulipán. —Me desconcertó escuchar ese nombre de sus labios. Mi corazón dio un vuelco doble—. No logramos que se preñe de nuevo. Si te das prisa, podría cedértela. Si no, irá al matadero.

—¿Y Pinaux? —logré preguntar.

—No sabe nada. He hablado con el chico del matadero y le he dicho que al final sí logramos que se preñara. Pero es mentira. Mi padre no está ahora en la granja. Gael, como se entere me mata. Lo hago por ti y por tu vaca, para que conozca a su madre.

—Adrien..., yo..., joder, eres el mejor. Gracias. Voy.

—Gael, no tengo el remolque.

—Pido uno prestado.

Y colgué, todavía más nervioso.

Observé la libreta vieja.

El documento de identidad.

Las estanterías repletas de mentiras.

Salí de casa antes de que el huracán me llevara por delante, obligándome a pensar en Tulipán y en que pronto conocería a su hija, si todo salía bien.

Cuarta parte

Hiver

Capítulo 38
GAEL

Cuando salí de casa, aún con el corazón desbocado, noté una oleada de frío. Me metí en el coche, mientras echaba un vistazo a los árboles del cementerio por primera vez en mucho tiempo: esqueletos grises con sus ramas retorcidas dirigidas hacia la luz de un sol demasiado débil. La tierra congelada. El cielo blanco, preparando la próxima nevada. El vaho que salía de mi boca al respirar.

El invierno había llegado sin darme cuenta.

De un volantazo saqué el coche del cementerio. Marqué el teléfono de Lucille Vignon.

—¿Tienes un remolque y tiempo para un rescate?

—¿Dónde?

—La granja de Pinaux, en Maëllys.

Aparqué en la entrada de la granja. Hacía un mes que no pasaba por allí. Cuando salí del coche, mi antiguo compañero me esperaba junto con un chaval. Imaginé que sería el operario que me había sustituido. Pregunté con la mirada a Adrien.

—Alex, este es Gael, nuestro anterior operario.

Alargué la mano al chaval y este la estrechó.

—Lo siento —me dijo el chico, para mi sorpresa.

—Nada que sentir. Como ves, tengo otro trabajo entre manos.

Él sonrió, una sonrisa cómplice que recibí con agrado.

—Gael —llamó mi atención Adrien—. Tenemos una hora, más o menos. Mi padre vendrá a hacer las cuentas a su despacho esta misma tarde. En cuanto coma estará aquí.

Le noté nervioso. No era para menos. Estaba a punto de ser cómplice de un acto de liberación ilegal, después de organizarlo y encubrirlo.

—Será suficiente, Adrien —le dije—. Te debo una muy grande...

—Ya hablaremos de eso si esto sale adelante. Alex va a ir a mi calle para vigilar cuándo mi padre sale de casa. En cuanto Alex llame, damos marcha atrás. ¿Entendido, Gael? ¿Y el remolque?

Asentí, mientras el chico salía diligente hacia el pueblo.

—Una compañera vendrá con el remolque, estará aquí en media hora como tarde —le dije.

—El problema va a ser convencer a esa vaca para que se mueva. Está allí, al fondo de la pradera, tumbada desde ayer. Parece que hubiera comprendido que no teníamos buenos planes para ella. Ni siquiera con manzanas o zanahorias se ha querido mover, que le suelen llamar la atención.

—Claro que lo perciben, Adrien.

Suspiré mientras cruzábamos la pradera lo más rápido posible. Cuando Tulipán me vio, comenzó a mugir. Sonreí.

—¿Qué hay, chica? ¿Te quieres venir conmigo?

Me lamió en cuanto me acerqué, sin embargo, la grandullona tampoco se movió. Intenté espabilarla, animándola a que se levantara, pero mugió y noté que comenzaba a revolverse nerviosa.

—No te va a pasar nada, pero nos tenemos que dar prisa.

Adrien no dejaba de mirar el teléfono.

Le pedí que fuera a por alguna fruta otra vez, por si acaso pudiera chantajearla así.

—¿Tienes algún bulbo de tulipán? —le pregunté después de ver que mi amiga no iba a moverse de ninguna de las maneras. Adrien negó.

—¿Quieres volver a intoxicarla?

—No. Pero le gustaba el olor.

—No tengo, Gael.

Me agaché para inspeccionar a la vaca. El tiempo corría.

—¿Cuántas veces habéis intentado preñarla en este tiempo? —pregunté.

—Bastantes.

—¿Ninguna dio resultado?

—No.

—Debe de tener dolor, por eso no quiere moverse —gruñí. Intenté que Tulipán rodara para revisar sus patas. Tuve que empujar con todo mi cuerpo hasta que mi amiga decidió ceder. En efecto, tenía una pata herida y le dolía al moverse.

—No se puede levantar sola. Necesitamos un elevador.

El elevador solía utilizarse para poder ordeñar de manera más cómoda a algunas vacas. Y a veces también se utilizaba para estos casos en los que las vacas se caían o no podían levantarse por sí mismas.

Echamos a correr hacia la granja, justo a tiempo de recibir a Lucille y el remolque. Le señalé el lugar donde estaba Tulipán, después de darle las gracias por llegar tan rápido.

Adrien se lanzó a desmontar uno de los elevadores.

—Mira si las ruedas están en la oficina, las necesitaremos.

Hice como me mandaba, pero no las encontré fácilmente. Empecé a perder la paciencia.

—¿Las encuentras? —escuché a Adrien llegar.

—Aquí —dije, agradeciendo al cielo. Estaban en un saco, dentro de un armario, entre los diferentes trastos—. Se nota que no estoy aquí para poner orden, ¿sabes?

Adrien lanzó una carcajada. Salimos corriendo de nuevo.

—¿Alguna noticia del chico?

—Nada. Eso es bueno. Pero debe de quedar poco.

Llegamos al lugar donde estaba Tulipán. Lucille había venido con una de sus voluntarias y ambas se encargaban de mimar al animal.

—Gael, está herida.

—Lo sé —dije, comenzando a montar el elevador junto con Adrien—. Pero no tengo tiempo ahora para analizarlo.

Les conté la situación, mientras se lanzaban a ayudar en todo lo posible. Entre cuatro, todo salía más rápido.

—¿Es la madre de Amapola?

Asentí, mientras mis compañeras ponían cara de fascinación.

Pasar el arnés por debajo de Tulipán fue la tarea más difícil sin duda. No ponía nada de su parte.

—¿Dónde está Odette? —preguntó Lucille, resoplando—. Tiene un don para hacer saltar y correr a todos los animales detrás de ella. La necesitamos ahora —bromeó. Yo sentí que los ojos se me llenaban de lágrimas.

—Está ocupada —me limité a decir. La imaginé sentada en el taller de Jean-Pierre, rodeada de esculturas de metal. Me imaginé sus ojos verdes concentrados en su nueva obra. Su cabello rubio recogido en un moño mal hecho. Imaginé el brillo de sus ojos al escuchar que había rescatado a Tulipán. Porque si aquella noche fuera a ser una noche normal, me recibiría en casa con un abrazo. La llevaría a la finca, a conocer a la vaca de la que tantas veces le había hablado. No obstante, todo eso se acababa.

—Gael, ya está.

Había logrado pasar la última rienda del arnés por debajo de Tulipán, a base de moverla y hacer fuerza. Me levanté.

Cuando Adrien y yo nos dispusimos a tirar de las poleas para levantar a Tulipán, su teléfono sonó.

—Mierda. Alex. Tenemos que dejarlo, Gael. Mi padre os verá salir.

—No queda nada, Adrien, no la voy a dejar aquí.

—Esperaremos si hace falta hasta la noche —intervino Lucille—. Ve y distrae a tu padre.

—Este pedazo remolque se ve desde la granja.

—Vamos a subir a Tulipán ya —dije—, y antes de que llegue Pinaux lo podremos conducir hasta la parte trasera, contra el muro, allí no lo verá si no sale.

Lo hicimos todo lo rápido que pudimos.

—Ve yendo a la granja, Adrien. Nos ocupamos.

Asintió y se marchó.

Entre la voluntaria de Lucille y yo terminamos de levantar a Tulipán. Pesaba mucho y además se revolvía nerviosa. Lucille bajó la rampa del remolque y los tres empujamos el elevador, ayudándonos de sus ruedas, hasta meter allí a Tulipán.

—Vamos —dije, bajando del remolque. Conduje todo lo rápido que me permitieron la pradera, el fango y las pequeñas colinas. Logramos llegar al muro trasero de la granja. Aquella zona no se veía desde la carretera y tampoco tenía ninguna ventana que diera al interior de las instalaciones. Era el lugar donde acumulaban instrumentos viejos, chatarra o sacos de hierba seca, entre otras cosas.

Nos quedamos allí, aparcados y aguantando la respiración, como si temiéramos que el edificio entero de la granja fuera a levantarse y desvelarnos. Saqué mi teléfono y vi que justo Adrien me llamaba. Noté que se me hacía un nudo en el estómago. Sentía que todo estaba marchando demasiado bien, dentro de la situación en la que estábamos. Entonces me acordé. Me había dejado el coche aparcado en la misma explanada delantera. Cerré los ojos y maldije.

—Adrien —respondí al teléfono.

—¿Dónde te has metido? —Escuché la voz exagerada de mi compañero—. ¿Estás en la pradera? Me voy un minuto y te pierdo de vista —rio, nervioso.

—Voy para allá.

Vi que Lucille se ponía pálida. Colgué.

—Tengo que ir dentro. Soy gilipollas y me he dejado el coche aparcado en la puerta, Pinaux sabe que estoy aquí.

—¿Cómo vas a ir?

—Adrien se habrá inventado alguna excusa..., espero. No sé, ya se nos ocurrirá algo. ¿Podéis esperar aquí hasta que os diga? Os estoy pidiendo mucho —me lamenté.

—Esta grandullona no va a acabar en un matadero. Va a conocer a su hija, por fin. Va a poder pasar sus últimos días con ella. No nos pides mucho, Gael. Esperaremos hasta que nos digáis. Nos vemos en el santuario, aunque sea a medianoche.

Asentí, agradecido. Salté fuera del coche. Lancé una mirada dentro del remolque, donde mi amiga yacía tirada, recibiendo caricias de la voluntaria que con tanta bondad nos ayudaba.

—Estás bien acompañada —dije, sonriendo.

Y fui corriendo hasta la pradera, para fingir que llegaba desde allí.

—¿Qué cojones haces aquí, Tremille?

—Yo también te he echado de menos, Pinaux —sonreí con malicia mientras cerraba tras de mí la verja de la pradera—. Vine a recoger el cargador del ordenador —improvisé—. Nunca imaginé que de todos los lugares donde podía habérmelo dejado sería aquí.

Le di la mano, él me la estrechó de mala gana.

—Hueles a vaca.

—Aproveché para echarles un ojo. No me fío de vuestro nuevo operario, ¿tiene trece años? Mírale —pregunté, echando una mirada por encima del hombro hacia el lugar donde Alex recogía unas lonas. Era un muchacho delgado. Me dije que ya tendría tiempo de pedirle perdón por mis palabras.

—Cuidado, Tremille. No te acerques a mis animales.

Tuve que reprimir una carcajada. Pinaux debía verme como una especie de hombre del saco; en realidad estaba más acertado de lo que creía.

Adrien se adelantó.

—Había pensado que Gael podría enseñar a Alex lo relativo a los medicamentos y hacer inventario.

—¿Y por qué iba a hacerlo? No le pienso pagar.

—Le debo una a Adrien. Cosas de jóvenes —dije. No entendía cómo podía mostrarme tan tranquilo con el nudo de nervios que tenía en el estómago, entre unas cosas y otras.

Pinaux puso los ojos en blanco y se encendió un cigarro.

—Como queráis. Así termino antes con los registros y recibo al del matadero.

—Papá, el del matadero ya vino por la mañana —comentó Adrien, en un susurro que fingía a la perfección el tono que habría utilizado al hablar de ello delante de mí. Decidí actuar yo también. Me di media vuelta, con cara de pocos amigos y caminé hasta Alex.

—Bien, entonces —dijo Pinaux, sin más—. Menos trabajo.

Nos lanzamos a la oficina. Alex miraba excitado hacia todas partes.

—Relájate y sígueme el rollo —le susurré, encendiendo el viejo ordenador.

Me metí en el papel y comencé a enseñar al chico el trabajo que había hecho yo durante meses. Alex no era tonto, sabía casi todo, pero se hizo el inocente todas las veces que Pinaux pasó por delante de la puerta.

Adrien trabajaba de un lado para otro, sobre todo en el exterior: metió las vacas de la pradera, esparció heno, se puso a lavar el tractor. Yo sabía que vigilaba que Pinaux no se acercara a la parte trasera de la granja. De vez en cuando entraba en la oficina y nos intercambiábamos miradas de apoyo. Todos esperábamos con ansia que Pinaux se marchara, pero los registros parecían llevarle un tiempo eterno. Yo no podía dejar de pensar en mis compañeras y en Tulipán, y los nervios y el cansancio que tendrían encima.

Cuando pasaron dos horas, decidí que lo más inteligente era irme.

—Pinaux —dije, entrando con Alex a mi lado en su despacho—. Tienes un buen operario. Sabe mucho.

El hombre giró sobre su silla, echando humo por la boca.

—Me alegra oír eso.

—Me voy ya, no pienso trasnochar aquí como cuando trabajaba.

Pinaux lanzó una carcajada.

—Espera, muchacho, que ya salgo contigo.

Se levantó de la silla y recogió su cajetilla de tabaco, su teléfono y otras cosas. Sonreí. En efecto, Pinaux no se fiaba de irse y dejarme en la granja. Lo mejor para que se fuera era marcharme yo también.

Salimos abrigados. El viento era frío.

—Tremille —me dijo antes de que entrara en el coche—. Eres un buen veterinario. Tendrías trabajo donde quisieras si no fueras tan terco.

Sonreí de medio lado.

—Gracias, Pinaux. Me conmueve viniendo de ti.

Gruñó y se metió en su coche. Adrien salió a despedirse de mí.

—Nos vemos, Gael. Gracias por venir hoy.

Asentí, con el corazón a punto de explotar. Estaba hecho. Hasta que no salí con el coche, Pinaux tampoco lo hizo.

Exclamé al cielo y reí aliviado cuando mis amigas aparecieron en la entrada de la finca, junto con el remolque. Habían esperado casi tres horas tras la granja. Tulipán también estaba cansada, hambrienta y dolorida. Pero, al menos, estaba viva. Adrien y Alex abandonaron la granja durante un rato para poder acompañarlas.

Cuando descargamos a Tulipán en la finca, con cuidado, me puse a llorar. Necesitaba expulsar toda la tensión acumulada. Abracé a mi amiga, que olisqueaba el aire, nerviosa.

—Estás en casa, chica —le dije—. ¡Amapola! —llamé. La pequeña se acercó en seguida, curiosa, al ver un ser similar a ella.

Se acercó a oler a Tulipán. Tulipán comenzó a mugir, como loca. Reímos de alegría. Hasta Alex se quedó embobado. Amapola se quedó cerca de su madre, que aún flotaba con el elevador. Tulipán comenzó a lamerla, como si fuera una ternera aún y no una vaca de su mismo tamaño.

La escena fue conmovedora. No dejaron de acicalarse la una a la otra y de mugirse. Para mí, todo cobraba sentido. El santuario. Haber trabajado en la granja. Aquel fue el momento en que me di cuenta de que el camino de mi vida me había preparado para esto.

Sonreí, mientras Tulipán me repartía un lametazo por cada tres que pegaba a Amapola.

—Espero que con esto me perdones el daño del

que fui cómplice. Aquí nadie os hará daño, ni os separará.

En cuanto pude, comencé a revisar las heridas de Tulipán. Desinfecté la herida de su pata, con ayuda de Alex, que se interesó en seguida en el trabajo. Juntos, vendamos la herida y aplicamos los medicamentos necesarios para que le bajara la inflamación de las zonas golpeadas y desgarradas. Por supuesto, también le quitamos el crotal con unos alicates. En el santuario, ningún animal era un número.

Mientras tanto, el ambiente era festivo. Lucille y su compañera fueron a comprar comida. Cenamos juntos en la pradera, a pesar del frío que hacía y de que la luz desaparecía poco a poco. Mis compañeras atendieron al resto de los animales del santuario por mí mientras yo atendía a Tulipán.

Cuando terminamos de instalarla en el establo, ayudé a Adrien y Alex a recoger el elevador.

—Gracias de nuevo. A los dos. Alex, cuida de ellas por mí, anda.

Él asintió.

Se marcharon justo cuando Odette entró en la finca.

Y entonces, toda mi alegría renovada se vio afectada por el huracán que la perseguía. Ese del que había logrado huir gracias a Tulipán. Ahora llegaba, de nuevo. Quise gritar que se marchara. Pero no. Antes me debía una explicación.

—¿Habéis tenido un rescate? —preguntó ella, acercándose, corriendo, alegre. Saludó a Lucille, que la puso al día de todo. Sus ojos brillaban de emoción. Yo no podía sonreír, a pesar de que mi corazón me pedía que la estrechara entre mis brazos. Que llorara de felicidad en su pecho, al igual que lloré con ella el día en que Amapola llegó a nuestra vida. Pero no podía, porque incluso aquel primer recuerdo feliz con ella estaba contaminado por mi enfado.

—Nos vamos, chicos. Ha sido un día feliz, pero intenso —dijo Lucille al fin.

—Claro. Gracias por vuestra ayuda. Nosotros también nos vamos, Tulipán tiene que descansar.

Las vimos marchar.

—Tulipán y Amapola juntas —suspiró Odette, acercándose al establo. La agarré de la muñeca antes de que se alejara. Se giró, sorprendida. Me preguntó con la mirada.

—Nosotros también nos vamos.

Sus ojos se apagaron, como si le hubiera echado un jarro de agua fría por encima.

—Gael...

—Al coche —susurré.

Capítulo 39
ODETTE

Nunca pensé que los ojos de Gael pudieran ser rocas. El símil era fácil. Pero la calidez que solía desprender su mirada, su sonrisa, nunca habrían hecho pensar en algo frío y duro como la roca.

En aquel momento, me dolía el alma con solo mirarlos a través del espejo retrovisor, incluso sin que se clavaran en mí. Gael no me miraba, ni siquiera de reojo, solo miraba la carretera. Condujo rápido, pegando volantazos en las escasas curvas del camino hasta la casa del cementerio.

—Vamos.

Fue lo único que dijo antes de salir del coche y dar un portazo. Me quedé paralizada en el asiento, con la mirada borrosa. A lo mejor podía abrir la puerta y echar a correr. Fuera del cementerio. Cruzar la carretera. Coger el camino del bosque, cruzar corriendo los campos, sin mirar atrás, llegar al siguiente pueblo y perderme.

Toda mi fantasía se deshizo en cuanto Gael se acercó para abrir la puerta del copiloto. Salí, despacio. En cuanto estuve fuera, Gael dio otro portazo y se dirigió al interior de la casa. Me volvió a esperar en la puerta de cristal que daba al porche.

Subí, temblando con cada paso.

Y nada más cerrar la puerta de casa, me sentí

encerrada. Sentí que las paredes se pegaban a mí. Que no quedaba oxígeno.

—Gael...

Entró en la cocina y deslizó el móvil encima de la mesa.

—¿Qué es esto?

Por un momento pensé en negar todo.

—Malva. Ese es tu nombre, en realidad.

En la pantalla del móvil vi un cartel con una foto mía. Solo que yo no era la misma. El cabello corto y teñido de rojo. Tez pálida y maquillada, cubriendo mis pecas. Mirada perdida. Y en rojo, la palabra «DESAPARECIDA» y mi nombre. El que un día lo fue, al menos.

—Malva Olaya.

Sentí que aquel nombre pronunciado en sus labios ardía. Lo sentí antinatural. Quise gritar que no me llamara así.

—Gael..., yo... no sé cómo has llegado a esto, pero...

Él cogió el móvil y pasó con el dedo a otra fotografía. La última que Pablo publicó de mí, después de saber que no volvería a verme. Gael leyó en voz alta la única frase que me dedicó.

«Ojalá pudiera saber por qué».

En la publicación de Pablo aparecía yo con un bosque de fondo, en otoño. Estaba muy cambiada, como en la foto del cartel. Vestía entera de negro y sonreía, pero yo sabía que por dentro no estaba feliz.

Gael subió las escaleras y me bajó dos libretas: la negra y... la primera. La primera libreta que tuve.

—Eran privadas.

—Mi móvil también lo era. Cogiste mi teléfono sin mi permiso para bloquear a Pablo, ¿verdad?

Bajé la mirada y me obligué a callar.

—¿Qué es todo esto? —dijo, rendido—. ¿Quién cojones eres?

Aquella frase se me clavó en el corazón. Sentí las lágrimas calientes caer por mis mejillas.

—Quien has conocido es todo lo que soy —respondí, pero las palabras salían muy lentas.

Se alejó de mí. Su voz sonaba enfadada como jamás la había escuchado. Y bajo el enfado, percibí decepción.

—Gael, escúchame —dije, deshaciéndome por dentro como solo lo había hecho en los momentos más duros de mi adolescencia. Cuando parecía que no podría salir del túnel—. Necesitaba hacerlo. Necesitaba empezar de cero. Mi vida...

Pero él no escuchaba. No quería escuchar.

—Malva —dijo, soltando una risa seca—. Resulta que los rumores son ciertos. La gente te caló al ponerte ese apodo. La Criadora de Malvas —volvió a reírse, cínico—. Entierras tu pasado, arrastras un cadáver y por cada mentira nace una malva más entre las tumbas.

Retrocedí un poco y me abracé a mí misma, sintiéndome pequeña ante sus burlas. Sintiendo que todas mis pesadillas se hacían realidad.

—No tienes ni idea de mi vida, Gael.

—¡Claro que no sé nada! ¡Porque nunca me has contado nada de ti! —gritó.

—No quiero recordarla porque me hace daño. Y porque no es relevante para quien soy hoy en día.

—Y yo aun así confié en ti, a pesar de no saber nada. ¿Cómo se puede ser tan imbécil? —siguió él, dolido, sin prestarme atención—. Nos conocimos en el aquel festival, en Bayona. Eras su novia.

Sentí que clavaba la mirada en mí.

—No sabía que te encontraría aquí cuando vine —me defendí—. Ni siquiera hablamos mucho durante el festival, no pensé que te acordarías de mí..., yo... —Me di cuenta entonces de lo patética que sonaba. De la extrañeza que debía emitir con cada frase, como una niña que se ha contado a sí misma mentiras y al decirlas en voz alta se da cuenta de que nunca se las creyó, en realidad.

Él me lo demostró bufando.

—De verdad, Gael. —Intenté acercarme a él—. Sí, sabía quién eras, pero no... no me acerqué a ti por nada relacionado con aquellos días. Por nada, te lo prometo. —Y aquí yo estaba volviendo a mentir. Una tras otra, ¿es que ya no sabía parar de hacerlo?

—No te atrevas a prometerme nada —escupió, con razón.

—Déjame explicarte por qué...

—Venga —exigió—. A ver qué nueva historia te inventas, Criadora de Malvas.

Noté cómo la sangre me subía a las mejillas. Gael me estaba haciendo pequeña, acorralándome. Cada vez entendía menos por qué seguía allí de pie, intentando explicarle algo, en vez de gritarle que se marchara. En vez de salir corriendo de allí. Tal vez porque algo dentro de mí había dejado de funcionar.

—Te dije una vez que no me hablaras así más en tu vida, Gael Tremille.

—¡A mí también me habría gustado tener la oportunidad de pedirte que dejaras de burlarte de mí! —exclamó, acercándose tanto que me obligué a retroceder, contra la pared.

—Solo me fui de casa —susurré.

—Gran manera de irse —dijo, aún pegado a mí—. Tu familia y tu pareja te dieron por desaparecida. Siguen sin saber qué fue de ti, ¿verdad? Jamás me perdonaría hacer tanto daño a mi familia. Jamás.

—Escúchame —supliqué—. Gael, ¡ese cartel es falso! No desaparecí, les avisé, dejé una nota. Pero mi familia no aceptó que me fuera, lo denunciaron y... y montaron revuelo por todo el país. Tuve que llamar a la policía, decir que estaba bien..., que avisaran a mi familia de que todo iba bien...

—¿Y después inventarte una identidad falsa y engañar a todo el que pasara por delante? —se burló él—. Incluso a mí. Se suponía que me querías.

—Gael, siempre fui una marioneta a las órdenes de mi familia, incluso después de marcharme no me han dejado tranquila. —Exploté yo—. Tú tampoco eres un gran ejemplo de personalidad. Te enfrentaste a tu padre hace escasos meses —escupí, con todo el enfado que pude transmitir.

—Tú me enseñaste a ponerme a mí por delante del mundo, a dejar claro mi lugar —murmuró—. Pero no a huir y esconderme para conseguirlo.

—Mi familia no es como la tuya, Gael.

—Enséñales quién eres. Llama a tu familia. Deja de esconderte.

—No —dije, firme—. Prefiero no existir para ellos.

—No existir para ellos significa no existir para muchas otras personas. No me dejaste acompañarte al hospital. —Me lanzó una mirada enfadada—. No puedes ir a ningún sitio oficial. No tienes identidad. No puedes firmar un contrato, no puedes aparecer como fundadora del santuario. No existes.

—Es mi decisión —respondí, aunque la voz me tembló.

Gael apretó la mandíbula y apartó la mirada.

—Ojalá me lo hubieras dicho antes.

Se apartó de mí. Comenzó a recoger sus cosas.

—Gael... —me lancé para frenarle, pero se deshizo de mi agarre—. No te vayas.

—Yo sí quiero una vida normal, ¿sabes? Y contigo no la voy a tener. Ayer, después de la boda, me escuchaste decir... decir que esperaría todo el tiempo por ti —sonaba tan roto que no pude evitar cubrirme el rostro y llorar—. Y aun así no me dijiste nada, Malva.

—No me llames así.

—Es tu nombre.

—No quiero que lo sea.

—Es verdad. Podrías haberte presentado con cualquier nombre. Podrías haberme contado cualquier otra historia loca sobre tu vida y me la tendría que haber creído. Solo dime, ¿qué pensabas hacer conmigo? Mírame. —Levanté la mirada, entre lágrimas, sin entender—. En algún momento, marcharte también.

—¡No! —exclamé, negando, con lágrimas en los ojos—. No.

—Nunca podría llevarte al médico. Nunca podría sacarme una foto contigo, ni hablar de ti. Nunca podría planear una vida contigo porque para ti no existe el futuro. No podrías casarte ni tener hijos porque eso supondría enfrentarte a un registro donde no figuras, asentarte en un lugar donde sabes que no vas a permanecer. Y no me lo ibas a decir. He tenido que descubrirlo yo. Claro que lo habrías hecho, desaparecer también. Dejarme una nota y volar.

Negué, no podía parar de negar, mientras escuchaba su voz rota, mientras le veía recoger su ropa y tirarla dentro de su bolsa, mientras la vergüenza me llenaba. Porque tenía razón.

—Pensé en irme cuando vi que me estaba enamorando de ti —confesé, llorando, sintiéndome culpable—. Pero decidí quedarme contigo. Y no he cambiado de opinión, de verdad. Quédate conmigo —rogué—. Quiero quedarme contigo, por favor. Gael, te quiero.

Mientras él metía ropa, yo la sacaba.

—Gael, mírame. Por favor, mírame. Quédate conmigo. Te quiero, lo he hecho siempre, desde que te conocí. Me enamoré de la manera más bonita que existe.

—Y yo me enamoré también —dijo, sin mirarme—. Me enamoré de Odette. De su risa. De su manera de ver la vida. De sus caricias y sus besos. De su corazón. Y de repente no la encuentro. Resulta que es un personaje inventado.

—Esa persona soy yo, ¡soy yo! —exclamé, frustrada—. Soy todo lo que siempre quise ser y no pude. Mi verdadero yo. ¡Da igual el maldito nombre!

Gael negó, se apartó y siguió metiendo cosas en bolsas.

—Te pedí que confiaras en mí.

—Gael —susurré, bajando las escaleras con él, siguiéndole hasta la puerta—. Maëllys, el santuario, esta casa... no tienen sentido si no me quieres a tu lado.

Por un momento, noté la duda en su mirada. Pero cuando habló, lo hizo de forma clara:

—Lo nuestro se acaba aquí. Eres libre para volar.

Si mi corazón hubiera sido de cristal, se habría escuchado el estallar en mil pedazos. Pero en vez de eso, se llenó de un tinte ponzoñoso llamado dolor. Y rabia.

Gael salió junto a Möira, esta vez no les puse impedimento. Lanzó sus cosas dentro del coche.

—¡Si de verdad me quisieras, no te marcharías! —grité, llorando, fuera de mí, anhelando que se volviera, que me mirara de nuevo—. ¡Si de verdad te importara algo me creerías, joder! ¡Me escucharías! ¡Te daría igual mi puñetero nombre!

Yo veía todo borroso a mi alrededor. El mundo temblaba, se sacudía, como enfermo.

Y él salió sin mirar atrás.

Capítulo 40
MALVA

Un recuerdo de niñez aterrizó en mi mente.

A veces, cuando el viento soplaba, sentía que mi cuerpo se deshacía y se esparcía por el monte por el que me gustaba pasear, como las hojas secas que desvisten un árbol en otoño. Deseaba que ocurriera, por la curiosidad de que algo en la vida me hiciera cosquillas. Por sentirme ligera de una vez por todas. El día que me senté en el parque a leer y la historia no me engulló, quise llorar, porque entonces ya no había manera de sacarme de aquella vida.

Estaba cansada de recoger objetos preciosos que terminaban en una estantería abandonada, esperando al momento oportuno para prestarles atención. Estaba harta de la falsedad que me rodeaba. Mi libreta —la primera— comenzó a cobrar vida. Los monstruos de rayajos grises me perseguían por las noches.

Mi familia siempre se dedicó al negocio. A la publicidad. Clientes y programas. Llamadas que me sumergían en un mundo en el que no existía un lugar propio, solo un ente que se sentaba a la mesa de la cocina a comer con nosotros. Una sombra sin rostro que soplaba las velas de cumpleaños a mi lado, cada vez más grande. Toda mi vida estuvo a la sombra de aquella maldita empresa. Para mis padres, mis notas nunca eran tan altas como hubieran querido. Mis amigos nunca eran buenos. Mi tiempo jamás era valioso. Todo tenía que entregarlo a la empresa, como si fuera una criatura que engullía todo a su alrededor, que sobrevivía a base de sacrificios, como una deidad a la que hubiera que rendir culto. Mis padres se gritaban, discutían por cosas de la empresa, y yo no entendía por qué era más importante ella que cualquier otra cosa, que su relación, que yo, su hija. Cuando entré en la compañía, tenía veintidós años y estaba sola.

Y yo era la única heredera. *Yo.* La que cargaría con aquel monstruo por el resto de la eternidad, la que debería mover sus hilos. Yo, imprescindible en el destino de aquel ser que demandaba *todo.* Yo protagonizaba aquella historia, tal vez debería haberme sentido como la gran elegida.

Mi único amigo se llamaba Pablo y era mi vecino. Él atravesaba la puerta de mi casa con historias en sus manos, historias que la gente inventaba porque sí y que espantaban a la Sombra. Con flores frescas como antídoto a la oscuridad de mi mente. Pero con el tiempo me pidió una moneda de cambio por sacarme del mundo cuadrado de mi familia: amor. Y entonces otra sombra más creció al lado de las que ya me perseguían. Una sombra de caricias y besos molestos a cambio de un rayo de luz, débil, que iluminaba demasiado poco. ¿Por qué no le dije que no le quería de la misma manera?

Yo no sabía que podía decidir. Todas las acciones de mi vida habían sido en favor de mi familia y la empresa. ¿No es el deber de toda elegida cumplir la profecía para la que ha sido destinada, aunque no le guste?

El tiempo corría y a mí se me escapaba de las manos, pero incluso dedicándolo todo a mi trabajo, a mi familia o a mi pareja, yo no encontraba la felicidad. No tenía ganas de nada.

Los monstruos de rayajos que vivían en mi libreta me acechaban por las noches. Cuando mi madre entraba, me abrazaba a ella, como a un salvavidas. Pero ella nunca los veía y, cuando se levantaba, los monstruos de rayajos se reían en las esquinas, sabiendo que se echarían encima de mí otra vez en cuanto la puerta de mi habitación se cerrara.

Fue un verano cuando el rayo de luz se ensanchó, tanto, que logré ver.

Un viaje lejos de casa. Música. Y un amigo de Pablo, un chico francés de cabello trenzado y ojos grises. Aquel fue el único viaje que hice cuando era una chavala, después de que Pablo convenciera a mis padres de que me vendría bien.

A la luz de las hogueras —que yo habría afirmado que solo existían en los cuentos— el chico del triskel de plata nos contó que sería veterinario, aunque su padre ya le había regañado. Pero él había pedido una beca y se iría a París a estudiar. Allí cumpliría su sueño: ayudar a los animales que lo necesitaran. El chico bebía, reía, bailaba. Detrás de él no había sombras. Y si las había, se encargaba de pisarlas y reírse de ellas. Y cuando él estaba cerca, pisaba un poco también las mías. Su luz las diluía.

Cuando volví a casa, comencé a salirme de las vías establecidas. Cada vez que discutía con mis padres, visualizaba en mi mente al chico de ojos grises que me ayudó a despertar.

No recordaba su nombre. Apenas me había atrevido a hablar con él. Pero no me importaba, no necesitaba conocerle para sentirme agradecida. Y así, sin querer, Gael Tremille se convirtió en mi modelo. Su recuerdo, en mi mantra.

Esbocé mis primeros dibujos. *Mujercitas* y otros libros. La montaña que había detrás de mi casa. Había una cabaña abandonada de madera adonde solía escaparme y dibujar o leer. Aquellos días me llenaron.

Y Ches, cuando apareció. Ches cambió mi mundo. Se convirtió en mi responsabilidad. Habría cambiado todo por él. Me enfrenté por primera vez con mis padres para que dejaran de discutir y gritar en casa. A Ches le asustaban los gritos, y su bienestar me importaba más que la empresa.

Otra vida era posible. Vencí a mi sombra. No estaba destinada a heredar una empresa que me consumía por dentro. Y entonces ocurrió.

—Tu futuro en la empresa no es negociable, Malva.

—¿Qué?

—Eres nuestra única hija. Nadie más se haría cargo de la empresa mejor que tú. Te hemos formado para ello.

—Yo quiero empezar... —susurré, sin atreverme a mirar apenas a mis padres— algo nuevo. Distinto. Siempre podéis venderla cuando no os queráis ocupar de ella más —propuse, de manera inocente.

Mi madre levantó la vista por primera vez de su portátil, como si le hubiera echado un jarro de agua fría.

—¿Qué acabas de decir?

Abrí la boca, pero no me dio tiempo a decir nada. Me escondí tras el cabello teñido y tras el maquillaje con el que escondía mis ojeras, mi llanto y mis nervios.

—¿Tú sabes el trabajo que supone la agencia? ¿Todo lo que hemos dado por ella?

«Todos los sacrificios. Una deidad que nunca está contenta. Que siempre pide más, y más, y más».

—Algún día necesitaréis dejarla. Descansar.

—Y por eso tú continuarás con su gestión. No eres jefa de departamento con veintidós años por nada, Malva. Eres una privilegiada.

Negué.

—Lo agradezco, pero no quiero..., no me gusta esto.

—Da igual que no te guste. El trabajo es trabajo.

—Sí, lo sé, pero prefiero hacer otra cosa. Yo no quiero gestionar nada.

—Eres una desagradecida.

—No, lo agradezco, aunque no lo quiero. Ya he dicho que podéis venderla, llegado el momento. La agencia tiene una marca consolidada, encontraréis comprador en seguida, incluso os puedo ayudar...

—¡Basta! —gritó mi madre, como si estuviera convocando al mismo diablo allí, en el despacho— ¡Eres nuestra hija, tienes que llevar esta agencia, y no se hable más! Deja de decir estupideces.

Sentí como si me hubiera abofeteado. Me temblaron los labios, los ojos se me llenaron de lágrimas.

—A lo que se refiere tu madre es a que deberías agradecernos. Vives con nosotros gracias al dinero de la agencia, ¿no?

—Vivo con vosotros porque soy vuestra hija —escupí—. Y la agencia es vuestro trabajo. Como lo podría ser cualquier otro. No le debo nada.

—¿Ah, no? —Mi madre alzó las cejas, como si acabara de soltar un sinsentido—. ¿Quién te ha dado de comer todos estos años?

—Vosotros, no una maldita empresa.

—Pues nos lo debes a nosotros, entonces.

—Yo no he elegido venir al mundo, ¿sabes? Si no queríais mantener una hija, no haberla tenido, así de fácil. —Mis lágrimas rompieron la barrera del orgullo, me sentí débil—. ¿O es que solo me tuvisteis para tener alguien que llevara vuestra maldita empresa?

—Bueno, ya estás exagerando.

—¿Y entonces qué me estáis diciendo? Explicádmelo, porque yo entiendo que estoy en deuda con vosotros por el hecho de existir.

—Malva, deja de hacer el payaso, ¿vale?

Así era yo. La hija ridícula.

—No voy a heredar la empresa y además renuncio desde hoy a mi puesto en el departamento.

—Eso no puedes hacerlo.

—Espera a mañana y cuando no me veas allí, verás como sí puedo —dije, temblando. Pero apenas hube terminado, noté fuego en la cara. Mi padre me había dado una bofetada.

—A ver si me entiendes —dijo—. No tienes más futuro que este, ¿entendido? Para eso te hemos pagado la formación en todas y cada una de las universidades más famosas de Zaragoza. Para eso te hemos metido desde tan joven, aun siendo incapaz de hacer la O con un canuto. Sé un poco agradecida. Como vuelvas a amenazar con dejar la empresa, te ponemos de patitas en la calle para que aprendas un poco. Te echarías a llorar a los dos minutos, malcriada, pidiendo volver a casa. Pero ya sería tarde, porque nosotros ya no tendríamos hija.

No sé qué dolió más: si la bofetada o aquellas palabras. Di un paso atrás, aún acariciándome el rostro dolorido.

—Nunca la habéis tenido —susurré, llorando.

Eché un último vistazo al teléfono marcado en la pantalla. El número de mi madre. Podía llamarla. Contar todo.

¿Después de cinco años? ¿Y qué le iba a decir? ¿Que había monstruos en mi cuarto que ella jamás supo ver, sino que los alimentaba? ¿Que salí corriendo para huir de ellos?

Cuando pasó un mes y no aparecí por casa, cuando ni siquiera Pablo sabía dónde me había metido, mis padres comenzaron a buscarme. Difundieron carteles con mi rostro, dijeron que había desaparecido, como si no supieran que me fui por voluntad propia. Estaba en el norte de España cuando la policía llegó a mi casa. Pedí que no me siguieran. Y, aun así, no desistieron. La policía me perseguía, día y noche. Los carteles recorrían las redes sociales. La gente me miraba y me reconocía. Hui a Irlanda. Y, aun así, me sentía perseguida. Observada.

Y por eso decidí enterrar a Malva y renacer como Odette Guillory.

Por eso decidí saltar cada vez con más frecuencia de ciudad en ciudad. Evitar las muchedumbres. Evitar a los ojos acusadores que me llevarían a rastras hacia mis padres. Porque ellos no me querían, me repetía una y otra vez.

¿Bastaría presentarme ante mis padres, como una criminal, para recuperar a Gael? Me abracé a mí misma, en las escaleras del porche de las que era incapaz de levantarme.

Todo lo que quería era que volviera. Él, que había sabido acompañarme en los momentos en que siempre estuve sola. Que me había protegido contra las sombras, como un ángel de la guarda. Pero todo estaba roto; él no volvería a quererme de la manera en que yo quería. Siempre vería en mí una mentira, una decepción.

Me obligué a ponerme en marcha.

Guardé mi documentación en el fondo de la mochila de viaje. Metí mis pocas prendas de ropa sin doblar en la maleta. Mis herramientas y libros en cajas. Las cosas de Cheshire. Mi ordenador, mi libro electrónico. Mi móvil. Las dos libretas.

Me moví entre las sombras, recogiendo mi vida, a oscuras.

En el baño, evité mirar mi reflejo. Si lo hacía, me gritaría que ella siempre tuvo razón. Que no tenía que haberme acercado a nadie. Que nunca tendría que haber bajado la guardia, por mucho que me cansara la soledad.

Pensé en Paule. En mis amigos. En Gael. Y en que me desvelaría.

Ya no podría vivir en Maëllys.

Arrastraba un cadáver conmigo.

Un cadáver lleno de malvas, imposible de enterrar.

Capítulo 41

GAEL

Hubo un tiempo en el que habría dado todo por saber qué pasaba por la mente de Odette. Por ver qué escenas aparecían en la mente de aquella chica cuando se quedaba pensativa en el sofá, con una copa de vino entre las manos. Por saber qué recuerdos provocaban las lágrimas que derramaba en sus días tristes para poder consolarla.

En aquel momento, habría pagado la cantidad que me pidieran por poder olvidarlo todo.

Llovía cuando llegué a la caseta del jardín, en casa de mis padres. Llovía, como el día que la conocí.

Cerré la puerta en cuanto mi perra estuvo dentro y eché la llave. Los escasos metros cuadrados estaban a oscuras y olía a cerrado. Nadie había entrado desde la última vez que dormí en ella. Hacía frío. Pero en vez de abrir las persianas, en vez de dejar que entrara la luz, en vez de sacar el pequeño calefactor eléctrico, me dejé caer sobre el colchón viejo. Enterré mi cara en la almohada y lloré pensando que ojalá estuviera ella para consolarme. Lloré recordando que ya no tenía sentido pensar en ella. Que la persona de la que me había enamorado no existía. Era un fantasma. Un producto de la imaginación.

Es curioso cómo nuestra mente aprovecha que sabe que nunca volverá a ver a una persona para bombardearnos con recuerdos. Y yo, entre las mantas, intentaba esquivarlos, dejarla en blanco.

Cuando noté que mi mente se lanzaba a soñar por su cuenta, sin preguntarme, agradecí a mi dolor de cabeza por traerme el sueño.

Me dormí.

Dos golpes secos en la puerta me despertaron de repente.

Me incorporé, desubicado, buscando el interruptor de la luz en el lugar donde habría estado en nuestra habitación. La habitación de Odette. No lo encontré. Tampoco el ventanal frente a la cama, ni las estanterías repletas de libros y cajas, ni ninguna taza sucia abandonada.

Dos golpes más.

—¿Gael? ¿Estás ahí?

Era mi hermano. Quise desbloquear el móvil para ver qué hora era, pero tuve miedo. Si Odette, o Malva, o quien narices fuera, me hubiera escrito un mensaje, me destrozaría. Decidí no hacerlo. Me levanté para abrirle la puerta a mi hermano.

—¿Qué haces aquí? —fue lo primero que me dijo, antes de alejarse de mí—. Uf, apestas.

Suspiré.

—Hoy tuve un rescate.

—¿Hoy? Son las seis de la mañana, Gael.

Reparé en la mochila y el termo de mi hermano.

—¿Qué haces aquí? —repitió, esta vez con un tono más preocupado.

—He roto con Odette.

Erian se quedó en silencio. Me miró con una mezcla de incredulidad y pena.

—¿Qué ha pasado?

Quise reír, pero no pude.

—Es complicado.

Me giré para meterme en mi caseta de nuevo. Mi hermano me cogió del brazo.

—Vamos dentro. Dúchate y luego me cuentas.

—Tienes clase.

—Da igual.

—Solo quiero dormir, Erian.

—No.

Me callé. Me dolía la cabeza, no quería discutir más. Volví a sentir que se me llenaban los ojos de lágrimas. Mi hermano entró en la caseta, abrió las ventanas y cogió mi bolsa.

—Vamos.

Le seguí. Una vez dentro de casa, hice lo que me mandaba, sin quejas. Hacer caso a sus órdenes me permitía dejar de pensar. Solo seguir y ejecutar. Respirar hondo. Ducharme. Vestirme. Secarme el pelo. Beber agua. Respirar hondo. Ayudarle a cocinar. Respirar hondo. Comer. Aunque fuera un poco.

Después de un buen rato, en la mesa, Erian hizo la pregunta de nuevo:

—¿Qué ha pasado, Gael?

Suspiré.

—Vamos a la caseta.

Una vez que estuvimos allí, encendí el ordenador. Busqué el nombre de Malva Olaya.

Erian palideció, como hice yo la primera vez que vi el cartel de persona desaparecida.

—Joder.

—Ya.

Le pedí que no se lo contara a nadie más. Me sentía ridículo. No quería que aquella historia de mentiras afectara a más gente. Y porque contarlo era tarea de Odette, no mía. Pero a Erian necesitaba decírselo.

—Entonces... ¿Ya os conocíais?

Me quedé pensativo. Gruñí, mientras me restregaba el rostro con las manos, esforzándome por encontrar los recuerdos en la cabeza resacosa de un chaval de dieciocho años.

—Coincidimos en un festival, hace muchos años, pero no la conocí como tal. Era la novia de un amigo. Ella nunca estaba... presente. No hablaba mucho. Pablo, mi amigo, siempre estaba buscando a alguien, yo nunca sabía a quién. Demasiada cerveza. Ahora sé que era ella. Y que escuchaba y observaba, aunque ninguno nos diéramos cuenta de su presencia. Jamás la habría reconocido, Erian. Pero ella me conocía, de alguna forma, y nunca me lo dijo.

—¿Crees que vino a Maëllys por ti?

—Ella dice que no —dije, de inmediato, enterrando mi cabeza bajo la almohada—. Pero entonces no entiendo cómo no se marchó de inmediato nada más verme.

Erian cogió el ordenador de mi regazo y se puso a buscar más información. Entre las noticias de la desaparición, vimos muchos titulares dedicados a la joven hija de los fundadores de la Agencia Olaya.

—Jefa del departamento financiero con solo veintidós años —murmuró Erian. Silbó—. Nos ha superado. No era tan pobre, después de todo. Tendría buenos ahorros, al menos al irse.

—Entra en esta noticia —señalé, echando un ojo desde mi cueva de almohadas.

Erian me hizo caso. Así hicimos tantas veces como nuestra curiosidad lo pidió.

—Tiene un grado y como tres másters, todos en finanzas, en publicidad, en estrategia empresarial..., hasta en diseño web. Y todos en universidades privadas... —dijo Erian, con los ojos muy abiertos—. No le pega nada, Gael.

Me revolví en la cama. Aquello explicaba todo lo que Odette había sabido hacer por el santuario. Malva. Volví a gruñir. También explicaba que no hubiera encontrado nada sobre Odette Guillory en internet en mis primeras búsquedas inocentes, ni de su padre escritor. No existían. Simplemente, no existían. Eran nombres vacíos. Me obligué a respirar hondo cuando Erian me tocó un hombro.

Vi un artículo en una de las universidades a las que había asistido. Aparecía una foto suya.

—Ábrela.

—Gael...

—Por favor.

Erian amplió la foto.

Se me llenaron los ojos de lágrimas. Se me hizo extraño. Nunca había visto a Odette en una fotografía. Huía de cualquier cámara siempre que podía. A veces enfadada. A veces entre risas. Salía corriendo, se escondía. Se lanzaba a mis brazos para quitarme el móvil.

—Es extraño, Gael. Pero esta chica..., no sé. No es Odette.

—Lo es —dije yo, recorriendo la silueta de su rostro. Sí, estaba cambiada. El cabello teñido de rojo, como Monique. Un flequillo recto. Las pecas bajo la capa de maquillaje. Los ojos, verdes, resaltados por el maquillaje negro. Sus labios. Era ella.

—Sí, a ver, es ella. Pero es curioso que siendo Odette... parece *ella* más. ¿Me explico?

Entendí a qué se refería. Cerré los ojos. Escuché cómo seguía hablando.

—Odette cambió mucho desde que te conoció, Gael. Antes era un bicho raro, perdón por la expresión. La gente hablaba de ella a todas horas. No se quería acercar a nadie más que lo justo y necesario, y ahora veo por qué. Sin embargo, desde que te conoció... se saltó todo eso. Se integró en la vida de Maëllys, aunque fuera un poco —suspiró. Después de un rato en silencio, preguntó—. ¿Crees que ahora, allá donde vaya, volverá a ser la Criadora de Malvas?

Durante toda la mañana le di vueltas a lo que

Erian me había dicho. Y maldije. Me di cuenta de que tenía razón.

Odette, poco a poco, se había agarrado de mi mano para seguir caminando contra el viento. Recordé su voz al decirme que la policía había estado en casa, los días en que habíamos tenido a Amapola en el cementerio. Cómo tembló cuando aquel chico, en verano, le dijo que se las tendría que ver con la policía y con la ley. Seguramente, en otro momento, se habría marchado. Pero se quedó.

Por una vez parecía dispuesta a echar raíces y no dejarse llevar de un lado a otro, como una hoja seca. Recordé todas las veces que había alzado la voz por Amapola, por Merlín, por las hermanas March. Su compromiso con el santuario. Otra raíz que no había echado antes, en sus otras vidas.

Seguía enfadado por la mentira. Me molestaba que no hubiera pensado en cómo afectaría aquella situación a las personas de su alrededor, en concreto a nuestra relación. Pero, al menos por un tiempo, había dejado de huir, ¿no? Con mi enfado, le había dado una razón para volver a dejarse llevar por el viento. Para volver a huir sin dejar rastro.

Porque lo haría. No podía dudar de ello. Y se marcharía pensando que, al fin y al cabo, ella siempre había tenido razón; que huir era la mejor opción para evitar enfrentar el problema.

Era ya tarde cuando me levanté y salí de la caseta. Erian me vio desde la ventana de la cocina y corrió detrás de mí. Nos subimos a mi coche.

—Tengo que hablar con ella —le dije—. Si está sola, actuará como siempre, de la única manera que conoce.

Erian sonrió y se agarró a la puerta del copiloto. Teníamos que llegar rápido.

Capítulo 42

GAEL

Cuando llegamos al cementerio, supe que la casa estaba vacía. La mirada apagada de Erian me indicó que veía lo mismo que yo.

Tras la cortina de lluvia estaba la casa de piedra de nuestra infancia, abandonada. Las luces apagadas. La verja oxidada. Los hierbajos en los escalones. A través de la cristalera del porche, muebles viejos.

Como si Odette jamás hubiera pasado por Maëllys.

Salí del coche, dejando que la lluvia me calara. Erian me siguió, con expresión sombría. Por un momento, me pareció que teníamos quince años menos, que me iba a pedir, agarrándome de la camiseta, que no entráramos, que le daba miedo, que volviéramos a casa.

Abrí la puerta que daba al porche acristalado. Me lancé al interior de la casa, deseando que la llave estuviera echada, que aquello significara que ella estaba en el interior. Pero no: la puerta cedió. No tuve que preguntar, el silencio me respondió solo. Las gotas de lluvia contra las ventanas, contra el tejado. La mesa vacía, por primera vez.

—Los plomos están bajados —susurró Erian, echando un ojo tras la puerta de entrada.

Subí las escaleras; abrí la puerta de su cuarto. Vacío. La cama estaba deshecha, como la había dejado yo la mañana anterior. Una botella de vino debajo de la cama. Abrí el armario. Vacío. Excepto por un jersey. Lo cogí.

Me senté en la cama. Cheshire y sus cosas tampoco estaban.

La luz de un relámpago fue lo único que nos iluminó, durante escasos segundos. Después, un trueno partió el cielo.

Entonces vi la libreta negra, entre las mantas. La abrí, la hojeé. Había una página más en esa historia inventada, trazada con pulso rápido y con la tinta corrida allá donde las lágrimas de Odette habían caído mientras escribía. Una despedida.

Había llegado tarde.

—Vamos a la finca —dije, con esperanza. Cuando salimos, el viento cerró de un portazo la casa.

Nos metimos de nuevo en el coche y, mientras conducíamos, Erian probó a llamarla.

—Dice que el teléfono está apagado o fuera de cobertura.

—No va a coger el teléfono.

—Le voy a dejar mensajes por si acaso.

—No los va a leer. Conociéndola habrá tirado el teléfono por un barranco.

En la finca tampoco estaba, sin embargo, había estado. Había dejado una estatuilla de metal: un árbol. Parecido al que vimos en el taller de Jean-Pierre, lo que parecían siglos atrás. Estaba a medio terminar, pero lo había dejado allí, sobre las bolsas de pienso, junto a un lienzo con flores prensadas. Malvas. Todo estaba lleno de malvas, y por debajo se distinguían dos ojillos dibujados a plumilla, sepultados. Cerré los ojos.

—¿Qué es eso de ahí? —me preguntó Erian.

—Dinero —dije, abriendo un sobre—. Bastante dinero. Para el santuario.

Recorrí cada palmo de la pradera, bajo la lluvia,

esperando de manera estúpida que Odette saliera de cualquier lado. Deseando que estuviera cerca, escuchando mis gritos.

—¡Odette!

Me metí en el granero, en la caseta de los conejos, me lancé al bosque, a pesar de que Erian me gritó que no la encontraría, que lo dejara.

—A casa de Paule —dije cuando nos volvimos a meter en el coche. Erian suspiró.

Pero allí tampoco estaba.

—¿Por qué se ha ido así, Gael?

—¿Ha estado aquí?

—Sí. Vino a renunciar al trabajo y a despedirse. Estaba alterada. Nos dejó dinero, nos dejó recuerdos. Todo menos lo que queríamos de verdad: que no se marchara así, de manera tan repentina.

—¿Hace cuánto?

—Por la noche, hijo. Tarde. Nos sacó de la cama.

Paule también había llorado. Se le notaba en el rostro.

—¿Os dijo por qué? ¿Os dijo que volvería?

—Gael, hijo..., me preocupas. Pensé que, de todas las personas, tú lo sabrías mejor que nadie. Nos dijo que por motivos personales. No dijo nada sobre volver. ¿Habéis discutido?

—Discutimos, sí.

Paule suspiró. No preguntó nada más. Marcó un teléfono. Cuanto terminó, habló:

—Jean dice que se pasó de madrugada para despedirse —entró Paule en la cocina, de nuevo—. Le dijo que se volverían a ver, algún día. Pero que necesitaba tiempo a solas.

—Algún día —murmuré, pasando las manos entre mi pelo. Apreté. ¿En qué dirección se podía haber ido? ¿Hacia dónde? ¿España?—. Voy a recorrer los pueblos de alrededor.

—Voy contigo, no puedes conducir todo el día

—respondió Erian—. ¿Quieres que hable con Monique y los demás? Cuantas más personas buscando, mejor.

—No. Es personal, Erian. A nadie, ¿entendido?

Me miró con tristeza, asintió, guardando el móvil.

Barrimos todos los pueblos de Bretaña y no encontramos nada. Al día siguiente, nos lanzamos hacia el sur. Hacia España.

Tampoco encontramos nada.

Odette se había desvanecido.

La noche que dejamos de buscar, rendidos, me leí una y otra vez la libreta negra. Sobre todo, aquel último mensaje.

> *Odette está enamorada. El amor de su vida se llama Gael Tremille. Muy organizado. Es como un druida celta. Cura y protege animales. Pero Odette le mintió y le rompió el corazón. Aquí se acaba la historia.*
>
> *No sabe si lo volverá a ver. Así que dejará por escrito que lo siente. Que en ningún momento quiso hacerle daño. Y que esté donde esté, seguirá siendo la persona más importante de su vida.*

He de admitir que tuve la vana esperanza de que apareciera en algún momento. De que volviera a Maëllys y dijera que no se podía alejar más. Que su corazón dolía a medida que se alejaba de mí. Era la única manera que yo tenía de explicar que mi dolor fuera en aumento en vez de suavizarse con los días y las semanas, aunque no me lo admitía a mí mismo. Seguía demasiado enfadado, arrastraba pedazos de confianza rota allá por donde iba.

El invierno pasó. Solía pasear por el bosque, de camino a la finca, con Möira. No podía evitar girarme a cada paso, con la esperanza de verla aparecer entre los árboles.

Sanctuaire Celtique crecía, pero yo solo pensaba

en Odette corriendo por la pradera con Amapola. Los animales también la echaban en falta. Los dos voluntarios que comenzaron a ayudarme no sabían la sombra que pesaba sobre aquel lugar, pero notaban que, incluso en los días soleados, la niebla siempre flotaba sobre aquella finca.

La casa del cementerio se llenó de hiedra, malvas, espigas. Temblaba solo con pensar que llegaría el día en que alguien tiraría una piedra y rompería los cristales de las ventanas de manera definitiva. Arrancarían aquellas contraventanas que le valieron a Odette una buena cicatriz. Pintarían grafitis en las paredes. Y yo tendría que ver cómo aquel lugar que había albergado mi mundo se echaba a perder; pasando a ser de nuevo un lugar comunal, un escondite para botellones y fiestas nocturnas, un sitio con olor a orín, una casa de fantasmas.

Aquellas navidades deberían haber sido suyas. De muñecos de madera y anzuelos reciclados. Un abeto decorado entre beso y beso. Luces de colores. Dulces y café en la cama. Leer *Mujercitas*.

Cada vez me hacía más a la idea de que lo había soñado todo. De que me había inventado a la persona que más quería en el mundo.

Y de que no la volvería a ver.

Capítulo 43
MALVA

Abrí la puerta y un rayo de sol me cegó. Cuando mi vista se acostumbró a la luz naranja e intensa, vi que estaba en mi habitación, la que había ocupado toda mi vida. Reconocí el póster de Mägo de Oz metido en la papelera, donde mi madre acostumbraba a dejarlo cuando veía que yo lo había puesto de nuevo en la pared. Los libros de la carrera amontonados en las estanterías. Vi partículas de polvo danzar frente a los rayos del sol. La caja de arena de Ches a los pies de mi cama.

Aquel ambiente me generó unas cosquillas inesperadas en el pecho. Me lancé a observar todos los pequeños detalles de mi antiguo cuarto. La caja de música seguía funcionando, aunque a trompicones. La bailarina se dormía y había que darle un golpecito para que siguiera danzando. Mientras lo observaba, me tropecé con algo y caí de culo. Mi mirada se chocó por primera vez con mi reflejo en el espejo de la pared. Llevaba una camisa negra de cuello alto y un pantalón de cuadros. No pegaban nada con las zapatillas estilo Converse negras. Tenía el cabello rojo despeinado, el flequillo demasiado largo. Sabía que era yo, pero aparté la mirada con desagrado. Me di la vuelta para ver qué me había hecho tropezarme: los diccionarios de idiomas. Recordé que solía ponerlos ahí para algo. Miré arriba. Sí, para poder alcanzar la caja que escondía en la balda más alta del armario. Me subí a ellos, rezando porque mi padre no entrara en la habitación. Cogí la caja. Me senté en el suelo para examinarla.

Cuando la abrí, me sorprendí. Malvas secas. Revolví entre ellas. Saqué un lienzo con una amapola prensada y su nombre, escrito con buena caligrafía. Fruncí el ceño.

Dos golpes en la puerta me distrajeron. Grité que no entraran, a sabiendas de que en aquella casa no había costumbre de respetar la intimidad.

Mi madre entró, agitando los brazos, regañándome por algo. Por las zapatillas, lo más probable. El cuarto se hizo muy pequeño de pronto. Intenté esconder la caja, pero ella lo vio. Forcejeamos. La caja volcó. Y entonces vi más cosas, entre todas las flores secas. Una estatuilla de madera. Un móvil de piedras preciosas. Utensilios que no sabía ni para qué servían. Y una flauta de madera.

Las paredes se estrechaban tanto que acabé pegada a mi madre, ambas intentando escapar de las hojas de libros, los muebles rotos y los cuadros caídos.

Dos golpes en la puerta me levantaron. Pensé que sería mi padre, que venía a unirse a la riña, o a salvarnos del hambre de mi cuarto, o qué sé yo. Pero nadie entró.

—Perdone, señora Guillory, son las doce. Debe abandonar ya la habitación —escuché desde el otro lado de la puerta.

—Mierda.

El espejo de la habitación me devolvió mi reflejo real, decorado con unas ojeras impresionantes que no habría conseguido ni con el mejor de los maquillajes.

—¿Señora Guillo...?

—¡Ya he escuchado! ¡Ya salgo!

Metí el comedero y el bebedero de Cheshire en mi mochila a toda prisa. Él se metió solo en su transportín. Sabía reconocer cuándo era mejor no ponerse tonto.

Para las doce y diez ya estábamos de nuevo en el coche. No conseguía descansar ni un solo día. Echaba de menos las noches en blanco, no ocupadas por ningún sueño agobiante que me hiciera correr, gritar o despertarme enfadada, con el corazón acelerado y triste.

—¿A dónde vamos, Ches?

Mi gato no respondió. Se había vuelto a dormir.

—Ojalá pudiéramos cambiarnos un rato.

Conduje por la autopista del sur. Estaba llegando a la frontera con España. ¿Por qué estaba yendo a España? Porque Francia se había terminado para mí. Decidí buscar pueblos en España, lo hice a través de mis mapas de carretera. El móvil yacía olvidado en el fondo del maletero. Hice una parada en un supermercado para comprar algo de comer. Y vino.

Ningún lugar me llamó la atención. No me apetecía ser una forastera otra vez.

Paré en un *camping* aquella noche. Cogí una de las botellas de vino del maletero. Abrí la ventanilla del coche un poco, me envolví en abrigos y mantas, y encendí la luz del techo. Me puse a escribir en una de mis libretas. La cerré de golpe al cabo de media hora.

No servía para nada. ¿Por qué no me liberaba, como otras veces? Apoyé la cabeza contra la ventanilla. Di un trago largo a la botella; sabía dulzón y me ayudaría a dormir.

Recordé la imagen de Gael, dormido, entre las mantas, con el cabello alborotado.

—Cheshire. Gael tiene razón. Soy una mentira y una niñata, además.

Mi gato se sentó entre mis piernas, algo incómodo. No teníamos mucho espacio. Ronroneó, pidiendo mimos.

—Lo siento. Esta vida tampoco es la más cómoda para ti. —Suspiré—. Yo también echo de menos nuestra casa.

Volví a abrir la libreta. Comencé a escribir sobre mi enfado. Porque estaba enfadada por mis decisiones, por mi cobardía. Ya no era la chica de veintitrés años que se fue de casa para salvarse a sí misma. Era el resultado de aquella acción, necesaria entonces. Era una mujer segura, que se había demostrado a sí misma que podía vivir y disfrutar de la vida. Y esta mujer estaba enfadada, porque los miedos de la chica seguían jodiéndole la vida.

—¡Pero ya no soy ella, Ches! —exclamé, despertando a mi gato—. Gael se enfrentó a Lou. Me toca a mí. Además…, necesito hacerlo. Es la única manera de… de recuperar a Gael. —Suspiré. ¿Sería suficiente?—. Ahora mismo, es lo único que quiero… —Bufé—. ¡Qué digo! Quiero recuperar mi vida. Quiero volver al taller de Jean-Pierre. Me dejé tantas piezas a medias. Quiero las conversaciones con Paule. Salir con Erian y el resto; cuidar de los animales del santuario. —Exhalé, mientras daba otro sorbo al vino. Noté que ya había entrado en calor. Mi gato me miraba—. Pero sí. Sobre todo, quiero volver a casa con Gael. Y que me perdone. Y solo hay una posible manera de que lo haga.

No obstante, mientras pronunciaba mi pequeño discurso, sentí que el frío me encogía y las mantas me pesaban más, como anclas. Antes de tocar fondo, retiré a Ches de mis piernas y también las mantas, con gran esfuerzo, y salí del coche. Cogí el ordenador viejo del maletero y me dirigí a la recepción del *camping*.

Era la una de la noche, así que estaba cerrado. Di varios golpes en la puerta. Nadie respondió. Me asomé por una ventana y vi que se encendía una luz en la caseta. Volví a llamar.

—Solo necesito la contraseña del wifi —respondí al hombre nada más abrir.

Me dejó escribir la contraseña, mientras exclamaba todo tipo de improperios ininteligibles por el sueño, y me echó. Me senté en las escaleras de la caseta de recepción. Hacía frío, pero allí había un enchufe y mi ordenador lo necesitaba. Así que, entre el vaho de mi respiración y el sonido de los árboles y los búhos, me dispuse a hacer lo que había evitado hacer durante cinco años: buscar información de mi antigua vida.

Aquella noche descubrí bastantes cosas.

La primera: que pasar toda la noche en la calle, en invierno y sin dormir, multiplicaba el sueño por tres.

Al día siguiente, las dos de la tarde me dieron los buenos días con hambre, así que me senté en la explanada del *camping* a desayunar, descansada después de mucho tiempo.

En segundo lugar, la noche anterior descubrí que la agencia de mis padres había cerrado. Más bien, la había absorbido una empresa más grande, tras la decisión de mis padres de poner la empresa a la venta. Aquello me chocó. Por un momento sentí pena, como si hubiera visto la casa de mi infancia destruida, barrida por un huracán. Pero lo que me terminó venciendo fue el sentimiento de preocupación. Mis padres no habían querido ni oír hablar de vender la empresa. ¿Estarían bien? Sin embargo, de mis padres no descubrí mucho más.

Le tocó el turno a Pablo: me sumergí en sus redes sociales con una sed que jamás pensé que pudiera tener. Me apetecía saber qué era de su vida. Lo único que había visto en cinco años de mi antiguo amigo era aquella foto con una chica en el móvil de Gael. Recuerdo que aquel día fue uno triste. No estaba enamorada de Pablo, pero él siempre lo estuvo de mí. Ver que había pasado página me hizo sentirme olvidada por primera vez en mi vida. Pero ya había tenido tiempo de asentarlo. Vi que había montado una pizzería con Carlo, uno de sus mejores amigos. Llevaba dos años con una chica que parecía trabajar con ellos en la pizzería. Había muchas fotos de ellos dos haciendo todo tipo de deportes extremos.

—Desde luego, está mejor con ella que conmigo —comenté, pálida, mientras veía un vídeo de ellos saltando de un puente.

Volví a la carretera, pero a las pocas horas tuve que parar cuando crucé los Pirineos. Aquella noche predijeron nevadas, así que sería mejor no conducir. Me quedé en un hostal, donde habían decorado todo con abetos, luces, bolas de colores y copos de nieve. Me di cuenta por primera vez de que faltaba un día para Nochebuena.

Al día siguiente conduje del tirón hasta Zaragoza, mi ciudad natal. Las carreteras estaban nevadas y también lo estaba la ciudad cuando llegué. Noté cómo se me aceleró el corazón al ver la emblemática basílica del Pilar recortada contra el cielo. Tuve que aparcar y salir del coche para comprobar que era verdad. Que había llegado y la nieve seguía cayendo con la misma parsimonia en aquel lugar frío que me había visto crecer. Me metí por una calle conocida, con paso lento para no resbalar, llegué a un paseo que me permitía asomarme y contemplar el río Ebro. Todo el paisaje era blanco. Suspiré.

Volví sobre mis pasos hasta el coche. Alguien pitaba, había estacionado mal el coche. Entonces también me di cuenta del ruido de los coches y los autobuses, los pitidos de los semáforos, la cantidad de tráfico que había. La gente, a pesar de la nieve, paseaba con bolsas de regalos en las manos, o tomaba café en las pastelerías de la zona.

—¿Vas a sacar el coche ya? No puedo pasar.

Por un momento me sorprendí al escuchar mi

idioma. Llevaba tanto tiempo sin hablar español que pensé que no me saldrían las palabras.

—¿Chica?

—Sí —murmuré.

Saqué el coche y conduje siguiendo el tráfico, sin una ruta definida. Si quería ir a la casa de mis padres, aún tenía que conducir hasta las afueras. Pero me descubrí dando vueltas en círculo al centro de la ciudad. Cheshire maulló. Tenía hambre. Busqué un hotel para descansar, ya era tarde. En la habitación, di de comer a Cheshire y me duché; me quedé un rato bajo el agua, sin saber qué hacer.

—Ches, va a ser Navidad. ¿Compro comida especial para esta noche? Vamos a estar solos este año. Otra vez.

Suspiré. Me sequé el pelo.

Serví la comida de siempre en el cuenco de Cheshire y yo saqué una botella de vino para mí. Me la bebí entera junto con una tableta de turrón que el hotel me había regalado. La gente hacía ruido por los pasillos. Cantaban, bailaban y reían.

Yo dormí hecha un ovillo en la cama y me desperté a las seis de la mañana para vomitar todo.

El día de Navidad no salí del hotel. Me dolía la cabeza y no dejé de estornudar. Por lo visto, la noche a la intemperie en el *camping* me pasaba factura. Así que decidí que aquel día festivo me haría el regalo que más necesitaba: pasar un día en la cama, sin hacer nada, recuperando horas de sueño y sin conducir. A Cheshire también le vino bien. Solo salí para preguntar en la recepción por dos cosas: algo que leer y algún medicamento para el dolor de cabeza. Volví al cuarto con dos recopilatorios de relatos que devoré y me ayudaron a no pensar.

¿Qué haría Gael para no pensar?

Cerré los ojos. A lo mejor él ya no pensaba en mí. A lo mejor su enfado le había hecho olvidarse pronto y rápido.

Cuando me terminé el segundo libro de relatos, me puse a tallar un trozo de madera.

Durante los siguientes días, me acerqué al barrio de mis padres. Cada día me atrevía a avanzar una calle más. Me dediqué a observar desde las esquinas cualquier clase de movimiento. Me dije a mí misma que no estaba preparada; primero necesitaba verlos a ellos sin ser vista. Recoger sensaciones. Llorar en mi cuarto. Morderme las uñas. Necesitaba pasar por ello. Pero cada vez que la puerta de mi casa se abría, yo salía corriendo.

Me atreví a observar a los padres de Pablo, en la casa de al lado. Vi a su padre quitar el hielo de la entrada, a su madre ir y venir del trabajo. El día que vi a Pablo, pegué un salto y noté que por dentro todos los órganos de mi cuerpo cotilleaban entre ellos. Le vi salir con su moto. Me quedé hasta la noche, vagabundeando, esperando a que volviera. Cuando lo hizo, le vi quitarse el casco y entrar en casa. Yo volví al hotel con la sensación de haber hecho algo de gran utilidad aquel día.

A veces recordaba cómo era hablar con Gael, tirados en la cama, por las noches. Me exasperaba yo misma, pensando que se me estaba olvidando el tono exacto de su voz. Entonces me apetecía encender el móvil y llamarle. Antes de coger el teléfono, la sombra de la botella de vino me apartaba la mano.

«¡Actúa como haría Gael y podrás volver con Gael!», me gritaba.

* * *

Aquel día decidí caminar. Coger el coche borracha no era una opción, así que caminé. Después de observar la casa de mis padres durante un rato, bajo la nieve, di un trago más a la botella de plástico en la que había vertido el vino. Nadie entró ni salió. Las luces estaban apagadas, así que mi cabeza se convenció de que no estarían.

«Gran momento para un simulacro», me animé.

Me acerqué, ligera, y toqué el timbre. El sonido me desconcertó y sentí que me despertaba de golpe. Mi corazón se escapó y me dejó sola en cuanto escuché la puerta abrirse. Me di la vuelta para huir, pero una moto pasó por delante de mí. Me volví a girar, exaltada al verme en medio de tanto movimiento, alejada de mis sombras.

—¿Quién es? —escuché una voz preguntando en la puerta de mi antigua casa, pero no la reconocí.

Fruncí el ceño, confundida.

—Busco a Víctor y a Azalea.

—Ya no viven aquí.

Me fijé en la placa del buzón. Tantos días espiando para no darme cuenta de aquel detalle. El motor de la motocicleta se apagó.

—Gracias —dije al nuevo propietario, y me lancé rápida hacia el final de la calle, siguiendo un instinto que solo podía asemejarse al de un conejo empezando a correr sin identificar muy bien por qué. Alguien me agarró el brazo antes de poder abandonar la calle.

Unos ojos marrones se clavaron en mí.

Capítulo 44
MALVA

—Malva.

Yo me quedé muy quieta, observando a mi antiguo amigo, porque pensé que tal vez si no me movía mucho, él pensaría que era un recuerdo y se marcharía.

—¿No vas a decir nada? —preguntó Pablo, con tanta exaltación que decidí abandonar mi estrategia. Suspiré.

—Hola.

—¿Hola?

—¿Perdón?

—Perdón —dijo de manera sarcástica, soltando una risa seca.

No supe qué más decir. Él se dedicó a estudiarme, a buscar las diferencias y similitudes. Después me dio la espalda y se alejó de mí. Yo sentí ganas de seguirle, pero en vez de eso me di la vuelta.

—Desapareces un día, de la noche a la mañana, dejando solo una nota y dándome a entender que no voy a saber nada de ti en toda mi vida, no vuelves a contactar conmigo, no me das explicaciones de ningún tipo, me paso años preguntándome qué cojones hice mal y apareces cinco años después, como si nada —estalló él. Paré—. Y solo se te ocurre decir «hola».

Me volví a dar la vuelta para enfrentar su enfado.

—También he dicho perdón.

—Has cambiado —continuó.

—Tú no.

Puso los ojos en blanco y esta vez caminó hacia su casa, sin volverse.

—Pablo, espera. —Me lancé tras él—. ¿Dónde están mis padres? Necesito verlos.

—Tus padres ya no viven aquí —dijo—. Se marcharon a los pocos años. Se divorciaron.

Abrí muchos los ojos.

—Bueno, perder a una hija es difícil, sea de la manera que sea —respondió para mi sorpresa.

—¿Dónde viven ahora?

—Tu madre vive en el centro, en un piso cerca de la universidad. Tu padre se marchó a Bilbao, con tus abuelos.

Me mordí la mejilla. Antes de que volviera a hablar, pregunté.

—¿Sabrías llevarme a la dirección de mi madre?

—Sí. Pero ahora no te servirá de nada. Entiendo que te has olvidado de tu vida, pero te recuerdo que el fin de año solíais pasarlo con tus abuelos, en el pueblo. Así que no volverá hasta... —miró la pantalla de su móvil— dentro de tres días.

Volví a suspirar. Me sentí mal cuando noté que aquel suspiro era de alivio.

—Vale. Gracias —dije, y pegué un trago rápido a mi botella.

—¿Llevas alcohol en una botella de yogurt líquido?

Me encogí de hombros.

—Dios, Malva. ¿Qué mierda te ha pasado? —Sus ojos tenían verdadera curiosidad.

—No sé a qué te refieres.

—No eres tú.

—Sí lo soy —dije, muy seria, y él entendió.

—Así que a mí me has encontrado de casualidad.

No me buscabas. No solo desapareciste para tus padres, ¿sabes?

—Lo siento.

Me miró con rabia; dejé que lo hiciera.

—Quiero arreglar las cosas, Pablo. Contigo también.

—¿Por qué?

—Porque me he dado cuenta de que lo que hice estuvo mal.

Asintió, aunque su mirada fue desconfiada. Se pasó la mano por la cabeza rapada.

—¿Dónde vives?

—Ahora mismo en un hotel del centro.

—¿Estás sola?

—No, estoy con Cheshire.

—Ches —sonrió, y sentí por Pablo la simpatía de antaño—. Quédate a pasar el fin de año con mi familia.

Negué.

—No quiero que mis padres se enteren por otras personas de que estoy aquí.

—Pues entonces quédate en mi piso, me quedaré contigo. Les diré que trabajo esa noche.

Volví a negar, desconcertada por su amabilidad después del enfado.

—Malva. El último día que nos vimos me dijiste que ibas a llevar a Cheshire al veterinario. No he vuelto a verte o a cruzar una palabra contigo desde entonces.

Entendí que me ofrecía su hospitalidad a cambio de respuestas. Y, al fin y al cabo, ¿no había venido yo a reconciliarme con el pasado?

Me acerqué a él, con cuidado, y apoyé mi mentón en su hombro. Después terminé de rodearlo con los brazos. Él tardó un poco más, pero al final también me abrazó.

—Lo siento mucho. Te contaré todo lo mejor que pueda, te lo prometo —me escuché decir. Pablo me abrazó con tanta fuerza que pude percibir todas y cada una de las capas de su dolor.

Durante aquellos días en casa de mi amigo estuve desorientada. Con Pablo me sentía la joven de siempre, pero mi personalidad era distinta y a veces me alteraba, viéndome incapaz de juntar estos dos mundos.

Expliqué a Pablo la manera en que me había sentido, sobre todo el último año, y la súbita decisión de huir como instinto de supervivencia. Dijo que lo entendía, de alguna manera, pero yo sabía que no. Tal vez nadie más que yo pudiera entenderme jamás. Me recordé que tampoco hacía falta. También le conté que vivía desde hacía mucho tiempo en Francia, aunque evité mencionar cualquier cosa que me causara dolor.

Fin de año lo pasé a solas con Pablo, porque su novia lo celebraba en familia. Pablo tenía la misma forma de hablar que siempre, entre risas y exclamaciones. Me acuerdo de que me preguntó todo tipo de cosas, curioso por mi nueva forma de vivir. Decía bastantes palabrotas, pero todas con un tono que me hacían reír, como cuando era joven. Me di cuenta entonces de que mi vocabulario se había suavizado en su ausencia.

—¿Cuándo comenzó a gustarte eso de la escultura? ¿O la artesanía?

—Era la mejor en plástica. ¿No te acuerdas de que te hacía todos los muñecos de plastilina?

—Sí, también hacías unos castillos de arena muy guapos cuando íbamos al lago.

Sonreí. A cada rato, yo tallaba. Tallaba mis sueños y mis esperanzas, en forma de anillos de madera con motivos celtas.

—Necesitaba tiempo para pensar y vino solo. Esculpir, tallar, crear... me ayuda. Vivimos en un mundo frenético, donde cada segundo que pasa merece una reacción. Necesitaba estar lejos de los focos, por así decirlo. Tener espacio para hablar conmigo misma sin pensar en qué pensarían mis padres o qué pensarías tú. Pero una vez que me marché, Pablo, me dio pánico volver. Volver a lo mismo de siempre. Enfrentarme a ellos.

—Tus padres son exigentes, Malva, pero te quieren.

Le miré, instándole a hablar, mientras Cheshire jugueteaba con él. Volvíamos a tener dieciocho años, cenando comida china y cerveza, escuchando a Mägo de Oz.

—Lo pasaron mal. Se asustaron, a pesar de que nos dijiste que te ibas porque querías. No dejaban de pensar en lo malo que te podía pasar, sola, sin trabajo y sin familia. Cuando tu madre denunció tu desaparición, no lo hizo para presionarte, Malva —incidió—, lo hizo porque de verdad estaba desesperada porque alguien te trajera a casa.

—¿Alguna vez pensaron en que tal vez hicieron las cosas mal conmigo? —solté, mirándole a los ojos. Él sonrió.

—Has cambiado muchísimo —me repitió. Lo decía a menudo, a veces acompañado de esa sonrisa orgullosa, otras con el ceño fruncido—. Sí. Me lo preguntaron más tarde, cuando encontraron tu pista en Lyon y volviste a desaparecer antes siquiera de que tu padre pudiera mandarte una nota. Me preguntaron que qué habían hecho mal. No lo sabían. Yo notaba que te sentías encerrada, que no te gustaba la agencia ni lo que te deparaba en el futuro. El viaje que hicimos a Francia, a aquel festival, fue la prueba de ello.

Me ericé cuando mencionó aquel evento. Él siguió hablando, sin notar nada.

—Aquellos días parecía que hubieras cruzado una puerta a otro mundo. Seguías siendo tímida. Tenía que arrastrarte para que te acercaras a conocer a mis amigos. Pero en tu soledad, lejos de casa, parecías feliz. Cuando leí aquella nota fue la primera imagen que se me vino a la cabeza. Tú y el mar de fondo. Las estrellas, de noche. Y el silencio.

Mi amigo llevaba unas cervezas de más.

—De todas maneras, saben que hicieron algo mal. No quisieron seguir con la agencia, era demasiado; se divorciaron, cambiaron de vida. No sé si son más felices ahora. Pero les habría gustado poder pedirte perdón, poder mejorar por ti. Lo mismo que me habría gustado hacer a mí. Nunca nos has dado oportunidad.

Tenía razón. Aquellas palabras me sonaron con la voz de Gael. Sin esperarlo, Pablo me acarició el rostro.

—¿Alguna vez estuviste enamorada de mí, realmente?

—No —susurré, a sabiendas de que aquello sería como cruzar su corazón con una lanza. Bebí un trago de cerveza—. Yo no sabía lo que era estar enamorada. No quería perderte, Pablo. Eras mi mejor amigo.

Pablo sonrió, esta vez de manera triste.

—Y al final te perdí yo a ti.

Ambos nos quedamos en silencio.

—¿Te has enamorado desde entonces, Malva?

—Sí.

—Un francés, imagino. ¿Cómo se llama?

No respondí.

—¿Él no te quiere?

—Ya no.

Él suspiró.

—Y de nuevo —dijo, arrastrando las palabras y con cierta sospecha en su mirada—, por eso estás aquí, después de tanto tiempo.

No le rebatí.

Dieron las doce. Tomamos las uvas, una costumbre que llevaba cinco años sin practicar y que me produjo cosquillas de emoción: con cada uva, dulce, pedí un deseo.

—Feliz año, Pablo.

—Feliz año, Malva. Me alegro de volverte a ver, al fin.

Parecía dolido, más que feliz.

Al día siguiente dormimos hasta tarde y nos levantamos con el sonido del telefonillo. Era su amigo Carlo, que traía *pizza* para celebrar el día de Año Nuevo. Me gustó verle de nuevo, aunque él apenas se acordaba de mí. Excepto mis padres y Pablo, la gente rara vez se había acordado de mí.

Por la tarde, Pablo me vio agobiada, caminando de un lado a otro. Al parecer, le pegué mi mala costumbre de beber, y siempre tenía un botellín en la mano.

—Mañana vuelve tu madre.

—Ya.

Me cogió por la cintura y me hizo mirarle. Yo sentí su cercanía con molestia.

—Vas a hacer de ella la mujer más feliz del mundo. No estés nerviosa. Te va a perdonar.

Asentí, mientras me deshacía de su abrazo. Noté que apartaba la mirada.

Por la noche, me fui pronto a la cama, después de jugar a un videojuego con Pablo. Su calor me había dejado un regusto amargo en la boca. Sentí de nuevo la oleada de indiferencia de mi adolescencia, después la culpa. Y al mismo tiempo, me gustó. Hasta el punto de que me planteé pedirle que viniera a la cama conmigo. Que me abrazara. Pero porque echaba de menos el calor de un cuerpo junto al mío; echaba de menos el calor de Gael. Aquella noche deseé que Gael me hubiera acompañado, que estuviera conmigo para susurrarme que todo iría bien. Su imagen se resistía a borrarse de mi memoria, a veces la veía como trozos de nube en un cielo despejado. Aquella noche, sola y con su recuerdo frío al lado, lo que me llenaba era el miedo de que no me perdonara nunca. De no poder volver nunca a su lado más que en recuerdos.

Tampoco dormí pensando en mi madre. Intentaba adivinar cómo habría cambiado su rostro. Si la decepción escalaría por sus facciones cuando viera mi aspecto descuidado. Si me regañaría como en aquellos sueños agobiantes por mi manera de vestir. Si yo sería capaz de hablar sin llorar, sin sentir vergüenza por ser quien era. Aquello era lo que más me aterraba. Decepcionarme a mí misma. No defenderme, ni a mí ni a la vida que llevaba y que pretendía mantener.

—Buenos días.

Pablo cortó el hilo de mis pensamientos.

—¿Ya es de día?

Asintió.

Me fui sin desayunar. No tenía hambre. Pablo me llevó en moto y yo volví a sentirme fuera de lugar, mientras el viento me alborotaba el pelo bajo el casco.

—Gracias —le dije cuando aparcó. Él me miró—. Por venir conmigo. Si hubiera tenido que hacerlo sola, habría tardado un mes más.

Llamamos al timbre y el portero nos abrió. Yo sentía que el edificio entero estaba mal colocado en la calle. Se me olvidó cómo se pensaba. Mi cerebro me bombardeó con todo lo que podría salir mal. Con todos los momentos de gritos y peleas. Con los llantos en mi cuarto. Con los silencios de mi madre cuando yo necesitaba palabras. De repente estaba llorando. Me di la vuelta y corrí escaleras abajo.

—Malva.

Pablo salió disparado hacia mí. Me agarró de la mano y quise soltarme, pero me rodeó y me abrazó.

—Puedes hacerlo. Has visto que conmigo no ha sido para tanto.

—No, no puedo. Esto ya no va a servir de nada, ha pasado mucho tiempo. No me va a perdonar.

Estaba bloqueada, de pronto. Sentía que algo

había prendido fuego en mi chaqueta. En mi bolsillo. El anillo de madera.

—No me va a perdonar. No me va a querer porque el daño está hecho. No va a confiar en mí.

—Tu madre te quiere, Malva.

—¡No hablo de ella! —grité, deshaciéndome de su molesto agarre.

Pablo me lanzó una mirada como un calambre.

—Claro. Lo que te interesa es él. Estás haciendo esto por él, no por tu familia, no por mí —dijo, sujetándome de nuevo—. Lo haces por su perdón. Cinco minutos, una foto con mamá para demostrar que has sido un poquito honesta y vuelta a rogar que tu chico te perdone, ¿no es así? —Noté en sus pupilas el tono rojizo de los celos—. Eres una egoísta de mierda.

Quise responderle, pero un chillido nos sobresaltó, tensos como estábamos los dos. Miramos sorprendidos hacia la escalera y allí vi a una señora, con el rostro cubierto por sus manos temblorosas, atraída por los gritos. En un primer momento pensé que era mi abuela, pero después escuché el sonido de su llanto. Se me cayó al suelo, algo, no sé el qué. Subí un par de escalones, pero ella me encontró antes. Se colgó de mí, como un abrigo viejo que lleva toda la noche arrastrándose de garito en garito. Después me cogió la cara entre sus manos suaves y acarició todas mis pecas, parecía hacer un recuento para asegurarse de que no faltaba ninguna. No dejaba de llorar y murmurar. «Mi niña» decía, como si acariciara el rostro de un recién nacido. Solo cuando se separaba de mí podía yo fijarme en todas las arrugas que tenía, en las canas que ya no se preocupaba por cubrir con tinte, en los ojos apagados que no habría reconocido jamás en ella.

En mi madre.

—Lo siento —murmuré yo, contagiándome de sus lágrimas, intentando zurcir su dolor con palabras inútiles.

Quise recogerla y enderezarla, quise regar sus raíces, sujetarla. Mi madre se caía a pedazos y yo era consciente de ello tarde, muy tarde. Mi cerebro sacó las cartas de reserva, las que tenía escondidas por orden mía: las tardes de café, las visitas a la biblioteca, las películas los viernes tumbada en su regazo, las tartas de los domingos, sus cariños a Cheshire.

Miré a Pablo por encima de mi madre, que se había achicado con los años. Él me lanzó una mirada dura y yo la recibí, con lágrimas y arrepentimiento.

—Mi Malva —susurró mi madre, al cabo de veinte minutos, cuando dejó de llorar—. Mi niña, mírate, tan guapa, tan mayor. —Yo no cabía en mí de la sorpresa. Intentaba captar su mirada que se movía por toda mi cara—. Mi niña —no dejaba de repetir. Se giró para coger a Pablo de la mano y ambos se abrazaron, compartiendo palabras silenciosas que yo no comprendía.

—Mamá —dije, sin saber cómo continuar. A ella con solo escuchar mi voz le valía, porque me llenaba de besos.

Me llevó hasta el interior de su casa y animó a Pablo a que entrara también.

—Yo en realidad me iba ya —dijo él.

—Pablo —supliqué, llegando hasta él—. Él me dio el impulso que necesitaba. Y le estaré agradecida por ello, siempre. —Aguanté más lágrimas que querían salir—. Aunque no me perdone jamás.

Él tragó saliva. Mi madre nos observaba sin saber de qué hablábamos, pero con una sonrisa de ensueño en el rostro, como si estuviera hechizada. Pablo me susurró:

—Sueñas con volver a irte.

—¿Eso es lo que te importa?

Asintió, con los ojos brillantes.

—Te fuiste y dejaste todo roto, Malva. Pensé que lo había arreglado hasta que te vi allí, en la calle, con todo lo diferente que tienes y lo que no ha cambiado nada. Y apenas llegas, sueñas con irte. Me dejaste con los brazos extendidos hacia ti y ahora buscas con ansia los brazos de otro —continuó en un susurro—. Ni siquiera cortamos en condiciones. Éramos y al día siguiente nos barrió el viento.

Yo le miraba sin saber qué decir.

—Sigue en contacto con tu familia, Malva. Aunque te vayas de nuevo con él —dijo, de manera amarga—, ven de vez en cuando a verlos. Pero a mí no, por favor. A mí no me vuelvas a hablar.

Me dio un beso en la frente y bajó las escaleras del piso de dos en dos, sin mirar atrás.

Mi madre se había convertido en una mujer menuda y algo arrugada. Cuando nos quedamos solas, preparó un café. Yo noté que había algo en el ambiente que ralentizaba nuestros movimientos, que hacía el aire duro de respirar.

Sacó un papel con la tinta algo desvanecida. Reconocí la nota que le dejé tiempo atrás.

—¿Tú crees que se le puede hacer esto a una madre?

Negué. Yo no podía decir nada. Con mis padres era así. Los fantasmas silenciosos de las conversaciones jamás tenidas habían llegado a ese piso con las cajas de la mudanza, y ahora se enganchaban en las lámparas, en los picaportes de las puertas y en las cortinas.

—Mamá...

Ella me miró, aún con los ojos brillantes. Yo recordé el cartel de «desaparecida» y sentí la rabia de aquel día. Mi madre me rodeó con los brazos, me dio un beso en la mejilla y me indicó que esperara un momento. Descolgó el teléfono de la cocina y marcó un número con dedos temblorosos de emoción.

—Víctor —escuché, y vi cómo volvía a llorar al hablar con mi padre—. La niña. Malva. Está aquí, conmigo. Ha vuelto.

Escuché la voz de mi padre, tensa. Dijo que vendría lo más rápido posible para verme. Pero no pidió hablar conmigo, colgó rápido. Sentí que la cocina se volvía un poco más oscura.

—Mamá —pedí, mientras ella se sentaba conmigo y me cogía las manos. No me dejó continuar.

—Mira tu ropa —medio sollozó—. Y tu cabello natural, rubio, libre de tintes. Aunque este flequillo mal cortado... —chistó—. Cariño, ¿cómo has vivido todo este tiempo?

Sentí que los pulmones se me encogían. Me miré al espejo y, por un momento, vi un espantapájaros. Bajé la mirada, avergonzada. La levanté. No. Era yo, solo yo.

—Mamá, oye... —Cogí la antigua nota entre mis manos.

—Déjalo, niña. Estás aquí —dijo ella, y de repente me sentí encerrada en una escena falsa, un holograma—. No digas nada, solo quédate con nosotros. No pasa nada, no hace falta que...

—Sí hace falta —dije, firme, apartando las manos—. ¿Cómo no va a hacer falta?

Ella comenzó a llorar otra vez.

—¿Por qué evitas hablar de algo que te ha hecho sufrir? ¿Que me ha hecho sufrir a mí también? Claro que hace falta hablar.

Ella me miró sorprendida de que me hubiera alterado tanto de repente.

—Sabes por qué me marché —le escupí.

Saqué mi libreta vieja, aquella de la que se desprendían demonios a cada rato.

Y entonces sentí una especie de lluvia fina y cálida brotar de mi rostro. Olía a cerrado y a polvo. Un candado que no sabía que llevaba dentro, oxidado, se abrió con un clic. Y los demonios de mi libreta abrieron las páginas con voluntad propia. Tenían raíces fuertes en el papel, pero sus ramas, como enredaderas, comenzaron a cubrir la mesa de la cocina, las sillas, el suelo, las paredes. Los fantasmas salieron volando por las ventanas.

Según hablaba, flores como magnolias gigantes brotaban, con un centro de luz cálida que iluminaron la sala cada vez más. Mi madre miraba aquel invernadero de emociones, se giraba, a veces lloraba, palpaba los pétalos de las flores con sus manos y apartaba ramas con cuidado para seguir viéndome, como una exploradora que llega nueva a una jungla donde nadie ha habitado en mucho tiempo.

Cuando terminamos de hablar, me sentía mareada.

Mi padre llegó al piso por la noche y nos encontró cenando entre aquella vegetación cálida y acogedora, mientras yo le enseñaba a mi madre todo lo que había sido mi vida en los últimos años.

—¿Te parece normal desaparecer así? ¿Esconderte, huir, sin dirigirnos la palabra ni tan siquiera para confirmarnos que estás bien? Somos tus padres. —La voz le temblaba.

—La última vez que hablé con vosotros no me dijiste lo mismo.

—Nos preocupamos por ti. Todo lo que hicimos, lo hicimos por ti, para que estuvieras bien.

—Y, sin embargo, lograsteis todo lo contrario.

Mi padre calló.

—No he venido a pedir perdón por marcharme —expliqué, dura—. He venido a pedir perdón por no decíroslo. Porque hay cosas que hay que hablar, simplemente. Pero no cambiaría mi decisión. Al fin y al cabo, lo que sí os dije fue que no tendría una vida como la vuestra.

—Eres...

—Una desagradecida. Ya —terminé yo.

—¿En qué has trabajado todo este tiempo? —preguntó, tras una larga pausa.

Me senté en la mesa de la cocina, de vuelta con mi madre, y les enseñé a ambos la página web del santuario y fotos de mis artesanías.

—Esto no te habrá dado dinero más que para gasolina, como quien dice. Esto son *hobbies*, una persona no puede vivir de manualidades y de una ONG.

—También estuve cuidando a unos ancianos y de su casa.

Mi padre abrió mucho los ojos.

—¿Con tus estudios?

—Sí.

—Podrías haber encontrado algo más profesional, no tirar por la ventana tu formación...

—No la he tirado por la ventana —me defendí—. Creé la web del santuario, sus redes y casi toda la promoción. ¿Es que no has hecho caso de nada?

—Cariño, al menos podrías haber encontrado una empresa que te pagara lo que le corresponde a una profesional de tu nivel.

Cerré los ojos; mi padre siguió hablándome como si lo hiciera con una niña de trece años.

—¿Qué harás ahora al buscar trabajo? Han pasado cinco años y solo tienes experiencia en la ONG. Las esculturas y la bisutería son bonitas, pero no lo puedes poner en un...

—No voy a crearme ningún currículum —elevé la voz, abriendo los ojos—. Voy a seguir viviendo como lo he hecho hasta ahora. ¿No lo entiendes? Os estoy enseñando mi vida, una en la que soy feliz. Y así pienso continuar, os guste o no.

Negó.

—Haz lo que quieras —bufó—. Me alivia saber que estás sana y salva.

Se marchó y me quedé a solas con mi madre.

Ella me contó que decidieron cerrar la agencia

porque al final discutían mucho por ella, más después de mi desaparición. Les traía malos recuerdos. Cada uno apostó por una nueva vida, por separado. Estaban más felices así.

Pasé con ella una semana, recuperando momentos perdidos, o más bien, creándolos.

—Cielo —me dijo mi madre uno de los últimos días que permanecí en Zaragoza, después de visitar la ciudad—. Estás aquí, pero tu corazón está en otro lugar.

Yo alcé la mirada como preguntando. ¿Me pedía que me fuera? Ella respondió.

—Estoy feliz de que hayas vuelto, Malva. Y quiero tenerte en mi vida, tu padre también, siempre. Sé que de ahora en adelante estarás con nosotros. Pero tu verdadero lugar no está aquí, está en esos lugares que nos has enseñado. Esa vida tuya.

—No estoy tan segura —dije, seria. Al contar la verdad a mis padres, no había sentido una electricidad diferente que me indicara que la maldición se había roto. Seguía pensando en la voz enfadada de Gael, en sus ojos como rocas apuntándome.

—Llámale y habla con él. ¿No es eso lo que has aprendido, cariño? ¿Lo que nos has enseñado?

La miré a los ojos y asentí, nerviosa, jugueteando con los diferentes anillos en mis dedos. En especial el de madera que había terminado allí, con mi madre, en mis ratos libres. Uno grande que se me caía del dedo gordo a cada rato, pero que me recordaba a él.

Aquella noche marqué el número de Gael en el teléfono de la cocina.

Capítulo 45
GAEL

—Feliz año, Michel. Has llegado pronto.

El chico me sonrió, ocupado, y me deseó lo mismo. Me ahorré decirle que mi año nunca había empezado tan mal. Ya tenía a Erian para quejarme en bucle de las desgracias de mi vida.

—Voy a Saint-Père.

—¿Por las ovejas? —me preguntó mi compañero, mientras limpiaba el granero de las hermanas March. Aunque en realidad ya teníamos casi una docena de gallinas de diferentes familias. Dagda seguía siendo el único gallo, y daba gracias por ello, porque era bastante territorial, y estaba seguro de que si llegaba otro gallo tendría que separarlos.

Cuando me quedé solo, la finca se me hizo grande. Días después de la llegada de Tulipán, una de las señoras del pueblo nos dio en adopción dos ponis que ya eran mayores y ya no le servían para las ferias. Aunque agradecía el trabajo, porque me mantenía ocupado, pronto me admití que necesitaba ayuda. Organicé una jornada de voluntariado. Vinieron cinco jóvenes de los alrededores, que nos seguían en redes sociales, y una pareja de adultos. Me ayudaron durante el día, sobre todo a limpiar y organizar. Aquel día fue de los últimos del año, y me animó ver caras nuevas. Después, un chico y una chica del primer grupo dijeron que sí a mi propuesta de ayudar varias veces a la semana: Michel y Katia.

—Sí. Hay varias preñadas —contesté. La reserva de animales de Lucille estaba en Saint-Père, un pueblo a veinte minutos en coche, y ya me había acostumbrado a ir y venir de vez en cuando. Era una reserva grande, con muchos más recursos y personal, así que me contrataban como veterinario para ayudar con parte de esos recursos. Hacía poco que habían recibido quince ovejas. Un rebaño abandonado, pues el pastor había muerto de anciano y nadie había heredado sus animales. Desde la muerte del pastor, nadie las había atendido. Estaban muy delgadas y asustadas. Y, además, para nuestra sorpresa, un par de ellas estaban embarazadas. No había ningún macho en el rebaño, así que supusimos que el pastor las cruzó antes de morir.

—Vale, pues esperaré a que llegue Katia.

—Vete a casa para comer, Michel. No llegará hasta las cinco, y por un par de horas que se queden solos no pasa nada.

—*D'accord*.

—Esta tarde llegarán las camisetas y las bolsas de tela. Hay que sacar los pedidos de la tienda.

—Hecho. Aunque lo que más éxito tiene son los llaveros de madera y los pendientes. ¿Ya no quedan más?

Negué.

—¿Quién los hacía?

Me quedé en silencio.

—Nadie. Tengo que irme ya. *Merci,* Michel. *Pour tout.*

Michel me dio una palmada en la espalda.

—¿Y tú? —escuché a Lucille hablarle con voz tierna a un cordero—. ¿Cómo te llamarás? Es precioso.

—Ya puedes acercarle, Lu.

La oveja atendió a su cría, aún tirada entre la paja y cansada por el parto.

—Voy a lavarme.

Lucille me siguió hasta la pila.

—¿Te puedes hacer cargo de alguna?

—Sí, pero en unas semanas. Estoy ampliando los establos. Podrían venir cinco o seis, aunque no me gusta separarlas. Las ovejas son muy familiares y recuerdan mucho. Echarán de menos al rebaño.

—Lo sé, pero no nos podemos hacer cargo de tantas..., aquí ya viven veinte ovejas, Gael. Con esta familia, serán treinta. Si te llevas cinco o seis... sería una gran ayuda.

—Lo sé. Cuenta conmigo.

Después de pagarme, me quiso invitar a tomar algo con el resto de los compañeros de su reserva. Negué.

—Tengo a mis voluntarios allí, tengo que ir. Toca empaquetar pedidos.

Lucille asintió.

—Eres un no parar, Gael. No solo trabajas allí. Trabajas aquí, atiendes a domicilio, atiendes a la web, la tienda y encima te metes en reformas. —Lanzó una carcajada.

—Bueno, tengo ayuda.

—Acuérdate de descansar, Gael. Los animales te necesitan entero.

—Trabajar me hace estar entero, Lu —susurré.

Ella suspiró.

—¿Sigues sin saber nada de Odette?

Negué.

—Se fue. No hay nada más que saber.

—Lo siento tanto, Gael.

—No lo sientas. Fui yo el que la dejó, ¿recuerdas?

Lucille asintió con la cabeza, aunque me miraba como si no me creyera del todo.

—No es una persona fácil de olvidar, Gael.

—No, no lo es.

—No sé qué pasó entre vosotros, pero ella también formaba parte de Sanctuaire Celtique, Gael, no lo olvides. Fue uno de sus dos pilares. No tenía la experiencia que tenemos tú y yo con los animales, pero derrochaba amor, alegría y ganas. Si vuelve...

—Si supieras lo que pasó, sabrías que no va a volver —corté, con un nudo en la garganta.

Por la noche, cuando las luces del día se apagaban y los párpados comenzaban a pesarme, tenía que dejar la finca y volver a casa de mis padres. A la caseta. A la cama. Y allí, tras observar el número de teléfono de Pablo durante horas, me quedaba dormido.

Aquella noche pulsé el botón de «llamar» tan rápido que sentí que me traicionaba a mí mismo. Llevaba diez años sin hablar con él. Era de esas personas con las que uno comparte el mundo de manera intensa durante un año y luego no vuelve a saber nada. Recordaba el día que lo conocí, en aquel campamento cerca del Monte Saint Michel, con su sonrisa tostada, sus ojos marrones y su risa estridente. Fue mi mejor amigo durante un mes. Fue quien me animó a salir de Maëllys para estudiar y, sobre todo, para olvidarme del reciente rechazo de Amandine. Después de aquel campamento, nos resistimos a perdernos de vista el uno al otro, así que asistimos a todos los festivales posibles de la zona de Bretaña y del norte de España. En el último, trajo a Odette. A Malva. Mi amigo estaba pendiente de ella. Malva tenía una tendencia constante a desaparecer, a fundirse como la llama de una vela entre la muchedumbre, a esconderse en las tiendas de campaña y salir para lo justo y necesario.

Yo estaba atento al resto del grupo, a aprender nuevas canciones con la flauta y, sobre todo, a la cerveza. Además de algo molesto con Pablo, porque apenas pasé tiempo con él en aquel último festival del verano.

—¿Hola?

Me quedé en silencio un par de segundos. Sabía que me temblaría la voz. Maldije para mis adentros. ¿Cómo iba a empezar aquella conversación?

—*Allô*, Pablo. Soy Gael. Hace muchos años nos conocimos en un campamento de verano...

—Sí, sí. Me acuerdo —dijo, con un tono curioso, ya en francés—. ¿Qué tal?

Su francés sonaba oxidado, pero desde luego no podía quejarme. Yo nunca aprendí español, lo que me habría venido genial dadas las circunstancias.

—Bien. Eh... ¿Qué tal te va la vida? Quería saber... Bueno, el otro día me acordé de ti.

Me golpeé de manera silenciosa en la cabeza. Pablo se quedó un rato en silencio y después me contó, con frases cortas y lentas, que le iba bien. Que había montado una pizzería con un amigo. Me contó que viajaba bastante, que hacía ya unos años se había reencontrado con una de nuestras amigas del campamento, en Grecia. Yo escuchaba, atento al momento en que podría preguntar por ella. Por Malva. Pero no llegó. En uno de sus silencios, hablé, casi sin querer.

—¿Sigues con aquella chica que...?

Noté una risa seca. Un silencio incómodo.

—¿Con Malva? No. Hace años que no.

«Y ahora, ¿qué?».

—¿Sabes algo de ella? —pregunté, sin más filtro.

—¿Por qué me preguntas por ella?

Su tono, de repente, era arisco. Entre serio y burlón. Yo no supe qué responder.

—Creo que sé por qué —me dijo, y colgó.

Me quedé observando el teléfono como un imbécil.

—*Merde*.

¿A qué se refería? Volví a llamar, esta vez sin ninguna clase de vergüenza. ¿Había vuelto Odette a España? Solo necesitaba un monosílabo: sí o no. Pero Pablo no me lo cogió. Tampoco las cuatro siguientes veces que llamé. Hice mi llamada diaria al teléfono de Odette. Seguía apagado o fuera de cobertura. Dejé el teléfono en la mesilla. Me restregué el rostro con las manos.

—Menudo imbécil eres —susurré. A la vista de que no me dormiría pronto, decidí entrar en casa de mis padres. Abrí la nevera y busqué algo que pudiera comer. Al final cogí una cerveza y un paquete de galletas.

—Gran dieta.

Puse los ojos en blanco.

—Solo quiero comer algo rápido.

Mi padre abrió la nevera y cogió otra cerveza.

—¿Qué tal te va? —me preguntó, chocando su botellín con el mío. Supuse que aquello significaba que tendría que tomarme la cerveza con él. Me senté en la mesa de la cocina.

—Bien. El santuario casi se sustenta solo.

Le conté sobre los nuevos animales que habían llegado y las ovejas que iban a llegar. Aquella conversación me animó. Desde que veía que las cosas no me iban mal, mi padre estaba más tranquilo. Por primera vez, me escuchaba al hablar de mi trabajo y se interesaba por él.

Después me contó cosas sobre la tienda, sobre sus amigos del pueblo y sobre la sorpresa que le estaba preparando a mi madre por su aniversario. Pasé un buen rato con él, a pesar de que la mención del aniversario de mis padres me hundió. Hacía un año que yo había conocido a Odette, pero ella no estaba conmigo, y parecía dispuesta a no estar nunca más.

—Bueno, joven, se nos hace tarde y mañana hay que trabajar —dijo, levantándose de la silla y tirando el botellín en la basura. Yo quise decirle que no se fuera, que no me dejara solo aún.

—Papá.

Mi padre me miró.

—¿Alguna vez has pensado que he sido un mal hijo?

—No. Estar en desacuerdo sobre las decisiones de tu vida no me ha hecho pensar que seas un mal hijo. Solo uno cabezota. ¿Por qué sigues pensando en ello?

—No sé. ¿Cómo hubieras reaccionado si me hubiera marchado?

Mi padre me lanzó una mirada dudosa.

—¿Marchado? ¿Dices a París o a Cancale?

—No. Marchado de no volver a saber nunca de mí.

Sentí que mi padre palidecía un poco.

—¿Alguna vez has pensado...?

—No. No. Nunca. Pero... ¿y si lo hubiera hecho?

Se quedó un rato en silencio, apoyando sus manos en la mesa. Después contestó, mirándome a los ojos.

—Entonces habría fallado como padre.

Una semana más tarde, después de trabajar, mi hermano me vino a recoger a la finca. Quería que saliera con él y nuestros amigos.

—Deja que al menos me duche —le pedí.

Me llevó a casa. No me apetecía ver a nadie. Bufé cuando salí del baño y me lo encontré allí, vigilante.

—Solo un par de cervezas.

—Como Amandine se ponga a hablar de su luna de miel, me voy a tirar al río, Erian.

—No lo hará —dijo, mientras escribía rápido en su teléfono.

—Erian, no quiero ir.

Me miró y suspiró.

—Gael, tienes que salir y olvidarte un poco de todo.

—Salir con vosotros no me hace olvidar, me hace recordar.

No insistió.

Me dirigí hacia mi caseta. Eran las ocho de la tarde, pero había sido un día duro, así que me metí bajo el edredón y cerré los ojos. Cuando sonó el móvil, salté, me aparté todas las mantas de un manotazo y lo cogí.

«Seguro que es Erian para decirme que aún estoy a tiempo de ir».

Pero el número era desconocido.

—*Allô?*

Escuché una respiración al otro lado de la línea.

—¿Odette?

Silencio.

—Gael.

Sentí que mis pulmones se quedaban sin aire de golpe. Me apoyé en el cabecero de la cama.

—Quería escuchar tu voz.

—¿Dónde estás? —pregunté.

—En España.

—¿Qué tal estás?

—Gael, he arreglado las cosas. He hablado con mi familia.

Apreté el teléfono. Respiré hondo.

—¿Gael? —preguntó, con voz temblorosa.

—Sigo aquí.

Silencio. Yo no sabía qué decir. Una alegría me había inundado por completo al escuchar su voz, pero al mismo tiempo...

—¿Has hablado también con Pablo? —tanteé.

—Sí.

«Eso explica su reacción a la llamada».

—Gael, quiero contarte quién soy. Qué ocurrió dentro de mí en aquel festival. Qué pensé la primera vez que te volví a ver. Y qué quiero de ahora en adelante. Quiero pedirte perdón. —Su voz había ganado algo de confianza—. Y quiero volver a Maëllys.

—Entonces ven —susurré, notando cómo las lágrimas me traicionaban—. Vuelve.

Escuché cómo su respiración se aceleraba.

—Sé dónde encontrarte.

Colgó.

Me quedé unos segundos allí, paralizado. Después guardé el número de teléfono, por si acaso.

Me tiré sobre la cama, sonriendo y llorando a partes iguales, sin saber cómo debería sentirme. Enfadado. Feliz. Aliviado. Desconfiado.

«Vuelve».

Capítulo 46
ODETTE

A veces vivimos tan enfadados con la vida que tendemos trampas a nuestro futuro.

Yo pensé que lo salvaba cuando decidí marcharme lejos y crearme a mí misma. Saltar y confiar en mis alas. Y de alguna manera, salvé una parte, ¿no? Volé. Pero acababa de aprender que hasta las alas más fuertes no resisten el cielo eterno. Tienen que bajar a descansar, tocar tierra y encontrar un equilibrio. Y después, con fuerza, retomar el vuelo es más fácil que la primera vez.

Cuando llegué al santuario, habían pasado tres días desde mi breve conversación con Gael. Cerré la puerta del coche, con todas mis cosas dentro, esta vez ordenadas, como mi vida, y salté la valla de la finca.

Sabía dónde encontrar a Gael; lo había sabido desde que puse un pie en Maëllys. Desde que el aroma a sal me acarició el rostro.

Lancé una mirada amplia a toda la pradera, buscando con ansia su figura. Estaba tumbado en la pradera con Tulipán y Amapola, mirando hacia el mar y tocando con la flauta una melodía nostálgica. Por un momento me pareció que Gael llevaba todo un mes en aquella posición, observando el cielo del día y la noche, conversando a través de su música con el mar, con el viento y con las estrellas, esperando el momento en que yo volviera.

Esperé varios minutos, reteniendo el poder de ver sin ser vista. Buscando las palabras que sabía que no me saldrían en cuanto cruzara una sola mirada con él. Resistiendo las ganas de lanzarme corriendo hacia él. Recordando el sonido de su voz al pedirme que volviera a través del teléfono.

Pero antes de entrar en razón conmigo misma, me lo encontré allí, a diez pasos de mí. El sol recortaba su figura y la luz se mezclaba con su cabello suelto. Tuve miedo de que fuera una aparición, un sueño. Tuve miedo de despertar de nuevo en aquel *camping*, entre el olor a alcohol, el frío de la noche y el sentimiento de abandono. Porque si aquello fuera un sueño y yo me despertaba, no tendría lágrimas suficientes para expresar mi dolor.

Sus ojos buscaron los míos y los encontraron. Un escalofrío recorrió mi espalda al reencontrarme con la calidez de su mirada. Yo noté que él también estudiaba la mía, que notaba algo distinto que él nunca había visto antes.

—¿Y bien? —dijo.

—Sigues sin fiarte de mí —confirmé.

—Eso lleva un tiempo, ¿no crees? Además, aún tengo que ver si me convencen tus... —Quiso sonar duro, pero yo no me resistí y ni por esas me retuve. Pegué mis labios a los suyos y, sin esperarlo, él también me rodeó la cintura y apoyó su frente en la mía. Nuestra respiración se hizo una, nos besamos con prisa y con el corazón alborotado. Enredé mis manos en su cabello oscuro, mientras sus manos me acariciaban y me atraían hacia sí. Su calor. Ese que me había faltado todo este tiempo, ese que yo había intentado sustituir con vino barato y mantas de hoteles. Mientras nos recuperábamos el uno al otro, el ritmo de nuestros corazones también se acompasó.

Todos los engranajes de nuestro amor se acoplaron, recuperando posiciones, sellando salidas y atrayendo recuerdos. Lo sentía así en mi cabeza, que se inundaba de un cosquilleo agradable.

Cuando nos separamos, Gael tenía el ceño fruncido, como si se estuviera reprochando a sí mismo su comportamiento.

Se alejó de mí con dos pasos temblorosos.

—Has hablado con tu familia.

Asentí.

—Cuéntame todo. Odette —me hizo mirarle, aún tenía la respiración acelerada—, todo.

Y comencé.

Sus ojos brillaban. Apartó la mirada varias veces cuando le hablé de las discusiones con mi familia. De mi dolor al no sentirme comprendida.

—Entonces, en aquel festival..., yo...

—Me abriste los ojos. Tenías tantas ganas de seguir tu sueño, de vivir la vida como tú querías..., que me inspiraste para hacerlo yo también. Cuando te vi de nuevo aquí, Gael..., me quedé congelada. Planeé irme, aunque tú no me reconocieras. Pero...

—¿Pero?

—Ya no eras el chico de mis recuerdos, Gael. Estabas desganado. Rendido. Así que quise ayudarte a recuperar toda esa energía que transmitías hace diez años, como si así te devolviera el favor que tú me hiciste a mí: hacerte ver de nuevo que podías conseguir aquello que siempre quisiste. Mi amistad y mi amor por ti siempre han sido sinceros, Gael.

—Gracias —susurró, cuando terminé.

—Gracias a ti —interrumpí yo—. Gael, no pensé que fuera a ser capaz de hablar con mis padres. Por eso tardé tanto. Pensaba solo en mí, en lo que yo perdería... y, sin embargo, cuando mi madre me vio, Gael... —Aparté la mirada de él, avergonzada—. Se me cayó el mundo al suelo. Tenías razón: les hice daño. Pero ya está todo claro. Hay cosas que han aceptado, otras que no. Pero ya sin mentiras ni escondrijos.

Gael escuchaba concentrado, con esa arruga que le surgía en la frente y que a mí me gustaba acariciar.

—¿Y tú cómo estás?

—Mejor que antes. Por eso te lo agradezco —sonreí, me abracé a él—, porque les conté todo sobre mí. Y ahora me doy cuenta de que puedo ser de verdad, sin desaparecer entre las sombras ni cortar las malvas del jardín.

Gael sonreía tanto que no pude evitar dar un paso hacia él, pero retrocedió.

—¿Y Pablo? —me preguntó—. Le llamé para saber de ti.

—¿Le llamaste?

Él asintió, sonrojado. A mí se me llenaron los ojos de lágrimas. Gael había pensado en mí, después de todo. No me había olvidado. Me había buscado.

—Él no me perdonó, Gael. Y entiendo que no lo hiciera; al menos terminamos de una manera más sincera. Se enfadó al saber que yo estaba enamorada de otra persona, Gael. No quise hablarle de ti porque me dolía mucho recordarte, pero creo que tu llamada te delató.

—Bueno, ya has visto que no necesitas el perdón de todo el mundo.

Entonces fue él el que se adelantó y me besó, de manera delicada y tierna, como probando que mis labios no quemaban. Yo no dejé que la felicidad me invadiera del todo.

—El tuyo lo necesito. ¿Puedes confiar en mí?

Él sonrió de manera triste.

—Quiero hacerlo. De verdad quiero.

Suspiré.

—Te daré lo que necesites, siempre, en cada momento. No quiero ocultarte nada más.

—Empieza por no volver a desaparecer así. No te vuelvas a marchar, Od. Por favor.

Negué. Su voz sonó dolida.

—Lo siento. Cuando discutimos pensé..., pensé que no me querías ver más, nunca. Así que no se me ocurrió hacer otra cosa.

Gael apretó la mandíbula.

—Lo siento —dijo, para mi sorpresa—. ¿Y tú podrás confiar en mí? —Chistó, apartando la mirada—. Te di la espalda cuando más apoyo necesitabas. Me enfadé, te traté..., te traté mal. Y te dejé sola, a pesar de verte rota. De verdad pensé que no volverías nunca conmigo, Odette. Perdóname.

Yo me pegué de nuevo a sus labios, sentí sus lágrimas empapar mi rostro.

—Admito que deseé muchas noches que estuvieras a mi lado para enfrentarme a mi familia. Pero si hubieras estado allí, Gael..., me habría escondido detrás de ti. No, tenía que ir sola. Además, recuperarte fue mi mayor motivación. Pablo me lo echó en cara. Me llamó egoísta y sí, lo fui. Me di cuenta de que recuperar a mi familia, dejar de esconderme, era suficiente razón, pero eso fue después. Tú no dejaste de ser la principal razón.

Me puse de puntillas para abrazarlo, entero, todo lo que mis brazos pudieran abarcar.

—¿Y ahora qué?

Me separé de él, nerviosa por sus palabras.

Noté que se me calentaba el bolsillo del abrigo.

Nos sentamos sobre la pradera mientras el sol se apagaba. Acaricié a Amapola, a Tulipán y a todos nuestros pequeños, que vinieron a saludarme, pero mis ojos no querían apartarse de Gael Tremille.

Había descubierto algo nuevo en este mes: mostrarme tal cual era ante las personas que me rodeaban me llenaba el corazón. Antes de marcharme de nuevo a Francia, regalé dos billetes de tren a mis padres para que me vinieran a visitar en un par de semanas, para enseñarles mi vida en Maëllys. Mi padre, después de su enfado, me había llamado cada tres horas para garantizar que mi viaje en coche hasta Maëllys iba bien, aunque sospecho que era por el placer de llamar y escuchar mi voz cada poco rato. Yo respondía a todas las llamadas y esperaba con alegría la siguiente.

Había algo que me emocionaba al sentir mi vida entrelazada, por fin, con la de mis seres queridos.

Pero con la persona con la que quería echar raíces estaba delante de mí, con miedo de volver a equivocarse, con miedo de volver a sentir todo su ser resquebrajarse por mí. De ofrecerme su corazón al completo, como era su forma, y que yo lo volviera a romper.

Temblé.

—No puedo prometerte que todo nos vaya a salir bien —dije, revolviendo en mi bolsillo, nerviosa—. Pero quiero ofrecerte todo lo que tengo, Gael. Quiero volver contigo.

Él me miró con una sonrisa de medio lado.

—Acepto.

Inspiré, nerviosa, bajé la mirada. Él me levantó la cabeza con un suave movimiento para que no apartara mi mirada de la suya. Abrí mis manos y le mostré el anillo de madera que con tanto cariño tallé, a base de su recuerdo, mientras estaba lejos. Un anillo de madera oscura, con detalles de hojas de enredadera. Noté cómo su respiración se aceleraba y sus ojos brillantes rebosaban.

—Odette...

—Gael Tremille, ¿querrías...? —Se me cortó la voz por un momento—. Me gustaría...

Gael cerró mis manos alrededor del anillo y negó con la cabeza, despacio.

—No quieres esto. Y yo tampoco.

Le miré como si el mundo se acabara con su negativa.

—Yo sí, quiero hacerlo. Quiero casarme contigo —susurré. Él cerró los ojos, parecía que dentro de él estuviera teniendo lugar una batalla—. Te quiero.

Él volvió a negar.

—No hace falta que me demuestres nada, Od. Sé que me quieres —dijo, mirándome de manera tierna—. Es precioso —dijo, señalando el anillo—, y espero llevarlo, algún día. Pero tenemos que reconstruir mucho. Hoy no es el día.

Me apoyé sobre su pecho y exhalé. Él me acarició la espalda.

—Te he echado mucho de menos.

Permanecimos en la pradera hasta tarde, abrazados.

—Por cierto —susurró a mi lado—. ¿Con qué nombre te sientes más cómoda? ¿Malva u Odette?

—Me da igual. Soy los dos. Pero Odette me define más; es quien decidí ser. Lo primero que voy a hacer es poner en regla mi documentación.

Él asintió, con una sonrisa.

En un momento, cuando mi mirada se apartó de la suya por un casual, me fijé en que había material de obra cerca del establo.

—¿Estás ampliando los establos? —dije, animada.

Él asintió, acariciando mi cabello.

—El santuario va creciendo. Tenemos dinero para ampliar los establos en ese lado. Y allí —me giró la cabeza hacia la linde del bosque, donde también había un montón de material— voy a construir una casa, no muy grande. Con mi dinero, claro. Quiero vivir aquí, Od. Este es el lugar al que pertenezco.

Le miré. Gael parecía más tranquilo que nunca, como si él también hubiera logrado aceptarse. Sonreí.

—¿Vivirás conmigo? —me preguntó.

Escruté su rostro durante unos segundos, aún sonriendo y recorriendo su rostro con mis dedos.

—No sé si estás preparado para que responda a esta pregunta —dije muy seria, imitando su discurso anterior, y él comenzó a reírse—. ¿Cuántas veces me vas a hacer hincar la rodilla por ti, Gael Tremille? —susurré, divertida, mientras le besaba el cuello.

—No sé. ¿Lo dejamos en una vez por semana, de momento?

Puse los ojos en blanco.

—Sí —dije, al fin, sonriendo—. Viviré contigo.

Me apoyé en él y cerré los ojos.

Al fin y al cabo, aquel también era mi hogar.

El viento frío removió las ramas de los árboles, a nuestra espalda. El mar rugía, muy por delante de nosotros, chocando contra las rocas de los acantilados. Las nubes jugaban a esconder el sol.

Por primera vez, sentí que no tenía peso dentro de mí.

Que mi imaginación rompía las barreras autoimpuestas y se lanzaba a crear formas y voces.

Me permití visualizar una casa alargada, de techumbre roja, en el punto que Gael había señalado. Visualicé un pequeño porche y una ventana abierta, por la que se colaba el primer rayo de sol de la primavera. Incluso me permití decorar la escena con un par de esculturas de metal, con tocones de madera y móviles de cristales preciosos y campanas, que sonaban con el viento. Me sorprendí cuando me vi a mí misma, con el cabello recogido, colgar otro móvil más del techo. Una risa de niño me distrajo. Vi a Gael. Llevaba en sus brazos una niña de ojos grises, mientras Möira giraba alrededor de sus piernas. Mi corazón se aceleró.

—¿Estás bien?

—Sí —dije, girando la cabeza de golpe hacia Gael. Noté que me sonrojaba, entre sonrisa y sonrisa—. Muy bien.

—Vamos, se hace de noche. Te he retenido mucho tiempo para mí; todo el mundo estará deseando verte. Y querrán saber tu historia.

Me dio la mano para levantarme y juntos caminamos hacia Maëllys.

Epílogo

Printemps

GAEL

Un año después

Me agaché para acariciar a las ovejas, que llegaron a recibir la comida que les traía en cuanto abrí la barrera de madera que daba a su terreno. Aquel día era soleado y caluroso, el verano se acercaba, así que me permití quedarme un rato tumbado en la pradera con ellas.

De fondo, escuché la voz de Odette y las risas de un grupo de gente. Sonreí. Me incorporé y lancé un vistazo a las mesas de madera que habíamos instalado en frente de casa.

Allí, Odette enseñaba a un grupo de personas cómo prensar flores y crear láminas y marcapáginas. Reconocí a varios de nuestros amigos en el grupo, riendo y comparando sus resultados. También había familias, niños y parejas. Odette llevaba el cabello recogido en una coleta, y un vestido de tirantes azul que dejaba a la vista las pecas de sus hombros y espalda. Un anillo fino y plateado brillaba en su anular. Sus ojos dejaban escapar una sonrisa cuando sus alumnos lograban un buen resultado.

Miré mi propia mano, donde aquel anillo plateado encontraba su pareja. Además, colgado al cuello, junto al triskel, había incorporado el anillo de madera con el que Odette me había pedido matrimonio. Había sido unos meses después de recuperar nuestra antigua vida.

En los primeros días a su vuelta, Odette se reunió con Paule y Richard, con Jean-Pierre, y para mi sorpresa, se abrió a ellos más de lo que yo mismo me esperaba que hiciera. Parecía dispuesta a no tener más rincones donde las sombras se pudieran esconder. También nuestros amigos y mi familia la estrecharon entre sus brazos con fuerza nada más verla, con ojos llorosos. Fueron días emotivos, acompañados por la calidez del sol primaveral.

Odette y yo alquilamos un piso en la Rue de la Roche, a sabiendas de que sería algo temporal mientras las obras de nuestra casa prefabricada terminaban. La casa del cementerio pasó a ser un recuerdo, cálido, pero recuerdo, al fin y al cabo.

La noche que nos recuperamos el uno al otro se pasó en un suspiro. Cuando el cielo a través de la ventana se tornó de rosado amanecer, yo aún seguía enredado en su cabello y pegado a sus labios, habría jurado que no me había separado de ella ni siquiera para respirar.

Estoy seguro de que la primavera llegó en el momento en que volvió Odette.

Nuestro pequeño piso se llenó de estanterías con esculturas de metal, de madera, piedras preciosas y libros sobre plantas y cuidado de animales.

Sanctuaire Celtique creció todavía más gracias a su energía, a su artesanía y a los talleres que comenzó a organizar cada mes, con ayuda de nuestros cada vez más numerosos voluntarios. En la página web, allí donde se explicaba quiénes eran los fundadores, teníamos publicada una imagen de los dos. Odette estaba subida a mis hombros, con los brazos extendidos y la melena suelta, y nos rodeaban varios de nuestros animales: Amapola, Tulipán, Merlín, los ponis Merry y Pippin, Möira y algunas de las ovejas. Su biografía acompañaba la mía. Recordé la manera en que le temblaban las manos al escribirla.

«No hace falta que escribas nada si no estás cómoda».

«Quiero escribirlo».

Y lo hizo, después de varios días redactando y borrando.

A veces su fachada caía y notaba que me miraba nerviosa. Entonces yo la besaba en la cabeza y me retiraba de su lado durante el resto del día. Ella se ponía los auriculares y salía a pasear con Möira por los campos de sarraceno o por la playa. Volvía de noche, con cajas llenas de pequeños objetos, con una libreta llena de dibujos y apuntes, y las mejillas sonrosadas de nuevo. Odette había vivido sola durante cinco años y a veces mi continua presencia le sobrepasaba. En dos ocasiones, su familia nos visitó en Maëllys. Odette irradiaba felicidad, pero por las noches, yo notaba su mirada perdida y cansada.

«Vete a pasear, Od, lo necesitas. Ya me quedo yo con ellos un rato. Te esperamos para cenar, ¿vale?».

Y entonces una sonrisa de tranquilidad escalaba por su rostro.

Fue una de esas veces que su familia estaba de visita cuando ocurrió. En su cumpleaños, en marzo, quise organizar una fiesta para ella con todas las personas que la querían. Había mucha gente, tanta y tan variada que Odette no pudo evitar emocionarse. Aquel día, frente a mi familia y la suya, Odette sacó el anillo de madera que prometió que sería mío algún día. Sus ojos rebosaban confianza. Por supuesto, le dije que sí, mientras mis amigos y mi familia lloraban como nunca, como si aquel hito de mi vida fuera el colmo del orgullo para ellos.

La boda no se hizo esperar. Nos intercambiamos el «sí quiero» en verano, con la *plage* de fondo y un altar de flores blancas. Odette se casó con un top de encaje y una falda larga y blanca, con el cabello trenzado con margaritas y los pies descalzos sobre la arena de la playa. Yo no pude dejar de repetirme en todo el día que Odette era la suerte de mi vida.

Reí al recordar aquella noche, en la que terminamos todos dentro del mar, con vestidos y trajes incluidos, cantando.

Odette tardó unos segundos en dar el «sí quiero». A veces miraba hacia cualquier lado y yo intuía que eran reflejos de su antigua vida buscando una vía de escape. Raíces que se resistían a meterse entre la tierra. Pero yo sabía esperar. Ella siempre terminaba cerrando los ojos. Respiraba hondo. Los abría y buscaba mi mirada. Y entonces, sonreía, y se olvidaba de las dudas.

Salí de la pradera y cerré la verja. En aquella explanada convivían ya muchos animales, y todos muy listos: sabían que yo era quien les daba de comer, así que si dejaba la puerta abierta me perseguirían hasta el centro de Maëllys si hacía falta.

Caminé hasta la mesa donde Odette ya había terminado con el taller: estaban recogiendo. Aproveché que la pequeña muchedumbre hablaba para atraer a mi mujer hacia mí. Ella sonrió y recibió mis labios.

—¿Has terminado la ronda de comidas?

Asentí.

—Tengo una hora libre, esta tarde voy a *l'atelier*. ¿Quieres que te cuente cómo ha ido hoy? Los niños son los que mejor lo han hecho.

Odette, después de asegurarse de que todos sus alumnos encontraban la salida, me arrastró dentro de casa, mientras me contaba cómo había ido el día. Yo me dejé mecer por el sonido de su voz, allí, tirados en nuestra cama.

Acaricié la silueta de su cuerpo marcada por aquel vestido azul. Caminé con mis dedos por su rostro, su cuello, su pecho, hasta acariciar su barriga incipiente.

Le di un suave beso y posé mi cabeza allí. Cerré los ojos.

Ella terminó de hablar y suspiró, feliz, acariciando también mi cabello.

No tardamos en quedarnos dormidos, con las manos entrelazadas y la respiración y los corazones latiendo al unísono.

Nota de la autora

Esta historia nació cuando conocí la existencia de los santuarios y reservas de protección animal. Son espacios seguros que se convierten en el hogar de animales maltratados o que han pasado por situaciones difíciles. Estas organizaciones sin ánimo de lucro normalmente se mantienen gracias a las donaciones, a la ayuda de personas voluntarias, ofertas de talleres, visitas o jornadas educativas. Fundar un espacio así, no obstante, no es nada fácil. Conlleva mucho sacrificio, recursos y tiempo, además de un amor por los animales incondicional. Por ello, admiro mucho a las personas que hay detrás de estos proyectos.

Sanctuaire Celtique es el resultado de historias y vivencias que he recopilado de santuarios reales, ficcionadas al servicio de la novela. El santuario que más ha inspirado esta historia es la Fundación Santuario Gaia (Girona). Su historia es muy interesante, así como las de sus habitantes. Muchas de ellas se pueden leer en el libro *Animales como tú*, escrito por Ismael López Dobarganes, cofundador del santuario. También me sirvió para conocer mejor el funcionamiento de un santuario y las dificultades que pueden presentarse. En concreto, la historia de la vaca Amapola encuentra su versión real en la historia de Samuel, un toro al que rescataron en este santuario teniendo que dejar atrás a su gemelo. El reencuentro de Tulipán y Amapola también está inspirado en la historia de una vaca y su ternero —Helga e Isaac—, a los que, tras unos años, lograron juntar de nuevo.

La Fundación Reserva Wildforest (Barcelona) rehabilita a animales salvajes que se han visto afectados por el impacto humano. Su misión es devolverlos a la naturaleza si su salud lo permite, y si no, darles un hogar en la reserva. En ellos encontré inspiración para escribir la historia del zorro Vespyr.

Burrolandia (Madrid) es una protectora cuyo objetivo principal es evitar la extinción del burro, un animal muy usado tiempo atrás en el campo y que, hoy en día, se abandona cada vez más. También rescatan a otros animales cuyos dueños ya no pueden hacerse cargo de ellos. Este lugar inspiró la historia de Merlín y de las gallinas March.

Hay muchos santuarios y protectoras en toda España. Te animo a buscar las que estén cerca de tu zona y a que eches un ojo a su trabajo, porque es realmente interesante.

Por otro lado, el maltrato animal en algunos laboratorios tampoco se queda atrás. Allí, muchos animales nacen para vivir encerrados en jaulas y para sufrir y morir en nombre de la ciencia. Aunque se ha avanzado bastante en este campo y ha aumentado la legislación y la transparencia —de modo que algunos laboratorios enseñan públicamente cómo es el día a día de los animales en sus instalaciones—, no dejan de surgir escándalos como el que protagonizó la empresa Vivotecnia (Madrid) en abril de 2021: se filtraron vídeos de comportamientos muy crueles y maltratos injustificados a los animales, lo que llevó a que tanto asociaciones animalistas como científicas denunciaran a la empresa y sus malas prácticas. Esta historia inspiró la de la coneja Matisse y sus hermanos.

Los animales son capaces de transmitir mucho con muy poco. Son seres movidos por instintos, que no entienden de mentiras. Se comportan como sienten que tienen que hacerlo. Cierran los ojos al sentir la luz del sol, cálida; buscan el calor en invierno; comen cuando tienen hambre; se esconden y manifiestan su miedo cuando se sienten amenazados. Su manera de actuar es muy diferente a la nuestra, y al mismo tiempo, muy parecida.

Su existencia no es por ello inferior. Todos los seres sintientes merecen ser tratados con respeto y dignidad.

Agradecimientos

Esta historia necesitó mucha información sobre el mundo animal y de los santuarios. Por tanto, mis primeros agradecimientos van para las personas que me han ayudado en esta tarea, ya sea a través de libros, testimonios u otros. En concreto, gracias a Juan Aparicio, cofundador de Burrolandia, que me dedicó parte de su tiempo para explicarme cuál es su labor en la protectora, cómo fueron sus inicios y las principales dificultades a las que se enfrentan día a día, así como el sentimiento de alegría, el amor y agradecimiento que reciben de los animales, que hace que todo merezca la pena.

Gracias a Sonia y Margui, las primeras lectoras de esta novela, por sus comentarios y por emocionarse tanto con la historia y los personajes. Gracias a Jose por ponerse las gafas de editor, analizar las flaquezas de la historia, los hilos sueltos que tenían que ser rematados y apoyarme con nuevas fuentes de información.

Gracias a todos mis amigos por seguir de cerca las historias que escribo, por apoyarme en los momentos de bajón y celebrar conmigo cada pequeño éxito. Nunca he sido muy comunicativa a la hora de hablar sobre las historias que escribo, pero ellos están haciendo que eso cambie y lo agradezco muchísimo.

Gracias a mi familia por apoyarme en la escritura y por creer en mí con tanta fuerza. Sois un apoyo incondicional.

Por supuesto, gracias al jurado del Premio HQÑ de Novela Romántica por considerar que esta historia merecía ocupar el puesto de finalista, por su dedicación, sus buenas palabras hacia la historia. Gracias a Elisa por el trabajo de edición, a Mónica por el de creación de portada, así como a todo el equipo editorial de Harlequin por tratar la historia con tanto mimo.

Por último, en una historia como esta no puedo no agradecer a los animales presentes en mi vida —que en su mayoría son gatos—, sobre todo a Kaos y a Puchini. Su ternura y su energía me recuerdan cada día la enorme bondad de los animales y lo feliz que me hacen.